Anita Shreve

Im Herzen des Winters

Roman

Aus dem Amerikanischen von
Mechtild Sandberg

Piper München Zürich

Von Anita Shreve liegen im Piper Verlag außerdem vor:
Das Gewicht des Wassers (Serie Piper 2840)
Eine gefangene Liebe (Serie Piper 2854)
Gefesselt in Seide (Serie Piper 2855)
Verschlossenes Paradies (Serie Piper 2897)
Die Frau des Piloten (Serie Piper 3049)
Olympia

Deutsche Erstausgabe
November 2000

Titel der amerikanischen Originalausgabe:
»Resistance«, Little, Brown and Company, New York

Satz: Satz für Satz. Barbara Reischmann, Leutkirch
Druck und Bindung: Clausen & Bosse, Leck
Printed in Germany ISBN 3-492-27015-8

Für unsere Väter, die im Krieg geflogen sind

Vorbemerkung der Autorin

Personen und Handlung des Romans sind frei erfunden, doch er wäre in dieser Form nicht ohne die Hilfe folgender Personen zustande gekommen: Marlyse Martin Haward, Andre Lepin und Rosa Guyaux, von denen ich Einzelheiten und Anekdoten über Belgien im Zweiten Weltkrieg erfuhr; John Rising, Chefpilot der Collins Foundation, der die Passagen über das Fliegen überprüfte; George Cole, der mich in seinem Flugzeug mitnahm; und vor allem Mable Osborn, die den Keim für die Geschichte legte. Ich danke außerdem meinem Lektor Michael Pietsch und meiner Agentin Virginia Barber.

Ein Wort noch zu den belgischen Familiennamen. Ich habe zum größten Teil Namen verwendet, die in Südbelgien geläufig sind oder waren. Sie haben mit lebenden Personen nichts zu tun. Ich erwähne das, weil mein Roman ein heikles Thema behandelt und es nicht meine Absicht ist, mit der Verwendung bestimmter Namen irgendwelche belgischen Familien zu ehren oder anzuprangern.

10. November 1993

EINWEIHUNG EINES DENKMALS
ZUR ERINNERUNG AN DIE FLIEGENDE FESTUNG B 17

Sehr geehrte Herren,
am Donnerstag, dem 30. Dezember dieses Jahres, wird unsere Vereinigung ein Denkmal zu Ehren der Besatzung Ihres Flugzeugs einweihen, das am 30. Dezember 1943 in der Nähe unseres Dorfes abgestürzt ist.

Es besteht aus einem Marmorsockel aus dem Steinbruch unseres Dorfes, auf dem eine Stele mit folgender Inschrift errichtet wird:

Hommage à nos alliés
Le 30 décembre 1943 vers midi s'écrasa à 500 m
d'ici la forteresse volante américaine ›Woman's‹
Home Companion Equipage
Pilote: Lt. T. Brice
Co-pilote: Lt. W. Case
Navigateur: Lt. E. Baker
Bombardier: Lt. N. Shulman
Ingénieur: J. McNulty
Ass. Ingénieur: E. Rees
Radio: G. Callahan
Mitrailleur: L. Ekberg
Mitrailleur: P. Warren

Delahaut, *le 30 XII 1993*

Mit diesem Schreiben möchten wir Sie und Ihre Frau zur Teilnahme an der Einweihungsfeier einladen. Wir würden uns freuen, Ihnen in Delahaut Unterkunft anbieten zu können.

Wenn Sie zu anderen Mitgliedern der Besatzung noch Verbindung haben, dann lassen Sie sie bitte wissen, daß sie ebenfalls herzlich eingeladen sind. Teilen Sie uns ihre Adressen mit, damit wir sie in aller Form einladen können. Inzwischen verbleiben wir mit den besten Empfehlungen

Jean Benoît

30. Dezember 1943

AM RAND DES Waldes, wo es schon dunkel war, tannendunkel zur Mittagszeit, machte der Pilot halt. Im Vertrauen darauf, daß die Schatten ihn wenigstens für den Augenblick verbergen würden, blieb er, an einen Baum gelehnt, sitzen. Die anderen waren geflohen. Er war der letzte, der die Weide verlassen hatte, nachdem er gewartet hatte, bis sie alle, einer nach dem anderen, verschwunden waren, verwischte braune Schemen, die schnell vom Wald verschlungen wurden.

Nein, nicht alle, zwei waren zurückgeblieben, der eine tot, der andere dem Tode nahe. Er konnte die angstvollen Fragen des Bordschützen jetzt nicht mehr hören. Die Kälte und die Verwundung hatten ihn zum Schweigen gebracht, vielleicht hatte auch das Morphium, das Ted ihm mit froststarren Händen verabreicht hatte, die schlimmste Angst betäubt. Ted hatte sich durch den schwer angeschlagenen Bomber bis zu dem Schützen vorgearbeitet. Er hatte ihn aus der Umklammerung des Metalls befreit und zum harten Erdboden hinausgeschleppt, der selbst jetzt, am Mittag, noch reifgrau war. Die Verwundung im Unterleib war tief, zu tief, das sah Ted sofort. Der Bordschütze schrie laut und beschwor ihn, ihm Antwort zu geben, aber Ted sah weg, hantierte mit der Nadel und flüsterte etwas, das beruhigen sollte und vom Wind fortgerissen wurde. Mit ölverschmierten Fingern tastete der Schütze verzweifelt nach den fehlenden Teilen. Der Pilot und der Navigator hielten seine Arme fest.

Wahrscheinlich, dachte Ted, als er am Waldrand stand, war der Bordschütze schon tot. Zuviel Blut war um ihn herum gewesen, eine heiße Springflut, die sich auf dem Boden in Pfützen sammelte und gefror. Der andere Mann, der Heckschütze, der eindeutig tot war und den sie neben dem Verwundeten niedergelegt hatten, hatte keine einzige Schramme.

Langsam neigte Ted den Kopf nach hinten und sog die Luft tief in seinen Körper ein. Wenn er als Junge zu Hause im Wald Eichhörnchen geschossen hatte, hatte es manchmal Tage wie diesen gegeben, Tage ohne Farben, an denen der Himmel ölig und grau war und seine Finger an der .22er steifgefroren vor Kälte.

Das Flugzeug lag still auf der gefrorenen Wiese, hinter ihm eine brandschwarze Schneise, vor ihm, keine fünfzehn Meter von seiner Nase entfernt, der Wald. Ein lebendiges Ding, aus dem Himmel herabgestürzt und für immer gelähmt. Ein kraftvoller, heulender Gigant, der auf einer Weide seine letzte Ruhe gefunden hatte.

Er hätte die Maschine anzünden sollen. So lauteten seine Instruktionen. Doch er konnte kein Feuer anzünden, in dem womöglich ein lebender Mensch verbrannt wäre. Sie hatten deshalb allen Proviant aus der Maschine zusammengetragen und neben dem Bordschützen aufgestapelt, den sie in Fallschirmseide eingehüllt hatten, Leichentücher, deren weiße Seide sich augenblicklich rot gefärbt hatte.

Bald würden Menschen auf die Weide kommen. Der Absturz so einer großen Maschine konnte nicht unbemerkt geblieben sein. Ted wußte nicht, ob er hier auf deutschem, französischem oder belgischem Boden stand. Gut möglich, daß das Gebiet in deutscher Hand war.

Er mußte tiefer in den Wald hinein, aber er zögerte. Er wollte das Flugzeug nicht verlassen. Es kam ihm vor, als ließe er ein lebendiges Wesen im Stich, einen verwundeten Hund, und lieferte es fremden Händen aus, die es ausweiden würden. Zuerst würden sie die Geschütze nehmen, dann die Motoren, dann jedes brauchbare Stück

Metall, bis nur noch das Gerippe übrig war, abgenagte Hundeknochen.

Ein Skelett, das die Geier kahlgefressen hatten.

Den Lebenden zu dienen, war die erste Pflicht.

Ted hätte abbrechen können. Er hatte die Genehmigung dazu gehabt. Er wußte, daß der Einsatz keine Routinesache war, daß sie in deutsches Gebiet fliegen mußten, nach Ludwigshafen zu der Chemiefabrik. Er hatte das Gefühl gehabt, es werde Unglück bringen, daß er ohne Mason fliegen mußte, seinen Navigator, den er mit seiner englischen Freundin zusammen völlig betrunken in einem Hotelzimmer in Cambridge aufgestöbert hatte. Das ganze Zimmer hatte nach Gin gestunken, als Ted eingetreten war. Eine fast leere Flasche hatte auf dem Nachttisch gestanden. Mason hatte Ted angesehen und ihn ausgelacht. Und im selben Moment schon hatte Ted gedacht, brich ab. Einen Navigator auswechseln zu müssen, war ein böses Omen. Sie hatten elf Einsätze miteinander geflogen, waren manches Mal unter schweren Beschuß geraten, aber es hatte nie schwere Verwundungen, nie Tote gegeben. Brich ab, hatte er sich gesagt. Aber bei Morgengrauen, als das wäßrige, winterliche Licht über dem Rollfeld aufgegangen war und er seine Maschine vor sich gesehen hatte, war er nicht fähig gewesen, sich für den Abbruch zu entscheiden. Mason war ersetzt worden. Durch einen tüchtigen Mann, aber eben einen Fremden. Gemeinsam hatten sie die Arme des Bordschützen festgehalten und dabei einander in die Augen gesehen.

Aber hatte wirklich das fehlende Glied in der Besatzung den tödlichen Ausschlag gegeben, ähnlich wie ein falsches Spritgemisch – zu fett oder zu mager – tödliche Auswirkungen haben konnte? Hatte Ted wegen dem fehlenden Navigator gezögert, wo er nicht hätte zögern dürfen, oder überstürzt gehandelt, wo er hätte zögern *müssen*? Hatte sein Aberglaube auf nicht greifbare Weise sein Urteil getrübt? Case, sein Copilot, hatte recht gehabt. Sie hätten die Maschine im Bach landen sollen. Aber er hatte es nicht fertiggebracht, er hatte es einfach nicht gekonnt.

Irgendwo knackten Zweige. An den rauhen Stamm gestützt, versuchte Ted aufzustehen. Er hatte sich mit seinem verwundeten rechten Bein aus der Lichtung geschleppt. Als er sich aufrichtete, schoß der Schmerz bis in seinen Schenkel hinauf. Er umfaßte mit beiden Armen den Baum und drückte die Stirn an die Linde. Der Schmerz trieb ihm kalten Schweiß ins Gesicht. Abrupt beugte er sich vor und übergab sich auf das gefrorene Laub. Er hätte eine Spritze für sich selbst aufheben können, aber er fürchtete, so würde er im Schutz des Waldes einschlafen und im Schlaf erfrieren. Er wußte, daß er tiefer in den Wald hinein mußte.

Heute war sein Geburtstag. Er wurde zweiundzwanzig.

Was, dachte er, ist aus dem Schwanz des Bordschützen geworden?

Noch einmal drehte er sich nach dem Flugzeug um und sah, zu voller Größe aufgerichtet, was er vorher nicht wahrgenommen hatte: Bei seiner Flucht zum Waldrand hatte er im Reif eine Schleifspur hinterlassen, so klar und deutlich wie ein im Schnee freigeschippter Weg. Dann hörte er die ersten gedämpften Rufe. Wörter in einer fremden Sprache. Er ließ sich zu Boden fallen und kroch weg von der Weide tiefer in den Wald.

JEAN ERREICHTE DIE Anhöhe vor seinem Freund Marcel. Seine Lunge brannte vor Anstrengung, und er ließ sein Fahrrad fallen. Er schnappte keuchend nach Luft und starrte auf das Flugzeug im wintertoten Gras. Noch nie hatte er ein so großes Flugzeug gesehen, noch nie. Es wirkte erschreckend, dieses riesige Ungeheuer, unnatürlich hier auf der Wiese. Wie schaffte es so eine Maschine, diese Masse von Metall, sich überhaupt in die Luft zu erheben? Vorsichtig näherte er sich dem Flugzeug, wer sagte ihm, daß es nicht jetzt noch explodieren würde. Hinter sich hörte er Marcel japsen wie einen erschöpften Hund.

Er ging näher an den Bomber heran, und da sah er die Leichen, zwei Männer in Ledermützen, der eine in einen Fallschirm eingehüllt. Die weiße Seide war von Blut durchtränkt.

Mit einem Ruck fuhr er herum und rief: »*La Croix Rouge*, Marcel! Madame Dinant! *La Croix Rouge!*«

Marcel zögerte nur einen Moment, dann lief er los, er war noch nicht bereit, sich anzusehen, was sein Freund gesehen hatte.

Als Marcel fort war, ging Jean langsam zu der großen Maschine. Zum erstenmal, seit er das qualmende Ungetüm plötzlich aus der Wolkendecke hatte fallen sehen, konnte er wieder ruhig atmen. Er war durchgefroren bis auf die Knochen, und der Schweiß unter seinem Pullover begann zu gefrieren. Er hatte nicht daran gedacht, seinen Mantel zu holen, bevor er aus der Schule gerannt war, um zur Anhöhe zu laufen.

Als er vor der Maschine stand, blickte er zu den Toten hinunter, die mit geschlossenen Augen dalagen. Aber dann sah er, daß der Mann in der blutigen Seide noch atmete. Neben den beiden Männern lag ein Stapel Feldflaschen und brauner Lederbeutel.

Jean entfernte sich von den Männern und ging langsam um das Flugzeug herum.

Es war ein amerikanischer Bomber, dessen war er sicher.

Er lag auf dem Bauch, so tief, als hätte er sich teilweise in die Erde eingegraben. Die verbogenen Propeller waren unter den ungewöhnlich langen Tragflächen eingeklemmt. Das Heck schien beim Aufprall oder vielleicht auch schon in der Luft zerfetzt worden zu sein, und im Rumpf waren unzählige Löcher, einige so groß wie Fenster. Auf der Seite waren Hoheitszeichen und ein weißer fünfzackiger Stern.

Jean ging zum vorderen Teil des Flugzeugs. Vielleicht, dachte er, waren im Cockpit noch Männer eingeklemmt, und gab sich einen Moment der Phantasie hin, er würde sie da herausholen und ihre Leben retten. Die Windschutzscheibe war weggeschossen. Jean kletterte auf die Tragfläche und spähte ins Cockpit. Er sah die Trümmer, die Glassplitter, die zerschmetterten Instrumentengehäuse. Er versuchte, sich vorzustellen, er säße hinter dem Armaturenbrett. Dann sprang er von der Tragfläche hinunter und ging um die Nase herum auf die andere Seite der Maschine. Unterhalb vom Cockpit war eine Zeichnung, bei deren Anblick er seinen Augen nicht trauen wollte, und unter der Zeichnung standen englische Wörter, die er nicht verstand. Wäre Marcel da gewesen, hätte Jean ihn auf die Zeichnung aufmerksam gemacht, und sie hätten gelacht. Aber so ganz allein war Jean nicht nach Lachen zumute.

Langsam ging er um den Rest des Flugzeugs, bis er wieder bei den zwei Männern war, die auf dem Boden lagen. Der Mann in der Fallschirmseide begann zu stöhnen und öffnete die Augen. Instinktiv wich Jean zurück. Er wußte nicht, ob er etwas sagen oder still sein sollte. Tränen schossen ihm in die Augen, und er wünschte, Madame Dinant würde endlich kommen. Was konnte schon ein Zehnjähriger für den Mann tun?

Rückwärts entfernte er sich von der Maschine, die eiskalten Hände tief in den Hosentaschen. Und da sah er etwas, was ihm gleich hätte auffallen müssen, wenn er nicht in seinem Eifer, das Flugzeug zu besichtigen, alles andere vergessen hätte. Vom vorderen Teil der Maschine führten Fußspuren – große Abdrücke, nicht die seiner eigenen Stiefel – fächerförmig über die Wiese zum Wald. Er konnte deutlich sehen, wie die Spuren angelegt waren:

hier eine und da eine und dort eine – Strahlen, die von der Maschine dem Wald zustrebten.

Und dann war da noch eine andere Spur.

In der Ferne hörte Jean Stimmen, das aufgeregte, atemlose Gemurmel von Leuten, die den Hang herauf zur Weide rannten. Rasch prägte er sich die Stellen ein, wo die verschiedenen Fußspuren in den Wald mündeten, und begann dann, ohne recht zu wissen, warum er es tat, über die Wiese zu schleifen, um die Fußabdrücke mit seinen Stiefeln zu verwischen. Die Stimmen wurden lauter. Seine Füße allein würden nicht ausreichen. Er rannte zum Waldrand und riß einen Tannenzweig ab. Mit dem Zweig in der Hand rannte er über die Weide und fegte den Reif vom Gras.

ANTOINE WAR IHM voraus und hinkte mit unglaublichem Tempo den Viehweg hinauf. Wie konnte ein so dicker, schwerfälliger Mensch sich so behende bewegen, fragte sich Henri. Er selbst hatte Seitenstechen vor Anstrengung. Er wollte dieses Flugzeug nicht finden, er wollte es nicht sehen.

Vor ein paar Minuten noch hatten er und Antoine im Dorf bei Jauquet gesessen und getrunken. Hatten sich eine Art Mittagspause gegönnt, eine richtige Versammlung war es nicht gewesen, aber sie hatten über die Flugblätter gesprochen und dazu Jauquets Bier getrunken, das nicht so gut war wie seines. Und während sie da in dem kleinen, eisigen Garten des Bürgermeisters gesessen hatten, war das Flugzeug aus dem Himmel gestürzt. Schlingernd und trudelnd war es zur Erde gerast, aus drei Motoren zog es schwarze Rauchfahnen hinter sich her, die gespenstische Arabesken in die Luft zeichneten. Er hätte sich am liebsten unter den Tisch verkrochen. Er hatte geglaubt, das Flugzeug würde direkt auf das Dorf stürzen. Es hatte den Turm der Katharinenkirche nur knapp verfehlt, und Henri hatte gesehen, daß es ohne Fahrwerk herunterkam. Erregung und Angst hatten ihn ergriffen, als er sah, wie die Maschine leicht stieg, dann absackte, sich wieder hob und über der Anhöhe verschwand. Danach hatte er auf die Explosion gewartet und nach Rauchwolken von der Weide Ausschau gehalten. Sekundenlang hatten sie stumm dagesessen und gewartet. Nichts war geschehen.

Amerikaner, hatte Antoine gesagt.

Wieviel Zeit war vergangen, seit das Flugzeug abgestürzt war? Neun Minuten? Elf?

Die anderen, die vor ihm waren, näherten sich der Lichtung. Thérèse Dinant rannte tief gebeugt und mühte sich dabei, ihr Kopftuch unter dem Kinn zu binden. Jauquet, der ihr dicht auf den Fersen war, versuchte keuchend, sie zu überholen, um vor ihr da zu sein. Léon, ein dünner Mensch mit Nickelbrille und Schirmmütze, schaffte den Anstieg nicht und fiel zurück. Und Schuljungen flitzten den Hang hinauf, als wären sie auf einem Ausflug.

Er hörte Ausrufe der Überraschung und des Entsetzens. Dann bog er um die Ecke und nahm alles mit einem Blick auf: das zertrümmerte Flugzeug, die Leichen, den aufgepflügten Boden. Aus reiner Gewohnheit bekreuzigte er sich.

Kein Absturz, eine Bauchlandung. Geruch nach Benzin, Gedanke an Feuer. Thérèse kniete im Reif nieder. Suchte den Puls des in einen Fallschirm eingehüllten Mannes, sprach unablässig mit leiser Stimme zu ihm. Sie hob den Arm des anderen Mannes, doch selbst von seinem Standort aus konnte Henri erkennen, daß der zweite Mann tot war. Es war die Gesichtsfarbe.

Dinant blickte auf und befahl, Tragen und einen Lastwagen zu holen. Girard, der bei Bastien, dem Bestattungsunternehmer arbeitete, schoß davon.

Mehr Leute drängten auf die Lichtung. Zwanzig, fünfundzwanzig, dreißig. Die Dorfbewohner umringten das Flugzeug, kletterten auf seine Tragflächen. Schuljungen rieben das Metall der Motorhaube mit ihren Wollhandschuhen, als wäre es Gold. Sie krochen unter die Tragflächen und staunten darüber, wie stark die Propeller bei der Landung verbogen worden waren. Von dem Verwundeten und dem Toten hielt man Abstand, doch einige Männer reichten Thérèse, die bei ihnen wachte, ihre Mäntel, damit sie sie über dem Verwundeten ausbreiten und ihn damit warmhalten konnte.

Henri wollte seinen Mantel geben. Er war keiner Bewegung fähig.

Frauen, Bäuerinnen, Verkäuferinnen, inspizierten Leinenbeutel, freudig überrascht angesichts der Lebensmittel. Die Schokolade, sah er, war als erstes weg. Später, wenn der Tote und der Verwundete fortgetragen waren, würden die Beutel bis auf den letzten Krümel geleert werden.

Jemand machte sich im Inneren des Flugzeugs zu schaffen. Papiere und Instrumente flogen aus dem Cockpit. Er sah, daß Antoine ihm winkte, näher zu kommen, und stellte sich mit erhobenen Armen bereit, um die Sachen in Empfang zu nehmen. Er wollte nicht wissen, was für Instrumente das waren, wollte nicht lesen, was auf den Papieren stand. Je weniger man wußte, desto besser.

Wie lange noch, bis die Deutschen auf der Lichtung erscheinen würden? Minuten? Eine Stunde? Wenn sie jetzt um die Ecke kämen, würde er erschossen werden.

Als er sich herumdrehte, sah er Jauquet mit mehreren Schulranzen, die er von den Kindern requiriert hatte. Woher wußte der Bürgermeister, welchen Kindern zu trauen war? Antoine kletterte aus der Maschine auf die Tragfläche und sprang auf den Boden, um beim Packen der Ranzen zu helfen.

Er werde jetzt zwei Stunden warten und dann nach St. Laurent fahren, verkündete Jauquet wichtigtuerisch. Um den Deutschen Bescheid zu geben, meinte er. Standardverfahren bei der Résistance, behauptete er, als kennte er sich aus, während Henri sich insgeheim fragte, wie er so sicher sein konnte, da dies doch der erste Flugzeugabsturz im Dorf war. Jauquet erklärte wortreich das Risiko: Wenn die Deutschen das Flugzeug fänden, bevor man sie davon unterrichtet hatte, würde sein, Jauquets, Kopf in der Schlinge stecken. Wahrscheinlicher war, dachte Henri, daß die Deutschen im Hôtel de Ville saßen und aßen und tranken, wie sie das stets zur Mittagszeit taten, und vermutlich bereits soviel Bier intus hatten, daß sie von dem Flugzeug nichts gesehen und gehört hatten. Es war ein gängiger Witz: Das belgische Bier war die beste Abwehrwaffe.

Er bemerkte jetzt vorn an der Maschine einen Jungen, der einem Freund etwas zeigte, was auf der Nase des Flugzeugs zu sehen war. Der andere Junge riß die Augen auf. Beide tuschelten aufgeregt. *»La chute obscène«*, hörte Henri den einen sagen.

Ein Lastwagen traf ein, der Tragen mitbrachte. Thérèse würde die beiden Flieger in ihr Haus bringen lassen und sich um den Verwundeten kümmern. Den Toten würde Bastien abholen. Wenn der Verwundete überlebte, würde er von Verbindungsleuten bei Nacht und Nebel fortgebracht werden, ehe die Deutschen ihn aufstöbern konnten.

Die Frauen aus dem Dorf manövrierten sich näher an die Vorratsbeutel heran. Auf der Weide waren jetzt noch mehr Menschen, die zu der abgestürzten Maschine drängten, als wäre sie ein lebendes Wesen, eine Zirkusattraktion. Fünfzig, vielleicht sechzig. Schulmädchen in dicken Wollsocken und braunen Schuhen turnten auf der Tragfläche herum und krochen zum Cockpit, um hineinzusehen. Nervöses Gekicher. Ihr Gelächter schien Henri respektlos. Er fand die Mädchen ärgerlich.

Neben sich hörte er Antoines Stimme: Wir verstecken

die Ranzen bei Claire und berufen eine Versammlung in der Kirche ein.

Henri wollte protestieren, doch die Worte blieben ihm im Hals stecken. Nicht bei Claire, wollte er sagen. Antoines Gesicht war eine Mauer.

Wir müssen die Piloten finden, sagte Antoine leise und nachdrücklich. Ehe die Deutschen sie finden.

Henri, mit den schweren Ranzen beladen, nickte, wie es von ihm erwartet wurde. Jetzt beginnt es, dachte er, und wer weiß, wo es enden wird.

WENN SIE ALLEIN war, stellte sie sich manchmal ans Fenster bei der Pumpe und blickte über die flachen Felder hinweg nach Frankreich. Die Farbe der Felder, grau seit November, verschmolz mit der der Häuser, Steinbauten mit dicken Mauern und Schieferdächern. An kalten Tagen wie diesem konnte sie mitunter nicht erkennen, wo in der Ferne die Felder mit dem Himmel zusammentrafen. Sie stellte sich gern vor, daß es in Frankreich, wenn sie dort hingelangen könnte, Farben gäbe, als blätterte man in einem Buch um und stieße unversehens auf eine farbige Illustration. Das war das Bild, das ihr vorschwebte, wenn sie an den Grenzübertritt dachte, eine farbige Zeichnung.

Sie zog eine Zigarette aus ihrer Rocktasche und zündete sie an. Einen Arm quer über die Brust gelegt, den anderen mit der Zigarette in der Hand abgewinkelt, stand sie am Fenster und sah hinaus. Der Rauch kräuselte sich vor dem Glas träge um ihr Haar. Das war schon ihre dritte, sie mußte bremsen. Henri versorgte sie gut mit Zigaretten. Er schaffte es fast immer, irgendwo welche zu ergattern, ganz gleich, wie rar sie im Dorf waren. Und sie hatte ihm das Versprechen gegeben, eines von vielen, daß sie am Tag nicht mehr als fünf rauchen würde.

Diesmal hatten sie ihr eine alte Jüdin gebracht. Die Frau

war der Gestapo entkommen, indem sie sich zwei Tage und zwei Nächte in ihrem Kamin versteckt hatte. Der Sohn der Frau, der in Antwerpen Arzt gewesen war, hatte sich dieses Versteck für seine Mutter in ihrem Haus ausgedacht, weil sie selbst mit fünfundsiebzig noch so schmal in Schultern und Hüften war, daß sie ins Innere des Kamins hineinpaßte. Als kurz vor Morgengrauen die Gestapo kam, rannte die alte Frau zu ihrem Versteck und kletterte auf den Abtrittleisten, die ihr Sohn eigens zu diesem Zweck angebracht hatte, in die Höhe. In ihrem Nachthemd hing sie mit gespreizten Beinen, die Füße auf die Leisten gestemmt, stundenlang im Kamin. Sie beklagte es, ihren Mann im Bett nicht noch einmal umarmt und geküßt zu haben, bevor sie beide aufgesprungen und geflohen waren. Sie lauschte voll Angst, während die Männer unten ihr Haus durchsuchten, ein-, zwei-, dreimal, und schließlich ihren Mann, der ebenfalls Arzt gewesen war, in seinem Versteck im Keller fanden. Sie hatte mit Gewalt an sich halten müssen, um nicht aufzuschreien und nach ihm zu rufen, und jetzt rief sie jede Nacht im Schlaf nach ihm: »Avram ... Avram ...« Claire lag nebenan in ihrem Bett und hörte sie.

Als ihre Beine sie nicht mehr tragen konnten, stürzte die alte Frau aus der Esse hinunter auf die feuchte Kaminplatte. Der Sohn des Schneiders, der gekommen war, um nachzusehen, ob jemand im Haus des Doktors die Razzia überlebt hatte, fand sie rußgeschwärzt bis zur Unkenntlichkeit im schmutzigen Kamin. Im ersten Moment glaubte er, die alte Frau wäre von der Gestapo bei lebendigem Leib verbrannt worden, und erbrach sich auf den Perserteppich. Aber dann rief sie den Namen ihres Mannes, »Avram ... Avram ...«, und der Sohn des Schneiders trug sie ins Haus seiner Eltern. Seine Mutter badete die alte Frau und übergab sie den Verbindungsleuten von der Résistance. Claire wußte nicht, wie lange sie unterwegs gewesen war. Die

Geschichte der Frau wurde ihr von dem Mann erzählt, der sie zu ihr ins Haus brachte. Die alte Frau sprach kaum ein Wort.

Madame Rosenthal war jetzt oben, in dem kleinen Mansardenzimmer, das hinter der Geheimtür im Rücken des schweren alten Eichenschranks versteckt war. Der Kleiderschrank war einmal Teil von Claires Mitgift gewesen. Henri hatte in seine Rückwand eine Tür eingebaut, die in einen niedrigen Speicherraum dahinter führte, und er hatte ein Fenster in das Schieferdach eingelassen, damit wenigstens etwas Licht in die Kammer fiel. Wenn es den Deutschen eines Tages einfallen sollte, aufs Dach zu klettern, würde die verglaste Luke entdeckt und Claire und Henri würden mitgenommen und erschossen werden. Aber vom Boden aus war das Fenster, das hinter einem Schornstein versteckt war, nicht zu sehen.

Madame Rosenthal war der achtundzwanzigste Flüchtling, den sie bei sich aufgenommen hatten. Claire erinnerte sich an jeden einzelnen, konnte Männer, Frauen und Kinder an ihrem Auge vorbeiziehen lassen wie die Perlen an ihrem Rosenkranz.

Kaum hatten sie und Henri von den Kämpfen in Antwerpen gehört, da war auch schon bekannt geworden, daß Belgiens kleines Heer den Nazis nicht hatte standhalten können. Dennoch hatte Claire erst begriffen, daß Belgien wirklich besetzt war, als im Mai 1940 die ersten Flüchtlinge aus dem Norden im Dorf eingetroffen waren. Sie warteten auf dem Dorfplatz und baten um Essen und Unterkunft. Im Rückblick schien ihr, daß schon in diesen ersten Wochen entscheidende Grenzen gezogen worden waren. Einige der Bewohner von Delahaut waren sofort zum Platz gelaufen und hatten die obdachlosen Landsleute bei sich aufgenommen. Andere hatten schweigend ihre Türen und Fenster geschlossen.

Als damals, in jenem ersten Monat, eines Tages Antoine

zu ihnen gekommen war, um sie aufzufordern, mit ihm dem Maquis beizutreten, hatte Claire sofort gesehen, daß Henri, wäre es nach ihm gegangen, die Tür vielleicht geschlossen hätte. Aber Antoine war hartnäckig gewesen. Claire könne mit ihrer Fremdsprachenkenntnis und ihrer Erfahrung als Krankenschwester nützlich sein, hatte er erklärt. Und Henri hatte Claire angesehen, als meinte er, ihre Fremdsprachenkenntnisse und die Erfahrung in der Krankenpflege könnten ihnen eines Tages zur Gefahr werden.

Ihre erste Familie kam aus Brüssel, der Vater Professor an der dortigen Universität. Es waren sechs Personen, und Claire quartierte sie mit Strohsäcken im Gästezimmer ein. An diesem Abend fragte sie Henri, als sie in der Küche saßen, ob sie nicht auch lieber fliehen sollten, aber Henri sagte nein, niemals würde er den Hof verlassen, auf dem vor ihm sein Vater und sein Großvater gelebt hatten.

Dann müssen wir ein Versteck schaffen, hatte sie gesagt. Denn es wird eine Flut kommen.

Claire wandte sich vom Fenster ab und deckte den Tisch für das Mittagessen ihres Mannes: Weiße Wurst ohne Fleisch, nur aus Milch und Brot gemacht, halb zerlaufener weißer Käse und eine Suppe aus Kohl und Zwiebeln. Sie selbst war dünn geworden im Krieg, aber ihr Mann hatte verblüffenderweise zugelegt. Es ist das Bier, dachte sie, dieses dickflüssige, starke Gesöff, das Henri und die anderen heimlich brauten und vor den Deutschen versteckt hielten. Es lagerte in Fässern im Stall und in Flaschen im Keller. Manchmal platzte eine Flasche. Das Bier war stark, es enthielt viel Alkohol, und sie brauchte nur ein Glas davon zu trinken, um sich beinahe augenblicklich ruhig zu fühlen.

Etwas früher war sie mit dem Essenstablett in die Dachkammer gekrochen, um Madame Rosenthal etwas Suppe zu bringen. Sie legte einen Arm um ihre dünnen Schultern und fütterte sie. Die alte Frau war jetzt sehr gebrechlich, Claire konnte sich nicht vorstellen, wie sie einen weiteren Ortswechsel oder eine Reise überstehen sollte. Aber die Leute vom Maquis wollten sie noch innerhalb dieser Woche fortbringen, über die Grenze nach Frankreich. Alles war vorbereitet, und bald würde die Dachkammer für andere gebraucht werden. Aber wahrscheinlich, dachte Claire, würde die alte Frau in der Dachkammer sterben.

Sie band wieder ihre Schürze um und machte den Kaffee – bitteren Kaffee aus Zichorie, der auch mit noch soviel Zucker, wenn sie welchen gehabt hätten, nicht zu süßen war. Immerhin war es besser als das Gebräu, das sie im letzten Monat gehabt hatten – Malzkaffee, der beinahe nicht zu trinken gewesen war. Sie trat wieder ans Fenster und hielt nach ihrem Mann Ausschau. Sie wußte nicht, wo er war oder ob er überhaupt nach Hause kommen würde. Er war vor mehr als einer Stunde aus dem Stall weggegangen. Ohne ins Haus zu kommen, um ihr zu sagen, wohin.

Er war wie immer gleich am Morgen in den Stall gegangen, um die Kühe zu melken. Vor Beginn des Krieges hatten sie siebzig Kühe gehabt, jetzt waren es nur noch zwölf. Die anderen hatten die Deutschen geholt. Henri brachte den größten Teil des Tages damit zu, die kleine Herde zu versorgen und die Maschinen zu reparieren – keine leichte Aufgabe, da Ersatzteile nicht zu haben waren. Er mußte die Teile selbst entwerfen und anfertigen, aus dem Metall alter Töpfe und Kessel oder Schnallen und Spangen, aus allem, was Claire nicht unbedingt im Haus brauchte. Einmal hatte er eine Schöpfkelle genommen, eine Kelle aus Zinn mit langem Stiel, die sie mit in die Ehe gebracht hatte, und sie hatten sich deswegen gestritten, bis schließlich ihr Zorn verraucht war und sie nachgegeben hatte. Er hatte die Kelle dringender gebraucht als sie. So einfach war das.

Sie wollte nicht darüber nachdenken, wie das für Henri war, Tag für Tag drüben im Stall. Vielleicht hatte er schon aus den Fässern getrunken, sie würde es ihm nicht verübeln. Die Luft war rauh und bitterkalt, und manchmal war es im Stall kälter als auf den Feldern.

Hinter dem Stall hatten sie einen Lastwagen stehen, den sie nie benutzten. Es gab kein Benzin für die Belgier, aber Henri hatte für Notfälle den Holzgasgenerator behalten. Überraschenderweise hatten die Deutschen den Lastwagen nicht beschlagnahmt, die Soldaten holten ihn sich nur hin und wieder wochenweise. Das Schicksal mancher anderer Städte und Dörfer war Delahaut erspart geblieben. Die Deutschen hatten es als Quartier verschmäht. In St. Laurent gab es bessere Unterkünfte.

Claire zog den Ziegelstein hinter dem Herd heraus und holte ihr Buch aus dem Versteck. In diesem Dezember las sie englische Bücher. Manchmal las sie holländische, italienische oder französische Bücher, aber am liebsten las sie englische, wenn sie sie bekommen konnte. Sie liebte den Klang der englischen Wörter und sagte sie laut vor sich hin, wenn niemand im Haus war: *foxglove*, *cellar*, *whisper*, *needle*. Sie konnte die Sprache besser lesen und sprechen, als sie sie schreiben konnte, und versuchte, das auch zu lernen. Sie mußte allerdings vorsichtig sein, sie durfte nichts in Englisch Geschriebenes oder gar die englischen Bücher im Haus herumliegen lassen. Sie hätte der alten Frau oben unter dem Dach gern auf Englisch vorgelesen, aber diese sprach neben Jiddisch, ihrer Muttersprache, und Flämisch nur Deutsch. Sie mußten sich also, ob sie wollten oder nicht, in der Sprache des Feindes miteinander verständigen.

Claire setzte sich an den Eichentisch und schlug ihr Buch auf. Sie hatte es von einem englischen Bordschützen geschenkt bekommen, der aus seinem Flugzeug hatte abspringen müssen und sich bei der Landung in der Nähe von Charleroi das Schlüsselbein gebrochen hatte. Sie erinnerte sich genau an ihn, ein magerer pickeliger Junge, der noch zur Schule gegangen war, als man ihn eingezogen hatte. Er taugte schlecht zum Bordschützen, das sah man gleich, schmal wie ein Halm, mit einem zarten, sensiblen Mund. Er hatte zwei Bücher bei sich gehabt, ein Gebetbuch und einen Band englischer Gedichte. Den hatte er Claire zum Abschied geschenkt. Er habe ihn schon viel zu oft gelesen, hatte er erklärt, aber sie hatte das nicht recht geglaubt. Sie fragte sich, wo der Junge jetzt war. Selten erfuhr sie etwas über das Schicksal der Menschen, die in ihrem Haus vorübergehend Zuflucht fanden, wußte oft nicht einmal, ob sie es bis nach Frankreich oder England geschafft hatten oder auf dem Weg umgekommen waren – erschossen oder verraten. Sie kannte die Anfänge vieler Geschichten, aber nicht ihr Ende.

The world is charged with the grandeur of God.
It will flame out, like shining from shook foil ...

Die wenigen Gedichte von Gerard Manley Hopkins hatte sie am liebsten, obwohl sie Schwierigkeiten hatte, sie zu verstehen. Sie genoß den Klang der Worte, die Art, wie der Dichter die Laute aneinanderreihte. Häufig wußte sie nicht einmal, was die einzelnen Wörter hießen. Sie glaubte zu wissen, was *shook* bedeutete, war aber nicht sicher. Aber *foil*? Dennoch liebte sie den Klang der Worte *shining from shook* und sagte sie gern laut vor sich hin.

Sie spürte ein unangenehmes Ziehen im Unterleib, ein sicheres Zeichen, daß sie noch vor dem Abend ihre Tage bekommen würde. Wie in einem Reflex bekreuzigte sie sich. Sie schloß die Augen und sprach flüsternd ein Gebet, mehr aus Erleichterung als aus Gläubigkeit. Obwohl sie während der fruchtbaren Tage stets achtgab und sich Henri vorsichtig zu entziehen pflegte, konnte sie niemals ganz sicher sein. Sie wollte im Krieg kein Kind in die Welt setzen, nicht in einer Zeit, wo ihm in einer Nacht beide

Eltern genommen werden konnten und es vielleicht hilflos zurückbleiben würde, dem Tod durch Hunger, Kälte oder Bomben ausgesetzt. Selbst die Luft über ihnen war vergiftet. Sie hatte mit eigenen Augen die tödlichen Wolken gesehen. Sie war sich nicht einmal sicher, ob sie nach dem Krieg ein Kind haben wollte. Manchmal dachte sie, daß das Gewicht der menschlichen Schicksale, die ihr Haus gesehen hatte, jenen Teil von ihr, der mit Hoffnung und Zuversicht ein Kind geboren hätte, erstickt hatte.

Diesen Monat allerdings, dachte sie, hätte sie sich nicht so sehr zu sorgen brauchen. Sie zählte nach. Es könnte höchstens viermal gewesen sein. Henri war oft bis tief in die Nacht hinein für den Maquis unterwegs, und sie hatte manchmal den Eindruck, daß der Krieg und das, was Henri selbst gehört und gesehen hatte, auch an ihrem Mann nicht spurlos vorübergegangen waren.

For skies of couple-colour as a brindled cow;
For rose-moles all in stipple upon trout that swim ...

Sie hatte versucht, sich England vorzustellen, aber sie konnte es nicht. Selbst wenn die jungen Engländer ihr Geschichten von zu Hause erzählten, gelang es ihr nicht, sich ein klares Bild von der Landschaft zu machen. Und die Geschichten waren häufig verwirrend: Manche erzählten von reetgedeckten Steinhäusern, wo, in der Erinnerung der jungen Männer, die Gärten immer in Blüte standen, selbst im Winter; andere von städtischen Straßen, schmalen kopfsteingepflasterten Gassen und dunklen Backsteinhäusern.

Das blecherne Scheppern von Fahrrädern auf dem Kiesweg vor dem Haus ließ sie auffahren. Hastig schob sie den englischen Gedichtband auf ihren Schoß unter dem Tisch. Henri und Antoine Chimay kamen in die Küche. Sie trugen beide Kinderschulranzen. Henri war außer Atem.

»Claire!«

»Was ist denn?«

»Ein Flugzeug!«

»Ein Flugzeug?«

»Ja, ja. Abgestürzt. In Delahaut.«

»Ein englisches?«

»Nein, amerikanisch.«

»Ein amerikanisches Flugzeug? Gibt es Überlebende?«

»Ein Mann ist tot, ein zweiter schwerverletzt. Die anderen sind verschwunden. Acht Leute wahrscheinlich.«

»Wo ist das Flugzeug?«

»Auf der Anhöhe. Die Männer sind vermutlich im Wald.«

Henri und Antoine luden die Schulranzen auf dem Tisch ab.

»Die mußt du verstecken«, sagte Antoine.

Henri sah seine Frau an, als wollte er sagen, es tue ihm leid. »Am besten im Stall«, sagte er statt dessen.

Henri war erhitzt, ob von der Anstrengung des Fahrradfahrens oder von innerer Erregung, war nicht zu sagen. Er war älter als sie, er würde im Frühjahr zweiunddreißig werden. Seine Gesichtszüge schienen mit dem Alter breiter geworden zu sein, wie das bei den Männern im Dorf oft zu beobachten war. Es war, als hätte Henri, in Gesicht und Körper, endlich die Form gefunden, die er den Rest seines Lebens beibehalten würde – stämmig wie sein Vater, bullig, mit runden, kräftigen Schultern. Er hatte dickes, braunes Haar in derselben Farbe wie seine Augen, über der Stirn einen Wirbel, so daß eine breite, spitz zulaufende Strähne nach vorn fiel wie eine Schwanzfeder. Ihr war aufgefallen, daß ein Zahn auf einer Seite seines Mundes sich dunkel zu färben begann. Sie wußte nicht, ob ihm der Zahn Schmerzen bereitete. Er klagte nie.

»Ich muß jetzt wieder weg«, sagte er. »Ich weiß nicht, wann ich zurück bin.«

Claire nickte. Sie wartete, bis ihr Mann und Antoine aus dem Haus waren und ihre Fahrräder bestiegen hatten. Dann versteckte sie den englischen Gedichtband hinter dem Ziegelstein. Sie zog ihren Mantel an und nahm einen Packen Schulranzen vom Tisch. Von oben, durch die Dielen, meinte sie die alte Frau weinen zu hören.

FINSTERNIS UNTER DEN Bäumen, Nacht, die keine war. In der Küche feierte jemand Geburtstag. Seine Mutter war im Büro im Gerichtsgebäude, und sein Vater, der immer nach rohem Fleisch stank, wenn er nach Hause kam, war noch nicht da. Von irgendwo Gesang. Von den Kindern, die sich über die Kerzen beugten. Frances, die den Kuchen gebacken hatte, neigte sich über ihn, so daß er ihren warmen Atem auf seiner Wange spüren konnte, und flüsterte in der Dunkelheit: »Wünsch dir was, Teddy. Du darfst dir jetzt was wünschen.«

Wenn er als Junge weinen mußte, lief er immer zu Frances.

Der Boden war marmorhart. Von Zeit zu Zeit hörte er einen fernen Ruf, manchmal das Knacken eines abgeknickten Asts. Bei der Kälte zersprangen die Äste wie im Feuer.

Er hatte sein Bein, einen toten Soldaten, wie weit geschleppt – fünfzig Meter? Hundert? Keine Sonne, die ihm Richtung geben konnte, der Kompaß war zertrümmert. Er konnte auf dem Weg nach Deutschland sein oder auf dem Weg hinaus, es gab keine Markierungen an den Bäumen, die den Weg wiesen.

Als er sich damals bei dem Sturz aus dem Baum den Arm gebrochen hatte, hatte Frances bei ihm gesessen und auf seine Bitte stundenlang mit ihm Rommé gespielt. Frances, die so groß war wie er und sein Gesicht hatte, aber in verzerrter Form. Seine Mutter flüsterte manchmal, daß Frances nie heiraten würde.

Sein Bein war steif und angeschwollen. Das Knie ließ sich nicht beugen. Er fragte sich, ob eine Art Starre eingesetzt hatte.

Er hätte jetzt gern eine Zigarette gehabt. Wie man sie den Todgeweihten zu geben pflegte.

Wenn er nicht gefunden würde, dachte er, würde er vor dem Morgen tot sein.

Aber gleichzeitig hatte er Todesangst davor, gefunden zu werden. Ein fremder Helm. Die Mündung eines Gewehrs an seinem Hals.

Auf der Veranda von Stellas Haus war eine Schaukel. Es war gestern oder letzten Monat, und Stella saß in einem dünnen Baumwollkleid neben ihm. Die Haut in der Mulde über ihren Brüsten war gebräunt, und ihre Beine waren nackt. Er mußte seltsamerweise an ein Mädchen auf einem Fahrrad denken, mit nackten Beinen, das stürzte und sich die Knie aufschrammte. Sie war noch ein Mädchen, auch da noch, auf der Veranda. Hatte er deshalb gezögert? Der Rock blähte sich wie ein Fallschirm und verbarg ihre Beine.

Das war sein Spitzname gewesen, als er noch ein Junge gewesen war. Teddy. So nannte ihn Frances. Stella nannte ihn Ted.

Seine Hände waren zu gekrümmten Katzenpfoten gefroren. Er schleppte sich auf den Ellbogen voran. In seiner Bomberjacke steckte eine Fotografie. Erschöpft streckte er sich aus. Vielleicht würde er schlafen oder hatte geschlafen. Er nestelte mit seinen starren Fingern am Reißverschluß der Jacke, aber er konnte ihn nicht öffnen. Unter dem Reißverschluß war eine Fotografie von Stella.

Der Himmel über den Bäumen hatte die Farbe von Staub. Manchmal stieß er auf welkes Eichenlaub, das ihm das Vorwärtsrutschen erleichterte. Als er aus der Ferne eine Stimme hörte, überlegte er, ob er um Hilfe rufen sollte. Es gab feste Vorschriften. Welche Vorschrift galt für den möglichen Erfrierungstod im Wald?

Es war 1936 oder 37. Er hatte das Jahr vergessen. Matt, sein jüngerer Bruder, stürmte wutentbrannt in sein, Teds, oder damals noch Teddys?, Zimmer hinauf und demolierte sämtliche Modellflugzeuge, die dort an feinen Fäden von der Zimmerdecke herabhingen. Ted hatte sie sich von dem Geld gekauft, das er mit Feldarbeit verdient hatte, hatte sie mit liebevoller Sorgfalt zusammengebaut und bemalt und über viele Jahre gesammelt. Von unten hörte Ted das Wüten der Zerstörung, fürchtete das Schlimmste und rannte in sein Zimmer hinauf, in dem eine Verwüstung wartete. Gesplittertes Holz und verhedderte Fäden, gebrochene Tragflächen auf dem Bett. Tausend Stunden zunichte. Er schwor sich, nie wieder ein Wort mit Matt zu sprechen, und er hatte seinen Schwur gehalten – bis zu dem Morgen, als er auf den Zug wartete, der ihn in den Krieg bringen sollte. Mit seiner Mutter und seinem Vater und mit Frances, die offen weinte, stand er fröstelnd auf dem Bahnsteig und wünschte voll Furcht vor dem Abschied, der Zug würde endlich kommen. Dann drehte er sich plötzlich um und sagte zu Frances, ich bin gleich wieder da.

Im Sprint legte er den Weg zurück, eine Leichtigkeit für ihn, er hatte die 400 Meter bei der Landesmeisterschaft gewonnen und dank seinen schnellen Beinen ein Universitätsstipendium bekommen. Er rannte an den Höfen und Häusern vorbei, an den Feldern, über denen gerade die Sonne aufging, jagte die Treppe seines Elternhauses hinauf, weiße Holzschindeln mit einer breiten Veranda, früher ein Bauernhaus, jetzt ein Haus wie alle anderen am Rand des kleinen Städtchens in Ohio. Matt lag noch im Bett, als er kam.

Er schüttelte ihm die Hand. Er sagte Auf Wiedersehen.

Worum war es bei dem Streit überhaupt gegangen? Er konnte sich nicht mehr erinnern. Ein blöder Streit. Matt war damals nicht mehr als ein Dreikäsehoch gewesen.

Er fragte sich, ob er je wieder ein Rennen laufen, je wieder gehen würde. Oder würde man ihm das Bein abnehmen müssen?

Wer war »man«?

Er hatte die jungen Männer mit den hochgeklappten und am Bund festgesteckten Hosenbeinen gesehen, auf der Durchfahrt, auf der Heimreise. Warnende Vorahnung dessen, was da draußen wartete.

Aber an so etwas dachte man nicht. Man ließ sich mit Gin vollaufen, der aus Grapefruitsaft gebraut war und fast nur aus reinem Alkohol bestand, und hoffte, man würde nicht mitten in der Nacht geweckt werden, wenn man noch betrunken war.

Er wollte bloß nicht so werden wie sein Vater. Der Metzger. Die Hände in den Eingeweiden von Tieren. Ewig totes Fleisch unter den Fingernägeln. Ewig nach rohem Fleisch stinkend. Oder bildete sich Teddy das nur ein?

Sein Vater pflegte Seagram's zu trinken. Den ganzen Abend.

Ted kam zu sich und merkte, daß er geschlafen hatte. Oder bewußtlos gewesen war. Der Schmerz kam in Wellen. Er wünschte, sein Bein würde einfrieren, so taub werden wie seine Finger.

Wo waren Case, Baker, Shulman? Case hatte eine Schußverletzung im Arm, Shulman hatte stark gehinkt. Tripp hatte Blut auf seiner Kombination gehabt. Waren sie gefunden worden? Waren sie vermißt? Tot?

Ein Königreich für eine Zigarette oder ein Glas Bier.

Der Durst hatte sich plötzlich gemeldet. Kein gutes Zeichen. Er stützte sich auf die Ellbogen und sah zu seinem Bein hinunter. Blut quoll durch das Hosenbein seines Anzugs. Er konnte seinen Fuß nicht bewegen und fühlte ihn nicht.

Hatte er in seiner Jacke irgendwo Zigaretten? Er konnte sich nicht erinnern. Sie waren ohnehin so unerreichbar wie Diamanten in einem Safe. Genau wie Stellas Foto.

Ihre Fotografie sah aus wie alle anderen, die man ihm gezeigt hatte. Abgegriffen und zerknittert. Die Knitter liefen über ihren Hals.

Warum hatte er sie am Abend vor seiner Abreise, als sie auf der Veranda gesessen hatten, nicht einfach bei der Hand genommen und vom Haus weggeführt?

Irgend etwas hatte ihn zögern lassen.

Wie albern, dachte er, während er auf der gefrorenen Erde lag, diese moralischen Bedenken. Hatten nicht an diesem Abend Tausende von Männern eine Frau geliebt, nur um zu spüren, daß sie lebendig waren?

Er stellte sich vor, wie seine Hand unter dem Fallschirmrock Stellas nacktes Bein hinaufglitt.

Waren unten vielleicht Menschen gewesen, als er den Befehl zum Notabwurf der Bombenladung gegeben hatte? Von oben hatte es ausgesehen, als befände sich nur Ackerland unter ihnen, endlos weite Felder, aber die Wolkendecke war so dick gewesen, daß er es nicht mit Sicherheit hatte sagen können. Wirklich gesehen hatte er erst etwas, als er tief hinuntergegangen war. Der Bombenschütze hatte gesagt, es seien nur Felder. Und mitten im Dezember hielt sich doch bestimmt kein Mensch draußen auf den gefrorenen Äckern auf. Nie im Leben.

Er hätte eine Feldflasche für sich behalten sollen.

Er glitt in einen leichten Schlaf, träumte von Fallschirmseide. Er wickelte eine Frau aus der Seide, und sie sah ihn dabei lächelnd an. Er kniete nieder, um sie zu entkleiden, aber es war so viel Seide, endlose Bahnen ...

Mit einem Ruck kam er zu sich. Er hatte etwas gehört, er war ganz sicher. Schritte. Kein Traum.

Er richtete sich auf und blieb reglos liegen. Es war ein ganz schwaches Geräusch, kein Rascheln oder Knistern, sondern ein leiser Schritt. Da! Da war es wieder. Es näherte sich von der Weide. Er konnte nichts erkennen unter den Bäumen.

Hastig sah er sich um und suchte nach Deckung. Er mußte sich verstecken und erst sehen, wer da heranschlich, ehe er sich zeigte. Ungefähr fünf, sechs Meter entfernt war struppiges Gebüsch, so dunkel, daß er nicht hineinsehen konnte. So schnell wie möglich zog er sich geräuschlos dorthin. Das Geäst der Büsche war hart und dornig. Er wälzte sich herum und kroch auf dem Bauch in die Dunkelheit.

Keine Stimmen. Nur der Schritt. Eine Person.

Näher jetzt. Eindeutig näher.

Sollte er beten? Sie pflegten darüber zu witzeln: Schützengrabenreligion nannten sie es. Männer, die seit langem außer Übung waren, mühten sich um die richtigen Worte, die richtigen Sätze.

Er glaubte, eine Gestalt zu erkennen.

Die Focke-Wulfs waren überall. Feuergarben und Rauch am Himmel. Eine B-17 von der Flak mittendurch getrennt, ihre Nase begann zu trudeln, stürzte außer Kontrolle in die Tiefe, während das Heck in der Luft dahintrieb, segelte wie im Flug, und hinten der Bordschütze immer noch feuerte ...

Ekberg schrie laut. Seine Hände waren an den Geschützen festgefroren. Das Heulen der Männer und das Heulen der Maschine. Der Lärm, ohrenbetäubend, markerschütternd, im Kopf, in den Knochen.

Wäre es möglich gewesen, über den Kanal heimzukehren, fast ohne Sprit, auf den Wellen zu reiten und es zu schaffen? Peterson hatte behauptet, ja.

Ein Deutscher hatte den Abstand falsch eingeschätzt und stieß mit einem Bomber zusammen. Der Jäger kippte seitlich, überschlug sich und raste im Sturzflug zur Erde hinunter.

Focke-Wulfs voraus. Zählt die Fallschirme. Was ist aus dem Schwanz des Bordschützen geworden? Von Blut durchtränkte Fallschirmseide. Frances hatte ihn großgezogen, und er hatte Matt auf Wiedersehen gesagt. Er lag jetzt auf den Knien und schälte eine Frau, die ihn lächelnd ansah, aus Hüllen weißer Seide. Aber es war so viel Stoff, endlose Bahnen …

ALS DER JUNGE zur Lichtung zurückkehrte, waren nicht mehr so viele Menschen da. Man wußte, daß bald die Deutschen kommen würden, und niemand wollte in der Nähe des Flugzeugs sein, wenn die Deutschen es entdeckten. Jean war zur Schule zurückgefahren, um seinen Mantel und seinen Pausenbrotbeutel zu holen. Aber diesmal war er zu Fuß hergekommen. Das Fahrrad hätte ihn verraten können, auch wenn er es noch so gut versteckt hätte. Das aber durfte nicht geschehen. Wenn sie ihn im Wald ertappten, auf der Suche nach den Amerikanern, die aus dem Bomber geflohen waren, um ihnen zu helfen, würden sie ihn ins Lager verfrachten. Garantiert.

Unbemerkt schlüpfte er an der Stelle, die er sich gemerkt hatte, in den Wald. In den Taschen seiner Jacke hatte er Brot und Käse und eine kleine Flasche mit Wasser. Den Kindern war befohlen worden, unverzüglich zum Unterricht zurückzukehren, wer nicht gehorchte, würde bestraft werden. Er konnte sich die Wut in Monsieur Dauvins großem roten Gesicht vorstellen, wenn der sah, daß Jeans Bank leer blieb. Er hatte Marcel aufgetragen, zu sagen, ihm sei nicht gut, aber er wußte, daß diese Lüge bald entdeckt werden und ihm eine noch härtere Strafe eintragen würde. Er hätte Marcel lieber gar nichts sagen sollen, denn nun würde auch Marcel den Rohrstock zu spüren bekommen.

Er kannte sich gut aus im Wald. Bestimmt gab es in Delahaut keinen Jungen, der sich dort besser auskannte als er. Der Hof seines Vaters grenzte ja im Norden direkt an den Wald, und Jean hatte schon als kleiner Junge die Erfahrung gemacht, daß man dort unter den Bäumen gut aufgehoben war. Jeden Tag nach der Schule streifte er unter Buchen und Eichen umher, beobachtete im Frühjahr das neue Wachstum, die frischen grünen Knospen, die weißen Märzenbecher, die aus der Erde ans Licht stießen. Im Sommer und im Herbst ging er mit Marcel zum Fischen, und vor dem winterlichen Wald hatte er einen gesunden Respekt. Er wußte, daß man sterben mußte, wenn man sich im Dezember im Wald verirrte und nicht gefunden wurde.

Es war leicht, allzu leicht, der Spur zu folgen. Das welke Gras war flachgedrückt, tiefhängende Zweige an Büschen abgeknickt. Er mußte den Flieger bald finden, sonst würde er mit Sicherheit den Deutschen in die Hände fallen. Die Spur war zu deutlich zu erkennen, und er hatte jetzt keine Zeit, sie zu verwischen.

Was er tun würde, wenn er den Mann gefunden hatte, wußte er nicht. Er dachte, er würde ihm Brot und Käse und Wasser geben und ihn dann in Sicherheit bringen. Erregung erfaßte ihn, als er sich vorstellte, er würde dem Mann zur Flucht an die französische Grenze verhelfen und ihm zum Abschied die Hand schütteln wie ein erwachsener Mann. Aber als er genauer über diese Phantasie nachdachte, kamen ihm Zweifel. Wo sollte er den Mann unterbringen? Er dachte an den Stall auf dem Hof seines Vaters und spürte im selben Moment, wie ihm die Scham heiß den Nacken heraufkroch. Manche der älteren Jungen in der Schule zischelten, wenn er an ihnen vorüberkam, so laut, daß er es hören mußte, *»le fils du collabo«*, der Sohn des Kollaborateurs.

Am Anfang, als die höhnischen Anspielungen begannen, verstand er nicht, was gemeint war, und als er seinen Vater gefragt hatte, war der ausgewichen. Er hatte nur gesagt, Krieg sei Männersache und gehe kleine Jungen nichts an. Später hatte Jean, der Augen und Ohren offengehalten hatte, entdeckt, daß sein Vater mit den Deutschen Geschäfte machte, ihnen gegen Bezahlung Brot und Fleisch von seinem Hof lieferte. Das war so schlimm, fand Jean, als verkaufte er ihnen Maschinenteile oder sogar Kriegsgeheimnisse. Es war eine Schande. Sein Vieh an die Deutschen zu verlieren, weil sie es beschlagnahmten, war etwas ganz anderes, als es ihnen gegen Geld zu verkaufen. Manchmal war die Scham beinahe unerträglich. Er hatte schon daran gedacht, von zu Hause wegzulaufen, aber es war Winter, wohin hätte er gehen sollen? Selbst wenn es ihm gelänge, Frankreich zu erreichen, was sollte er dann tun? Wie sollte er sich am Leben erhalten? Wer würde einen fremden Jungen aufnehmen, einen zusätzlichen Esser? Vielleicht würden ihn gar die Deutschen erwischen und ins Lager schicken. Außerdem konnte er seine Mutter nicht im Stich lassen. Der Gedanke an seine weinende Mutter bereitete jedesmal den wilden Träumen ein Ende.

Er war jetzt an die dreihundert Meter von der Lichtung entfernt. Diesen Teil des Waldes kannte er besonders gut. Nicht weit von hier war ein kleiner See, in dem es im Sommer Forellen gab. Jetzt war er zugefroren, eine Scheibe blanken schwarzen Eises. Er überlegte, was die Forellen im Winter taten – gruben sie sich tief in den Schlamm ein, wo es still und sicher war? Als er noch kleiner gewesen war, hatte er Schlittschuhe gehabt und war im Winter über das schwarze Eis des Sees geflitzt. Aber sie waren ihm zu klein geworden, und er wußte, daß es jetzt für lange Zeit mit dem Schlittschuhlaufen vorbei sein würde.

Er blieb stehen und lauschte. Er meinte, ein Geräusch zu hören. Ein leises Rascheln von Blättern. Sein Magen krampfte sich zusammen. Er mußte dringend pinkeln. Er hätte es früher tun sollen, jetzt war es zu spät; er würde gehört werden. Vorsichtig ging er weiter, Schritt für Schritt, so behutsam und leise wie möglich. Dann hielt er wieder an, um zu lauschen. Er konnte das Rascheln nicht mehr hören. Er wartete. Er ging noch einmal ungefähr zehn Meter vorwärts, und da schien die Spur plötzlich zu enden. Verwirrt blieb der Junge neben dichtem Gestrüpp stehen. Unwillkürlich blickte er nach oben. War der Mann auf eine Eiche hinaufgeklettert? Hatte er ihn kommen sehen? Auf einmal hatte er große Angst und nur noch den Wunsch, sich zu verkriechen. Er hätte nicht hierher kommen sollen. Wenigstens hätte er Marcel mitnehmen sollen.

Der Drang, zu pinkeln, war beinahe überwältigend. Wohin war die Spur verschwunden? Er suchte rundherum nach einem Hinweis. Vielleicht war der Mann aufgestanden und kroch jetzt nicht mehr, sondern war zu Fuß weitergegangen. Unmöglich, im dämmrigen Licht des Waldes Fußabdrücke zu erkennen, dachte Jean.

Enttäuscht und zornig drehte er sich herum, und da entdeckte er, wonach er die ganze Zeit gesucht hatte. Eine Stiefelsohle, die aus dem Gebüsch hervorsah.

DAS DORF WAR nicht weit von Cambridge, mitten im flachen Land, das sich eben bis zum Horizont erstreckte, feuchtes Marschland, dem Meer abgerungen. Den ganzen Herbst hindurch, seit seiner Ankunft im Oktober, war er an den freien Tagen mit einem Fahrrad die schnurgeraden Straßen hinauf und hinunter gefahren, durch eine Landschaft, in der man bei klarer Luft in der Ferne Dorf nach Dorf sehen konnte, kleine Siedlungen geduckter, spitzgiebeliger Häuser, eine ganz und gar unspektakuläre Landschaft, die sich hervorragend als Flugfeld eignete.

Gewissermaßen im Handstreich hatten sie das Dorf in Besitz genommen, auf Äckern und Weiden standen nun reihenweise Nissenhütten, kalt und zugig, in denen nachts alle husteten, sei es vom Zigarettenqualm oder von der Kälte, es spielte keine Rolle. An jenem Abend, dem Abend vor dem zwölften Einsatz, lagen er und Case einander auf ihren Feldbetten gegenüber, halb aufgerichtet auf den Ellbogen, und rauchten eine Zigarette nach der anderen, während sie redeten, spekulierten, endlose Mutmaßungen anstellten über das Ziel, die Wetterbedingungen, die Bewölkungsdichte, die Frage, wie tief sie in feindliches Gebiet würden hineinfliegen müssen. Case war nervös und reizbar. Er brüstete sich manchmal mit seinem Wurfarm, behauptete, daß vor dem Krieg die Boston Braves ihn angesprochen hätten, aber so wie er das erzählte, mit diesem ausweichenden Blick, zweifelte Ted an der Geschichte. Nach den Einsätzen bekam Case jedesmal mörderische Kopfschmerzen und mußte dann stundenlang wie ein Halbtoter in seinem Bett liegen.

Ted fand, für Case wäre es schwieriger als für ihn. Als Copilot hatte man weniger zu tun und mehr Zeit, darüber nachzudenken, was auf einen zukam. Case konnte nicht schlafen, und in dieser Nacht fand auch Ted keinen Schlaf. Sie rauchten, und Case erzählte von seiner Freundin zu Hause und von den Braves. Case schlief nie vor einem Einsatz, und Ted hatte seinen Navigator verloren. Ted dachte manchmal, wenn sie je gezwungen sein sollten, über Deutschland abzuspringen, würde Case mit Glück vielleicht für einen Deutschen gehalten werden – mit seiner hohen, flachen Stirn und dem hellen, beinahe farblosen Haar. In der Dunkelheit konnten die beiden Männer das Husten der anderen hören. Ein Mann stöhnte und schrie im Schlaf auf. Case sah Ted an und sagte »Shulman«. Ted nickte. Am Morgen lag auf dem Boden zwischen ihren Betten ein Berg von Kippen.

Nachdem der Einsatz bekanntgegeben worden war, hatte Ted sich an diesem Abend auf die Suche nach Mason gemacht, dem einzigen Mitglied der Besatzung, das nicht auf Anhieb zu finden gewesen war. Er hatte im Fliegerclub gesucht, auf dem Postamt, im Casino, sogar in der Kapelle. Dann hatte er aufgegeben. Der Navigator, hatte er sich gesagt, würde sicher vor der für drei Uhr morgens angesetzten Einsatzbesprechung zurückkommen.

Vor jedem Einsatz pflegte Ted in der Kabine draußen vor der Baracke zu duschen, in eisiger Kälte unter eisigem Wasser. Es war ein Ritual, ein Aberglaube, ein Tribut an das wankelmütige Glück, genau wie Tripps Gewohnheit, seinen zerrissenen Schal zu tragen, und McNultys Beharren darauf, stets ein Kartenspiel mit fünf Assen einzustecken. Als Ted zitternd vor Kälte und noch naß in die Baracke zurückkehrte, hörte er Case laut und beinahe höhnisch sagen, Mason sei nach Cambridge gefahren. Ted zog sich an, setzte sich auf sein Fahrrad und strampelte in der Winterkälte zu dem Hotel, wo Mason sich, wie er wußte, häufig mit seiner englischen Freundin traf. Auf der Fahrt gefror ihm das Haar auf dem Kopf und taute erst im Hotelfoyer wieder auf. Der Mann am Empfang gab angesichts seines militärischen Rangs klein bei und ließ ihn, den Vorschriften entgegen, nach oben gehen. Ted klopfte an und öffnete die Tür. Im Bett lag eine nackte Frau. Er erinnerte sich an dünnes rotes Haar und rotmarmorierte Haut. Auf dem Nachttisch stand eine Flasche Gin, echter, kein GI-Fusel. Mason war betrunken, doch Ted wußte, daß die Erschöpfung ihn hierher getrieben hatte. Sie nannten es Erschöpfung, aber das war nur ein beschönigendes Wort für einen Zustand, in dem einem sämtliche Sicherungen durchbrannten und keine zehn Pferde einen dazu bewegen konnten, sich noch einmal in die Maschine zu setzen, in der die Chancen einer gesunden Heimkehr eins zu drei standen. Mason war abgehauen, als er von dem bevorstehenden Einsatz gehört hatte. In dem Hotelzimmer sagte er Ted, er wisse, daß er vor ein Kriegsgericht gestellt und degradiert, vielleicht eingesperrt werden würde, aber, fügte er mit schwerer Zunge hinzu, das interessiere ihn einen fliegenden Scheißdreck, und dann lachte er. Ted wollte ihm Vorhaltungen machen, aber er ließ es. Man konnte nicht mit einem Navigator fliegen, der den Koller hatte und betrunken war.

Brich ab, hatte er in diesem Moment abergläubisch gedacht. Aber er hatte es nicht getan.

Am ersten Weihnachtsfeiertag war er bei einer englischen Familie zum Essen eingeladen. Er nahm Schokolade und Obst für die Kinder mit. Eines der Kinder war ein junges Mädchen, sehr jung, sicher nicht älter als zwölf, mit einem runden Gesicht und seitlich gescheiteltem kurzen Haar, eine unvorteilhafte Frisur zu einem Gesicht, das nicht hübsch war, ihn aber an Frances erinnerte. Und in dem kleinen Backsteinhaus, mit dem Braten voller Flachsen auf dem Tisch und dem Weihnachtsschmuck aus knallig buntem Papier an der Decke und den Fenstern, packte ihn so tiefes Heimweh, daß er beinahe weinte. Erst als er langsam heißen Tee aus einer Porzellantasse schlürfte, fand er seine Fassung wieder.

Seit vor Weihnachten hatten sie keine Einsätze mehr geflogen, und wenn sie nicht fliegen mußten, herrschte Langeweile. Sie spielten Karten und saßen im Pub herum. Sie warteten auf die Post. Sie gingen zu ihren Maschinen hinaus und fachsimpelten mit den Mechanikern. Manchmal konnten sie wegen des Wetters tagelang nicht fliegen, und die Untätigkeit machte alle reizbar. Als sie an diesem Morgen in aller Frühe zur Einsatzbesprechung gingen, knisterte im Raum eine Spannung, wie Ted sie noch nie so deutlich gespürt hatte. Er zeigte dem MP seinen Ausweis. Später, wenn er sich für den Einsatz kleidete, würde er den Ausweis zurücklassen und nur seine Hundemarke und seine Notausrüstung mit seinem Foto und eine Handvoll ausländischen Geldes mitnehmen. Und jeder Mann in der Maschine, das wußte er, würde noch etwas bei sich tragen. Eine Glücksmünze. Das Foto einer Frau. Zigaretten. Einen Fotoapparat. Billige kleine Bücher, die in eine Tasche paßten und auf Kriegspapier gedruckt waren, das einem manchmal in den Händen zerfiel.

Miserables Wetter wartete auf sie. Das wußten sie schon. Auf dem Weg von der Baracke zum Besprechungsraum hatte jeder am Nachthimmel nach Sternen gesucht, einem noch so kurzen Aufblitzen des Mondes, einem Riß in der Wolkendecke. Aber die Finsternis war an diesem Morgen undurchdringlich. Ted dachte, wenn sie überhaupt flögen, würden sie weit hinauf müssen, um die Wolkendecke zu durchstoßen. Manchmal kam es bei solchen Wetterverhältnissen zu Katastrophen. Er wußte von Flugzeugen, die, noch keine tausend Fuß über der Erde, zusammengestoßen und explodiert waren. Eine Staffel, die die Orientierung verloren hatte und im dichten Nebel eine andere kreuzte, eine blutige Tragödie. Sinnloser Tod, als hätte der Tod je Sinn.

Case kaute auf einem Zahnstocher; Shulman hinter ihm summte vor sich hin. Glenn Miller. *A String of Pearls*. Shulman war aus Chicago, Schweißer wie vor ihm sein Vater, hatte er erzählt. Er hatte eine unreine Haut und kleine stechende Augen. Mason war Schlagzeuger und hatte mit einer Band in Tanzlokalen in New York gespielt. Im Pub unterhielt er sie manchmal mit hölzernen Schlegeln, die er aus einem nach einer Lagebesprechung gestohlenen Zeigestab geschnitzt und geschmirgelt hatte. Wenn man seine Hände über die Tische fliegen sah, konnte man sich einbilden, in einem schicken Nachtclub zu sitzen und einem Solo zuzuhören, während man mit einer Frau in einem roten Kleid Pink Gin trank.

Im Besprechungsraum packte Case systematisch einen Kaugummi nach dem anderen aus und schob sich die Stäbchen in den Mund. Er wippte unaufhörlich mit dem Fuß. Trotz der Kälte hatte er schon zu schwitzen begonnen, seine Schläfen glänzten feucht.

Ted studierte die Karte in dem schwarzen Umschlag. Er fragte sich, wie lang der dünne, rote Faden diesmal sein und wohin er sie führen würde. Die Männer im Raum husteten, und man konnte seinen eigenen Atem sehen.

Er erinnerte sich an den ölverschmierten Beton unter der Maschine und das langsame Heraufziehen des Morgens – ein kaum wahrnehmbares Hellerwerden im endlosen Grau. Rund herum standen andere Maschinen, die Leute vom Bodenpersonal, Ladefahrzeuge, Tankwagen. Dahinter lagen die kahlen Felder und die Bäume, und aus der Ferne war das gedämpfte Rattern eines Zuges zu hören.

Case nahm Teds Fallschirm und Flugtasche mit hinauf. Unten übergab Aikins, der Chefmechaniker, Ted die Prüfliste. Am Fahrwerk war ein Bolzen repariert worden, las er und begann dann die äußere Besichtigung des Flugzeugs. Die B-17, eine Masse gehämmerten und genieteten Metalls, war flugtauglich, aber schön war sie nicht mehr. Zahllose Einsätze hatten ihren Tribut gefordert. Unter dem aufgeschrammten Anstrich schimmerte das Silber von Metall hervor; Kugeln und Splitter hatten deutliche Male hinterlassen. Der olivfarbene Tarnanstrich oberhalb der Motoren war voller Ölflecken.

Hinten zogen die Männer ihre aufblasbaren Schwimmwesten über. Seine Besatzung war jung – neunzehn, zwanzig – und entmutigt durch die schweren Verluste. Sie nannten ihn den »Alten«, obwohl er an diesem Tag gerade erst zweiundzwanzig wurde. Wenn sie wieder heil landen würden, würde er es ihnen sagen und sich betrinken und betrunken bleiben bis Neujahr. Warren war ein Bauernsohn; Ekberg hatte in einer Bowlingbahn gearbeitet. Lauter Fremde, vom Schicksal zusammengewürfelt, Männer, zu denen man sich zu Hause nicht hingezogen fühlen würde. Ganz selten einmal entstand eine Freundschaft.

Ludwigshafen. Er sprach den Namen langsam vor sich hin. Synthetische Treibstoffe und Chemikalien, zweihundert Kilometer hinter der deutschen Grenze, eine Fabrik in der Nähe von Mannheim. Im Besprechungsraum hatte der Staffelführer die Lichter ausgeschaltet, und sie hatten sich die Fotos angesehen, die die Aufklärer gemacht hatten –

unter den grauen Schatten die Ziele gesucht, die sie bombardieren sollten, kleine Rechtecke, die anders aussahen als die übrigen. Jede Besprechung endete auf die gleiche Weise: mit dem Zeitvergleich und einer abgedroschenen Ermahnung: Wenn sie es nicht täten, würden andere es tun müssen.

Er ging am Mittelteil der Maschine vorbei zur linken Tragfläche und den Maschinen und untersuchte die Propeller auf Risse und Sprünge. Ein Mann von der Bodencrew, der das Plexiglasgehäuse der Kanzel polierte, salutierte. Ted zog sich in die Maschine hinauf zur Inneninspektion. Und in diesem Moment begann wie jedesmal das Unbehagen. Nicht weil er Angst hatte, sie hatten alle Angst, sondern weil er nicht das Kommando haben wollte. Er war ein guter Pilot, vielleicht sogar ein sehr guter Pilot. Aber er wollte nicht die Verantwortung für all die Menschen tragen, die mit ihm in der Maschine saßen. Er hatte gehofft, bei der Aufklärung eingesetzt zu werden, als er sich gemeldet hatte. Er hatte allein sein wollen.

Case saß im Cockpit, sein Gesicht schon kreidebleich und wächsern. Er würde sich besser fühlen, wenn sie erst einmal in der Luft waren, das wußte Ted aus Erfahrung. Das Warten vor dem Einsatz war das schlimmste für ihn.

Von einem Piloten erwartete man, daß er sein Flugzeug liebte. Aber Ted liebte seine Maschine nicht. Nein, von Liebe konnte keine Rede sein. Er hatte gehört, wie die anderen Piloten von ihren Maschinen sprachen, als sprächen sie von den Frauen, nach denen sie benannt waren – *Miss Barbara, Jeannie Bee, Eiserne Jungfrau.* Sie streichelten und tätschelten sie vor dem Einsatz und küßten sie in wildem Überschwang, wenn sie heil zurück waren. Für Ted war der Bomber eine Maschine, die versagen konnte und es manchmal tat – eine Maschine, mit der er im Verlauf der elf vergangenen Einsätze notgedrungen Frieden geschlossen hatte. Er hatte Respekt vor seinem Flugzeug und vor den Männern, die mit ihm fliegen mußten, aber am Ende eines Einsatzes trennte er sich gern von ihnen.

Die beiden Piloten saßen in einem engen kleinen Gehäuse, vielleicht anderthalb Meter im Quadrat. Rund um sie herum, vorne, auf den Seiten, hinter ihnen an der Decke und selbst auf dem Boden, waren Armaturen, Schalter, Hebel. Das Fliegen in einer B-17, fand Ted, war weit mehr eine schwerfällige technische Operation als ein stolzes Überwinden der Schwerkraft. In etwa zwanzig Minuten würde er in diesem schweren Gerät in einer Höhe von 26 000 Fuß über der Erde, bei Temperaturen um minus fünfzig Grad eine Folge komplexer Manöver ausführen müssen und dabei gnadenlos von deutschen Jägern unter Beschuß genommen werden. Lieber nicht daran denken.

Shulman war vorne in der Nase; Warren würde sich gleich wie ein Fötus in der Geschützkuppel zusammenrollen; Ekberg war im Heck. Baker, der neue Navigator, verhielt sich still in Gesellschaft der fremden Crew. Im Funkraum hänselten Callahan und Tripp den zweiten Bordmechaniker Rees, der sich beim letzten Einsatz übergeben hatte – ob aus Angst oder weil er etwas Falsches gegessen hatte, war unklar geblieben. Rees hatte eine Riesennase und ein schiefes Grinsen in ständiger Abwehr des Undenkbaren.

»Wenn du diesmal wieder kotzt, laß ich dich über Ludwigshafen mit der ganzen Ladung zusammen runter.«

Rees neigte sich dicht zu Tripp und tat so, als würgte er.

»Gib's auf, Rees«, sagte Tripp und stieß den Mann weg.

»Case, hast du einen Kaugummi?«

Case packte gerade sein drittes Stäbchen innerhalb von zwei Minuten aus. Eines hatte er sich hinters Ohr geklemmt. Ted ging noch einmal die Checkliste durch, um Cases Nerven zu beruhigen.

Kurskreisel. Check. Treibstoffverschlußhähne. Okay.

Fahrwerkshebel. Neutral. Gashebel. Check. Enteiser und Vereisungsschutz, Tragflächen und Propeller. Okay. Generatoren. Klar.

Und dann hörte er es über Funk. Die Wolkendecke über dem Zielobjekt hatte sich ausreichend gelichtet. Sie würden fliegen.

Einmal, im Oktober, war er wirklich geflogen. Ein Brigadegeneral mußte zu einem anderen Stützpunkt befördert werden, und Ted, der gerade am Vortag seinen dritten Einsatz abgeschlossen hatte, erhielt den Auftrag, den Flug zu übernehmen. Die Maschine war eine Pracht – eine einmotorige Tiger Moth, die leicht wie eine Seifenblase von der Rollbahn abhob. Er fragte sich, wem sie vor dem Krieg gehört hatte. Irgendeinem adeligen Playboy mit einem Riesenlandsitz? Es war ein klarer Tag, kein Dunsthauch am Horizont, hoch oben eine Ranke dünner weißer Cirruswölkchen. Er absolvierte den Flug nach Molesworth strikt nach Vorschrift. Der General sprach wenig, Ted noch weniger. Aber als der Mann ihn vom Boden aus grüßte, wußte Ted, daß er die Maschine jetzt für sich allein hatte.

Wie einen Gummiball ließ er sie über das Flugfeld von Molesworth springen, bis er die ruhigere Startbahn erreichte. Rund um ihn herum waren leere Stellplätze für Maschinen, die zurückkehren würden oder auch nicht. Er sah die Nissenhütten, die Notfallfahrzeuge, den Luftsack, der sich flatternd nach Osten blähte. Ein Mechaniker auf der Tragfläche einer angeschlagenen B-17 richtete sich auf und winkte ihm. Ted gab Gas. Wie von der Sehne geschnellt schoß die kleine Maschine vorwärts. Ein leichtes Holpern auf dem Runway. Dann glitt er auf Watte.

Augenblicklich ging er in die Kurve, um zu drehen. Unter seinem Fenster blieb die Erde zurück, eine Stickerei in Grün, Braun und Gold. Hier und dort funkelte Wasser in der Sonne. Er sah einen Traktor, der, begleitet von einem springenden Hund, einen Pflug über einen Acker zog. Er konnte den Dünger auf der Erde riechen. Auf einer Wiese waren Schafe, und weiter entfernt konnte er die abstrakten Formen von Heupuppen erkennen. Am Rand seines Blickfelds nahm er die Nissenhütten wahr, den Hangar, den hölzernen Kontrollturm, klein und unbedeutend jetzt. Nichts dort unten schien noch Bedeutung zu haben.

Er flog über das Dorf mit dem Pub, der Kirche und den schmalbrüstigen Reihenhäusern. Er folgte einer schmalen Schotterstraße zu einem kleinen steinernen Landhaus und wurde mit einem Blick auf den glitzernden Widerschein der Sonne in einem Dachfenster belohnt. Der Himmel war von einem satten, tiefen Blau, der Glanz der Sonne auf der Nase der Maschine beinahe zu grell. Er geriet in eine Fallbö, wurde ein bißchen durchgeschüttelt, fiel hundert Fuß. Im Süden hing ein kohlegrauer Schleier – London, vermutete er.

Unvermittelt raste er im Sturzflug abwärts, fing die Maschine ab und flog tief über ein Roggenfeld, um Geschwindigkeit aufzunehmen. Dann zog er die Maschine so steil in die Höhe, daß es ihn hart in den Sitz drückte, und schwang sich in einen langen, hohen Looping. Eine Sekunde lang hing er kopfüber in seinem Scheitelpunkt, ein regloser dunkler Punkt über dem Land. Dann kippte er und schoß in einem Moment unglaublichen körperlichen Kitzels im Bogen abwärts und in die Gerade. Er zog eine Kurve, drehte, zeichnete eine unsichtbare Acht in den Himmel. Das alles brachten sie einem in der Flugschule bei, und dann steckten sie einen in einen 35-Tonnen-Bomber, bei dem man von Glück sagen konnte, wenn er überhaupt vom Boden abhob. Er drehte sich in einer Rolle über dem weiten Land, an einem Tag so schön, wie England ihn seit Wochen nicht erlebt hatte, und fühlte sich befreit. Befreit von Case, Shulman, McNulty und den schlaflosen Nächten. Befreit aus der Enge der zugigen Baracken und von dem lausigen Essen. Befreit von Todesfurcht. Und vom Krieg selbst. Nach der Hölle seines ersten Einsatzes hatte er sich geschworen, nie wieder in ein Flugzeug zu steigen, wenn der Krieg erst vorbei wäre. Aber an diesem Tag – ganz allein am weiten Himmel, vor sich den fernen Horizont – spürte er die herrliche Schwerelosigkeit des Fliegens. Eine schwache Ahnung glücklichen Überschwangs durchzog flüchtig sein Herz.

Als die Maschine abrutschte, begann sie zu flattern und fiel wie ein halbflügger Vogel, der zu früh das Nest verlassen hatte. Er spürte die Leichtigkeit der Luft unter sich und die Neigung des Flugzeugs, als es in Schräglage ging. Die rechte Tragfläche kippte abwärts, und die Maschine begann zu trudeln. Er tat nichts dagegen, überließ sich ganz dem kreiselnden Wirbel. Kokettierte mit dem Strudel, bis er sah, daß die Höhe knapp wurde. Da erst zog er das Flugzeug jäh wieder in die Höhe.

Er war hundert Fuß über den Feldern. Er würde Startverbot bekommen, wenn irgend jemand ihn beobachtet und gemeldet hatte. In der Ferne konnte er die Türme von Cambridge sehen. Er begann zu steigen, so hoch die Maschine es zuließ. Er wollte weit, weit hinauf – weg von der Erde.

Cases Wangen zitterten mit den Erschütterungen der Maschine. Sie warteten auf das Startsignal. Über die Bordsprechanlage vergewisserte sich Ted, daß die Männer alle auf ihren Posten waren. Ekberg hinten im Heck hörte sich an, als sei er betrunken. Wieso war ihm das nicht vorher aufgefallen? Sie würden an zweiter Stelle hinter der *Old Gold* fliegen, dem Führungsflugzeug mit seinen auffälligen Farben, um in der Luft gut kenntlich zu sein – wie eine farbenprächtige Ente mit ihrer häßlichen Schar im Gefolge. Zwanzig Flugzeuge, und sie waren die Nummer zwei.

Ted warf einen Blick auf seinen Einsatzplan und reichte ihn an Case weiter. Er enthielt die Codewörter und die Einzelheiten des Unternehmens. Er war auf Reispapier geschrieben; wenn sie hinunter mußten, sollte Ted ihn verschlucken.

Als er die Leuchtsignale sah, gab er dem Mann auf dem Boden das Zeichen, die Bremsklötze zu entfernen, und schloß das Fenster. Er rollte vom Standplatz und reihte sich auf der äußeren Bahn ein. Er konnte nicht über die Nase hinwegsehen und mußte sich an der Randlinie der Rollbahn orientieren. Schon jetzt war der Lärm im Inneren der Maschine ohrenbetäubend. Er dachte manchmal, daß das fürchterliche Getöse ihn am meisten störte und es in der Hölle, wenn es eine gab, nicht schlimmer sein konnte. Er ließ die Motoren hochlaufen, um sie zu prüfen. Sie waren bis zum Limit beladen, zweitausend Kilo Bomben und zweitausendsechshundert Gallonen Sprit; es war jedesmal die Frage, ob sie überhaupt abheben würden. Er dachte an Shulman vorne in der Nase, der den Boden unter sich dahinrasen sah.

Die *Old Gold* war in der Luft; Ted gab Gas. Der Lärm, zuvor schon ungeheuer, steigerte sich bis zur Unerträglichkeit. Er wußte, daß die Männer unter und hinter ihm jetzt beteten: Mach, daß die Kiste abhebt. Die Startbahn endete, und sie waren mitten in der Suppe.

Ted schraubte sich in einer Spirale über dem Leuchtturm in die Höhe, den Blick scharf in den Nebel gerichtet, um jeden Schatten ausmachen zu können – es konnte ja eine andere B-17 sein, die wie sie selbst im Dunklen tappte und drohte, zu nahe zu kommen. Auf zehntausend Fuß gab er den Männern Befehl, die Sauerstoffmasken aufzusetzen. Zwanzig Sekunden ohne Sauerstoff konnten tödlich sein. Pumpt, erinnerte er sie; seht zu, daß euch der Speichel nicht gefriert. Und wie immer, ermahnte er sie, die Handschuhe unter allen Umständen anzubehalten. Die Schützen streiften sie manchmal in der Hitze des Gefechts ab, um ihre Geschütze besser handhaben zu können, aber in solcher Höhe froren die Finger am Geschützmetall fest und mußten dann abgerissen werden. Es würde so kalt werden, daß der Navigator nicht einmal mehr seinen Bleistift würde gebrauchen können; Blei fror auf zwanzigtausend Fuß. Eisige Luft strömte durch die Öffnungen im Mittelteil, wo die Schützen standen. Die meisten Männer steckten in elektrisch beheizbaren Kombinationen, aber seit Ted sich bei seinem achten Einsatz an einem kaputten Draht ein Bein verbrannt hatte, blieb er lieber bei seinem Lammfell. Sie hatten alle ihre Schwimmwesten an; die Fallschirme, die sie, auf den Rücken geschnallt, bei der Arbeit behindert hätten, hingen an Haken in der Nähe. Sobald sie in Reichweite der Flak gelangten, würde er Befehl geben, die Flakjacken anzuziehen. Rees würde sich auf die seine stellen, wie er das fast immer tat. Bei einem Einsatz mit einer anderen Crew hatte er gesehen, wie eine Junker der Luftwaffe den Bauch des Bombers beharkt hatte. Der linke Schütze wurde von unten getroffen. Die Explosion riß ein Loch von gut siebzig Zentimeter Durchmesser, durch das der Tote zu Rees' Entsetzen aus dem Flugzeug in die Tiefe gestürzt war.

Die Maschinen ächzten unter der Anstrengung des Anstiegs. Auf vierzehntausend Fuß stießen sie durch die Wolken, und der Himmel war klar.

Vom Kanal bis zum Sammelpunkt wechselte er sich alle fünfzehn Minuten mit Case ab, eine Taktik, die er sich zugelegt hatte, um zu verhindern, daß Case ihm durchdrehte. Bleib im Verband, aber komm den anderen nicht zu nahe. Laß den Himmel nicht aus den Augen, damit du sofort die Jäger siehst, von denen du weißt, daß sie bald kommen werden.

Über die Bordsprechanlage konnte er die Gespräche hören. Oberflächliches Gerede auf zwanzigtausend Fuß über dem Kanal. Man lebte noch, wenn man mit den Kameraden quasseln und Witze reißen konnte. Die Wörter spielten über die Wellen der Spannung, flogen sprunghaft von hier nach dort, von der Nase zum Heck.

Diese Eier aus der Kühlung waren auch nicht besser als das beschissene Pulver. Die könnten den Verurteilten doch wenigstens ein anständiges Frühstück hinstellen. Da werden ja sogar Sträflinge besser behandelt. Hör auf mit dem Quatsch von Verurteilung, McNulty. Das bringt Unglück. Was denn, Callahan, ist doch ganz einfach. Man findet sich damit ab, daß man bereits tot ist. Also, wo ist das Problem? Genieß den Ausflug. Mann, ich hoffe nur, wir müssen nicht aussteigen. Mit meinem Schirm stimmt was nicht. In meinen Stiefeln sind die Drähte raus. Meine Füße sind schon fast erfroren. Sicher? Absolut. Hey, Warren, gib mir deine Stiefel. Du spinnst wohl, Ekberg! Wenn wir runter müssen, erschein ich dir als böser Geist. Mensch, ist das schön hier über den Wolken. In diesem Land könnt ich nie leben. Wie halten die das nur aus? Tag für Tag nichts als Regen. He, was ist mit der *I'll be Home* los? Drosselt die zurück? Nein, die hat eine Turbulenz erwischt. Wie viele sind wir eigentlich hier oben? Keine Ahnung, fünfundzwanzig, dreißig? Mensch, mach ich morgen abend einen drauf. Das wird eine Riesenfete, sogar aus Cambridge kommen die Mädels. Aber du wirst schön die Hände weg lassen, Shulman, du bist ein braver Ehemann. 1944. Kaum zu glauben, was? Meinst du, der Krieg ist 44 vorbei? Weißt du was, Rees, ich möcht nur gern auch 44 am Leben bleiben. Meinst du, wir schaffen das?

Ted lauschte dem Geplänkel, suchte mit den Augen am Himmel. Der Kampf konnte manchmal ein Schauspiel von solcher Schönheit sein, daß es einem den Atem raubte. Der anmutige Schwung eines Jägers, der aus dem Heck auf einen feuerte, während er abwärts stürzte, schon außer Sicht, außer Reichweite. Die aufblitzenden Feuergarben aus silbernen Maschinen, die einem aus der Sonne entgegenkamen. Das schwere Absacken einer B-17, die langsam und mit Würde zur Erde hinuntertaumelte, als wäre sie Gott versehentlich aus der Hand gefallen. Die sonderbaren Tintenflecken auf dem Blau, bizarre schwebende Wolken, die mit explodierendem Stahl gefüllt waren. Lange weiße Kondensstreifen in Formation, Straßenkarten für die deutschen Kampfflugzeuge. Eine Maschine mittendurch gerissen, und das Herz blieb einem stehen. Man zählte die Fallschirme. Man brach die Funkstille und brüllte der verlorenen Besatzung verzweifelt zu, aussteigen! aussteigen! Es war das Schlimmste, was man je erlebt hatte, und wenn es vorüber war, gab es keine Möglichkeit, damit fertigzuwerden. Keine Möglichkeit, es in sich aufzunehmen. Man lernte deshalb, das Geschehen, noch während es sich ereignete, zu verwandeln, durch einen Kunstgriff, einen Zaubertrick, aus einem Abschuß einen Triumph zu machen.

»Mitte rechts an Pilot: *Harriet W.* schwenkt rechts ab.«

»Roger, Mitte rechts. Heckschütze, was ist da hinten los?«

»Heck an Pilot: Unser Flügelmann ist ungefähr dreihundert Meter zurück, etwas unterhalb. Zwei weitere B-17 ungefähr vierhundert Meter hinten rechts.«

»Danke, Heckschütze.«

»Geschützkuppel an Pilot: Kondensstreifen.«

»Danke, Kuppel.«

Ted dachte an Warren unten in der Kuppel. Fünf, sechs, neun Stunden in verkrampfter Haltung eingezwängt. Mit dem Blick senkrecht nach unten, wo es nichts zu sehen gab als die Erde in der Tiefe. Und wenn die Kuppel klemmte, was manchmal vorkam, dann war der Schütze gefangen und mußte hinnehmen, was immer das Schicksal ihm bescherte: den Absturz nach einem Treffer, ohne daß er eine Chance hatte, auszusteigen; eine Bruchlandung, bei der er totgedrückt werden würde. Die schlimmste Position in der Maschine.

»Mitte links an Pilot: Die Flügelmaschine ist ausgeschert. Schaut nach Abbruch aus.«

»Roger.«

»Heckschütze an Pilot: Eine weitere Formation auf drei Uhr oben.«

»Danke. Behalt sie im Auge.«

Über dem Kanal hörte er Shulman Befehl geben, die Geschütze zu testen. Es folgten mehrere Feuerstöße, und Ted roch den Rauch, der durch das Cockpit zog.

»Mitte rechts an Pilot: Wir haben eine weitere Maschine verloren. Sie hat den Propeller auf Segelstellung gefahren.«

»Navigator an Pilot: Feindliche Küste.«

»Roger. Pilot an Besatzung: Flakjacken.«

Er erinnerte sich, daß sie gerade mit den Begleitjägern zusammengetroffen waren und ihm der Rücken weh getan hatte vom unaufhörlichen Vibrieren der Maschine. Er meinte, den typischen beißenden Geruch des Funkgeräts aus dem Funkraum zu riechen. Und dann hatte Rees laut geschrien, oder vielleicht war es auch Ekberg hinten im Heck gewesen. Nein, es mußte Rees gewesen sein. Sie hatten einen Treffer abbekommen, erschreckend früh schon, und die Erschütterung war so heftig, daß Ted sich in die Zunge biß und sein Mund sich mit Blut füllte.

Die Bordsprechanlage und der Himmel explodierten.

Feindliche Jäger rechts oben. Heiliger Himmel! Scheiße! Wo sind die gottverdammten Jäger? Focke-Wulf voraus. Maschinengewehrsalven. Jetzt sind wir mitten im Getümmel. Verflucht, mein Geschütz hat Ladehemmung. Ich hab ihn gesehen, er ist getroffen. Er hat geraucht. Heiliger Jesus! Die Maschine rüttelte und schüttelte. Weiße Feuergarben. Die Begleitjäger waren jetzt bei ihnen. Toll – sieh dir das an. Eine Focke-Wulf schoß, aus allen Rohren feuernd, vor dem Cockpit vorbei. Los, knall den Piloten ab, mach die Maschine kampfunfähig, so ist's richtig. *Lady-in-Waiting* hat einen Treffer abbekommen, Sir. Jesus

Christus, die Tragfläche ist abgerissen. Sie geht runter. Fallschirme zählen. Im Verband bleiben. Die Sonne blendete ihn. Ein Treffer, ein Schlag, der einem das Kreuz brechen konnte. Aber er wußte nicht, von wo. Mitte rechts, melden! Melden! Wo ist der Treffer? Gleich über dem Bombenschacht, Sir. Vier Minuten bis zum Reich, meldete Baker, der Navigator, ruhig, während er Kurse berechnete. Womit zum Teufel schrieb er überhaupt? Kuppel an Pilot: Eine B-17 im unteren Verband brennt. Linke Tragfläche brennt, sie dreht ab. Feindliche Jäger. Rechts von uns. Scheiße! Blut spritzte auf die Windschutzscheibe. Case schrie. Er war am Arm getroffen. Er hing gekrümmt unter dem Armaturenbrett. Hinter ihm lachte Rees wie ein Wahnsinniger. Ich hab einen erwischt. Ich hab einen erwischt. Das ist nicht sicher, Rees. Quatsch, ich hab ihn erwischt, eindeutig. Case, leichenblaß, übergab sich. Tripp, komm her, wir brauchen einen Druckverband. Case ist getroffen. Jesus Christus! Feuer an Bord, Sir. Tripp riß mit den Zähnen am Verbandszeug. Callahan schwenkte den Feuerlöscher. Scheiße, die Freunde kommen zurück. In Formation bleiben. Die Sonne blendete ihn. Die Staffel war jetzt auf sich selbst gestellt.

Die Deutschen, die von Osten kamen, waren immer im Vorteil. Zehn Me-109 aus der Sonne. Oh, mein Gott, schaut euch das an. Mensch, die greifen den oberen Verband an. Jetzt sind wir geliefert. Heilige Maria, Mutter Gottes ... Sie knallen sie ab wie die Schießbudenfiguren. Eine B-17 nach der anderen – getroffen, in Flammen. Sie stürzten vor seinen Augen durch den Himmel. Ted raste plötzlich steil abwärts. Alles, was in der Maschine nicht niet- und nagelfest war, wurde krachend nach vorn geschleudert, die Schützen gegen die Spanten gepreßt, Lippen über den Zähnen plattgedrückt. Niemand konnte sprechen. Dann fing er die Maschine ab und begann, wieder zu steigen. Um Gottes willen, was war denn das? Fast ein Zusammenstoß mit einer abstürzenden Festung. Zieh sie hoch. Schließ dich wieder dem Verband an. Die Me's griffen jetzt die untere Staffel an. Mein Geschütz hat Ladehemmung. Er konnte den Schützen nicht identifizieren. Mitte links, melden! Die deutschen Kampfflugzeuge zogen ab. Dumpfes Donnern der Flak. Er konnte das Kordit riechen. Sie mußten in der Nähe des Ziels sein. Flakjacken und Helme. Er brauchte es kein zweites Mal zu sagen. Panik, krachendes Hämmern, Granatsplitter schlugen wie Hagel auf die Metallhaut. Schreie über die Sprechanlage. Zwei Geschütze getroffen.

Die *Old Gold* fiel zurück.

Was denn? Mit Baker konnte man noch reden, und mit Shulman, vorn, in der Nase. Ist sie getroffen? Ich glaub nicht. Seht ihr Feuer? Nein, nichts. Verliert sie an Höhe? Ein bißchen vielleicht. Funkstille brechen? Das kann ich nicht. Wieso rief die *Old Gold* ihn nicht an? Wieso gab die *Old Gold* ihm nicht Befehl, die Führung zu übernehmen? Funk ausgefallen? Vielleicht. Seine Anweisung lautete, der Führung zu folgen. Er mußte sich daran halten, Gas wegnehmen, aus der Formation ausscheren. Würden die anderen folgen? Das war ja Selbstmord. Er brach die Funkstille. Er mußte es tun. *Old Gold*, hier spricht die *Woman's Home Companion*. Hört ihr mich? Schweigen. *Old Gold*, bitte melden. Seid ihr getroffen? Schweigen. Er war jetzt wütend, brüllte. *Old Gold*, verdammt noch mal, was ist los? Schweigen. Keine Verbindung. Das Führungsflugzeug verlor jetzt sichtlich an Höhe. Aber warum?

Die *Old Gold* neigte sich leicht in die Kurve, und da sahen sie es.

Sie verlor Treibstoff. In blassen Kaskaden ergoß er sich in den Himmel. Die Maschine fiel jetzt schneller. Sie sahen die Fallschirme. Einer, zwei, drei. Sie warteten. Vier ... fünf ... sie warteten. Nur fünf. Tausend Fuß unter ihnen senkte das Flugzeug seine Tragfläche und drehte sich.

Einen Moment lang war die Sprechanlage still.

Navigator an Pilot: Sir, wir sind hier auf dem Präsentierteller. Wir müssen weg.

Case hockte gekrümmt in seinem Sitz. Bis zum Kanal können wir's schaffen, Brice. Wir können auf dem Wasser landen. Um Gottes willen, geh bloß nicht hier runter.

Bombenschütze an Pilot: Wir müssen in den Verband zurück.

Ted gab Gas, holte das Letzte aus seiner Maschine heraus. Der Navigator rechnete, versuchte zu ermitteln, wieviel Zeit ihnen blieb, um sich wieder einzugliedern. Ted stellte das Gas-Luft-Gemisch ein; sie hatten bei dem Schlamassel eine Menge kostbaren Treibstoff vertan. Er starrte in den Himmel, bis ihm die Augen brannten. Alle taten sie das. Ohne den Verband waren sie schutzlos. Über die Sprechanlage hörte er jemanden weinen, konnte aber nicht erkennen, wer es war. Case hing immer noch vornübergebeugt im Sitz, den Kopf unterhalb des Armaturenbretts, und übergab sich von neuem.

Ted blickte auf. Der Himmel stand in Flammen – ein gewaltiges Schauspiel. Er glaubte, noch nie so viele Kampfflugzeuge gesehen zu haben. Silbern, in der Sonne funkelnd. Er mußte an eine Meute Jagdhunde denken, die dem Fuchs hinterherhetzte.

Und ihn zerfetzte.

Mitte rechts an Pilot, brüllte es über die Sprechanlage. Das Heck ist getroffen, Sir. Ein Krachen, eine neue Vibration an den Armaturen – beängstigend stark an den Seitensteuerungspedalen. Die Steuerseile waren beschädigt. Sie verloren an Höhe. Nase abwärts, damit es keinen Strömungsabriß gab. Pilot an Heckschützen. Melden. Schweigen. Heck, melden! Schweigen. Mitte links, schau mal nach Ekberg. Callahan auf dem Weg nach hinten. Mitte links an Pilot. Wir sind schwer getroffen. Vom Heck reißt's ganze Stücke ab. Und Ekberg? Keine Ahnung, Sir. Kann nicht eine Schramme an ihm sehen. Auch kein Blut. Gehirnerschütterung? Kann sein, Sir. Okay, zieh ihn rein, zur Mitte. Und dann zurück an dein Geschütz. Noch ein Treffer und wieder einer. Die Maschine rüttelte. Die Instrumentengehäuse zertrümmert. Ein direkter Treffer an Motor vier. Propeller in Segelstellung, damit er nicht das Motorgehäuse einschlägt und aufreißt. Dann ein markerschütternder Schrei. Es ist Warren, Sir, in der Geschützkuppel. Das Schreien übertönte alles andere.

Umdrehen. Ausweichmanöver. Feindliche Flugzeuge überall. So nahe, daß er sehen konnte, wie die Sauerstoffmasken der Piloten genau wie seine eigene sich blähten und zusammenfielen. Noch ein Motor getroffen. Nichts wie weg hier, verdammt noch mal. Baker brüllte jetzt. Er wußte nicht, wo sie sich befanden. Teile der Flosse wurden vom Luftschraubenstrahl weggerissen. Ted schoß in die Wolken hinunter und drehte nach Westen. Sie verloren Höhe und Treibstoff. Nummer zwei brennt. Case begann, wieder zu schreien. Wir können auf dem Kanal landen. Los, flieg zum Kanal, du Mistkerl. Nein, das können wir nicht. Wir haben Verwundete. Die würden dabei draufgehen. Zum Teufel mit den Verwundeten, Brice. Es sind nur zwei. Hier sind noch acht andere, die garantiert gefangengenommen werden. Holt Warren aus der Kuppel. Ich kann die Jäger nicht sehen, Sir. Auch zum Boden konnte man nicht hinuntersehen. Die Wolken waren eine graue Schutzdecke – aber auf ihre Weise tödlich. Bombenschütze, Ladung abwerfen, aber über einem freien Feld. Die Bomben sind scharf, Sir. Weg mit ihnen. Wir haben einen Notfall. Er wartete darauf, daß Shulman den Kippschalter umlegen würde. Mitte links an Pilot. Ich hab gerade ein Stück vom Stabilisator wegfliegen sehen. Ted kämpfte mit dem Seitenruder, bemühte sich, die Maschine gerade zu halten, während sie schnell an Höhe verlor. Er hörte ein Brausen –

der Bombenschacht war geöffnet. Sie waren so tief, daß sie die Erschütterung spürten. Durch die wenigen Risse gesehen, schien es Ackerland zu sein, aber die Wolken waren dicht, der Himmel grau. Wer konnte es mit Sicherheit sagen? Zweitausend Fuß. Könnte er es bis zum Kanal schaffen? Die erste Pflicht galt den Lebenden. Aber wie konnte er zwei Männer dem sicheren Tod ausliefern? Pilot an Besatzung. Werft alles raus, was geht. Wir machen eine Bauchlandung. In der Ferne sah er ein Dorf. Pilot an Navigator. Wo sind wir? Ich weiß es nicht, Sir. Fünfzehnhundert Fuß. Jenseits des Dorfs ein Plateau, vielleicht ein Feld. Tausend Fuß. Pilot an Besatzung. Fertigmachen zur Bruchlandung. Achthundert Fuß. Pilot an Mitte links. Ist Warren raus aus der Kuppel? Ja, Sir, aber ihn hat's schwer erwischt. Case weinte. Du schaffst es zum Kanal. Fünfhundert Fuß. Er war jetzt über dem Dorf, flog schwankend auf und nieder, mit vor Anstrengung heulenden Motoren. Halt dich so weit westlich wie möglich. Gott, mach, daß wir es zu dem Feld schaffen. Er konnte es jetzt sehen. Vielleicht würde es für eine Landung ausreichen. Eine Bauchlandung würde das Tempo drosseln. Wenn nicht, würden sie in die Bäume rasen. Baker immer noch auf dem Posten. Zweihundert Fuß. Sie verloren Treibstoff. Sir, hören Sie mich? Sir, hören Sie mich?

Er hörte das Kreischen in seinen Ohren. Vibrationen drohten die Maschine zu zerreißen, die Tragflächen zu brechen. Er kämpfte, um das Flugzeug ruhig zu halten. Er sah einen Kirchturm, eine Weide. Kühe fielen in erschreckten Galopp unter dem Höllengeheul. Die Tragfläche kippte abwärts, und er fing sie gerade noch ab, bevor sie aufsetzten. Er spürte den heftigen Stoß, den ersten Aufprall, den zweiten, dann rutschten sie.

Und endlich war es still.

DER JUNGE BEGANN heftig zu zittern. Nicht aus Furcht und nicht vor Kälte. Das Gestrüpp war daran schuld, der graue Himmel, das abgestürzte Flugzeug. Es war, als hätte er bis zu diesem Moment den Krieg nicht wirklich erlebt. Sich vorzustellen, man fände einen amerikanischen Flieger im Wald, war etwas ganz anderes, als die reglosen Füße eines Soldaten aus dem Gebüsch ragen zu sehen. Der Mann mußte tot sein. Jean ließ sich auf die Knie hinunter und kroch hinüber auf die andere Seite des Gebüschs. Im grauen Licht spähte er in das struppige Gewirr von Ästen, voller Angst, daß er finden würde, wonach er suchte.

Er sah das Gesicht – zerkratzt, blutig, der Kopf seitlich liegend, die Augen geschlossen. Aber das Gesicht war noch rosig; der Amerikaner sah nicht aus wie der Tote neben dem Flugzeug.

»Hallo«, sagte Jean versuchsweise. Es war das einzige englische Wort, das er kannte. Seine Stimme war brüchig.

Der Pilot machte die Augen auf. Selbst in der trüben Beleuchtung konnte Jean ihre Farbe erkennen – ein durchscheinendes Grün, wie das Grün der vom Meer geschliffenen Glasscherbe, die seine Mutter in einem Kästchen auf ihrer Kommode aufbewahrte. Er hatte noch nie solche Augen gesehen, und sie waren das einzige Farbige in diesem farblosen Wald.

Hastig flüsterte er auf Wallonisch: »Ich bin Belgier. Sie sind hier in Belgien.«

Der Amerikaner starrte den Jungen an, als wollte er in seinem Gesicht lesen.

Jean, den es immer noch schüttelte, versuchte es von neuem. Aber diesmal begleitete er seine Worte mit Gesten. Er zeigte auf sich selbst und auf die Erde, dann noch einmal und noch einmal, und wiederholte dabei das Wort »Belgique«.

Der Amerikaner war reglos bis auf seine Augen, die in Jeans Gesicht forschten.

Jean holte Käse, Brot und die Wasserflasche aus seiner Tasche. Er hielt sich die Flasche an den Mund, als tränke er. Doch er konnte den Amerikaner durch das Gestrüpp hindurch nicht erreichen. Er mußte den Mann da irgendwie herausholen. Aber wie? Sollte er es wagen, das verletzte Bein zu berühren?

Wie zur Antwort begann der Amerikaner, sich langsam auf dem Bauch rückwärts zu schieben. Jean rutschte ihm auf Knien um das Gebüsch herum zur anderen Seite entgegen. Als der Amerikaner ganz aus dem dornigen Gestrüpp heraus war, wälzte er sich auf den Rücken und blieb, den Blick zu den Baumwipfeln hinauf gerichtet, so liegen. Die Anstrengung schien ihn seine ganze Kraft gekostet zu haben.

Jean öffnete die Wasserflasche, schob seinen Arm unter den Kopf des Verwundeten und stützte ihn, so daß er trinken konnte. Das Leder an seinem Hinterkopf war kalt. Jeans Hand zitterte so stark, daß er fürchtete, er würde das Wasser verschütten und dem Soldaten über Kinn und Hals gießen. Der Amerikaner stützte sich auf seinen Ellbogen und trank lange. Er sagte ein englisches Wort, das Jean nicht verstand.

Er schleppte sich zu einem nahestehenden Baum. Auf seine Handgelenke gestützt, schaffte er es, sich aufzusetzen. Vorsichtig, um ja nicht versehentlich eine schmerzende Stelle am Körper des Mannes zu berühren, hielt Jean ihm das Brot hin. Der Amerikaner – Pilot? Schütze? Navigator? Jean konnte es nicht sagen – nahm es in die nach innen gekrümmten Hände, hob es mit Hilfe seiner Handgelenke zum Mund und biß hinein. Aber es war hart und zäh, und der Amerikaner hatte nicht genug Kraft in den Handgelenken, um zu reißen. Jean half ihm, hielt das Brot fest, fütterte ihn. Er sah, daß seine Finger steif gefroren waren und daß die Haut eine unnatürliche, wächserne Färbung hatte.

Der Amerikaner kaute, schluckte, sprach. Am Ton seiner Stimme hörte Jean, daß er etwas fragte, aber er konnte nur den Kopf schütteln.

»Sprechen Sie französisch?« fragte er sehr langsam, Wort für Wort.

Diesmal schüttelte der Amerikaner den Kopf.

»Holländisch?« fragte Jean, obwohl er es für unwahrscheinlich hielt.

Der Amerikaner schien ihn nicht zu verstehen.

Besorgt, daß die dünne Verbindung zwischen ihnen abreißen könnte, da sie keine gemeinsamen Worte fanden, deutete Jean auf seine Brust. »Jean«, sagte er.

Der Amerikaner nickte. Er zeigte auf sich selbst. »Ted.«

Jean wünschte, er hätte Englisch gelernt. Während er den Amerikaner mit Brot und Käse fütterte, überlegte er, wie er ihm seinen Plan erklären sollte – einen Plan, der schnell ausgeführt werden mußte, wenn nicht die Deutschen den Amerikaner finden sollten. In seiner Unfähigkeit, sich verständlich zu machen, hätte er am liebsten geweint. Mit hektischen Bewegungen deutete er erst auf sich selbst, dann zum Nordrand des Waldes und bildete schließlich mit den Fingern einen Pfeil, der zum Gebüsch zurückwies.

Der Amerikaner folgte mit aufmerksamen Blicken den Bewegungen des Jungen. Er sagte etwas auf Englisch, schüttelte den Kopf zum Zeichen, daß er nicht ganz verstanden hatte.

Jean versuchte es von neuem.

»Deutsche«, sagte er und wies auf die Fährte, die der Soldat hinterlassen hatte. Aber der sah ihn verständnislos an.

»Ted«, sagte Jean drängend und wies ins Gestrüpp.

Der Amerikaner nickte.

»Jean«, sagte Jean und wies zuerst nach Norden, dann wieder auf die Büsche. Er wiederholte die Geste und sagte am Ende frustriert auf Französisch: »Verstecken Sie sich. Ich komme zurück und hole Sie.«

Und der Amerikaner schien endlich zu begreifen. »Zurück?« wiederholte er stockend auf Französisch.

Jean nickte nachdrücklich und lächelte erlöst.

Auch der Flieger lächelte, doch jäh wurde sein Gesicht bleich vor Schmerz. Jean sah zu dem verwundeten Bein hinunter, das er bisher, ganz auf Augen und Gesicht des Mannes konzentriert, nicht beachtet hatte. Das Hosenbein war steif von braunem, verkrusteten Blut. Jean wurde ein wenig übel.

»Schnell«, sagte er hastig und deutete wieder auf das Gebüsch. »Schnell!«

Ton und Geste des Jungen waren unmißverständlich. Vorsichtig ließ der Amerikaner sich zu Boden sinken und robbte in sein Versteck zurück.

Jean musterte den Unterschlupf und war plötzlich überzeugt, daß die Deutschen den verwundeten Amerikaner ebenso schnell aufspüren würden, wie er ihn gefunden hatte. Es sei denn, er könnte ihnen ein Schnippchen schlagen.

Mit beiden Händen sammelte er Tannennadeln, welkes Laub und Erde vom Boden auf und häufte sie über die herausstehenden Füße des Amerikaners. Aber das würde nicht ausreichen. Er mußte sich etwas Wirkungsvolleres einfallen lassen.

Die Ausführung seines Einfalls würde zusätzliche Zeit kosten, und das war gefährlich, aber er hatte keine Wahl.

Er rannte die niedergetretene Spur zurück, bis er nur noch fünfzig Meter von der Weide entfernt war. Jenseits des Waldes hörte er Stimmen, konnte aber die Worte nicht ausmachen, nicht einmal die Sprache, in der sie geäußert wurden. Rückwärts zum Gebüsch zurücktappend, begann er, so gut es ging, die Spur zu verwischen. Als er sah, daß es sinnlos war – das niedergedrückte Gras erhob sich nicht wieder; die abgebrochenen Äste konnten nicht geflickt werden –, dachte er sich etwas anderes aus und war einen

Moment lang stolz auf seine Durchtriebenheit. Er trat neue Fährten, die vom Ausgangspunkt in verschiedene Richtungen auseinanderliefen wie die Speichen eines Rads. Wie ein Besessener rutschte er auf dem Hosenboden über den Waldboden, knickte Äste und Zweige, zerwühlte das Laub mit den Füßen. Er überlegte, wie groß die Chance war, daß die Deutschen an der richtigen Stelle in den Wald eindringen und dann auch genau den Pfad wählen würden, der zu dem Amerikaner führte.

Er begutachtete sein Werk. Ganz gleich, was geschah, dachte er, er hatte es wenigstens versucht.

Er wandte sich nach Norden und rannte mit gesenktem Kopf und vor sich ausgestreckten Armen durch den Wald zurück zur Lichtung. Es war Dezember, und da wurde es früh dunkel.

DAS FAHRRAD KLAPPERTE, der Reifen war fast platt. Warum zum Teufel hatte er nicht vorher nach dem Reifen gesehen? Leute in Türstöcken, aus Fenstern hängend. Ein Flugzeug praktisch mitten im Dorf, vom Himmel herabgestürzt wie ein Omen. Halt den Kopf unten, mach dich klein, unauffällig. Antoine sollte langsamer fahren, die Leute würden sich wundern, warum sie so rasten. Antoine bei Claire in der Küche. Antoine roch nach Schweinestall. Er war ein häßlicher Kerl mit rotem Gesicht und kleinen Augen, darüber dieses beinahe weißblonde Haar, dünn und immer fettig.

Claire in der Küche. Wußte sie, daß er im Stall getrunken hatte, bevor er ins Dorf gefahren war? Claire in ihrem rosa Pulli, wie sie dagestanden hatte, die Arme unter ihrem schönen Busen verschränkt. Sollte sie vor ihm sterben, so würde er sie so in Erinnerung behalten. Und dazu ihr Talent, aus nichts eine Mahlzeit zu machen. Das war eine besondere Gabe, die ihr eigen war. Wie ihre Schweigsamkeit, ihre Stille. Sie kam aus seiner Familie mütterlicherseits. Manchmal zu still. Allerdings besser als das, was Antoine sich eingehandelt hatte – eine keifende Xanthippe. Furchtbar, dieses Organ. Man konnte es bis nach Rance hören. Wie hielt der Mann das aus? Vielleicht war Antoine deshalb so schnell dabei gewesen, sich dem Maquis anzuschließen. Um seiner Alten zu entkommen.

Die Bremsen quietschten. Zu wenig Öl. Dumpfe Kopfschmerzen, die vom Nacken heraufzogen. Vom Bier wahrscheinlich. Starkes, schales Bier, vielleicht gärte es, und er hatte deshalb die Kopfschmerzen bekommen. Wie viele Krüge hatte er getrunken? Er wünschte, er hätte es gelassen, aber woher hätte er wissen sollen, daß ein Flugzeug runterkommen würde?

Das Bier vertrieb die schlimmste Kälte und verkürzte die Stunden. Es war verbotene Ware. Jeder Alkohol war verboten, den Deutschen vorbehalten, bis auf das dünne Bier, das man in den Cafés bekam und das wie Katzenpisse schmeckte. Aber Henri braute, genau wie Antoine und Jauquet, sein eigenes Bier und hielt es im Stall versteckt.

Jeden Morgen das gleiche: das Brot, der widerliche Kaffee, das Omelett, in dem kein Fetzchen Schinken mehr war. Dann die eisige Kälte im Stall, wo er so tat, als hätte er zu arbeiten. Wenn der Krieg vorbei war, falls er je enden sollte, würde sich der Hof als das entpuppen, was er war – Attrappe. Nahezu sechzig Stück Milchvieh waren verloren, den Rest würden sich die Deutschen auch noch holen, bevor der Winter um war. Die Hinterlassenschaft seines Vaters und seines Großvaters war abgeschlachtet. Er würde das Haus behalten, sich eine Arbeit im Dorf suchen, vielleicht auch in Rance oder Florennes. Aber was gab es da schon zu tun? Was konnte er denn, außer nicht vorhandene Maschinen reparieren?

Aber wozu sich den Kopf zerbrechen, es würde ohnehin nichts wieder so werden, wie es einmal gewesen war. Wer wußte, was übrigbleiben würde, wenn die Deutschen mit ihnen fertig waren? Er hatte gleich gewußt, daß sich alles ändern würde, von dem Tag an, als Antoine mit der Nachricht erschienen war, daß Belgien gefallen war, und ihn dann aufgefordert hatte, sich dem Maquis anzuschließen. Man konnte nicht nein sagen. Wenn man aufgefordert wurde, mußte man mitmachen. Er wollte lieber nicht darüber nachdenken, was er getan hätte, wenn Antoine ihn nicht aufgefordert hätte. Ganz klar, er hätte den Krieg ausgesessen. Und das wäre beschämend gewesen. Wenn ihn überhaupt etwas gedrängt hätte, mitzumachen, und stark war der Drang nicht gewesen, dann der Gedanke, daß er das Richtige getan haben wollte, wenn dieser Krieg vorüber war. Das war nicht das gleiche, wie das Richtige tun zu wollen. Nicht wie bei Antoine. Nicht wie bei Claire. Mit ihrer Erfahrung in der Krankenpflege und ihren Fremdsprachenkenntnissen.

Die Wahrheit war, ja, sag es, sprich es aus, daß er Angst hatte, jeden Tag, an dem sich ein Jude oder ein Flieger in ihrem Haus aufhielt, eine Scheißangst hatte, sich schon fürchtete, wenn er nur mit Antoine zusammen war. Er hatte gehört, daß ein Widerstandskämpfer eine Lebenserwartung von drei Monaten hatte. Wie kam es, daß er und Antoine es so lange geschafft hatten? Hieß das nicht, daß ihre Zeit abgelaufen war? Man wußte, daß man eines Tages geschnappt und erschossen werden würde. Anders kam man da nicht wieder raus.

Als Antoine ihn gefragt hatte, war Henri klar gewesen, daß er nicht nein sagen konnte.

Mit Léon war das eine andere Geschichte. Léon hatte Mut. Léon hatte nichts mehr zu verlieren. Sein Sohn war in der einzigen Woche verzweifelter Kämpfe gefallen, als die Deutschen Belgien überrannt hatten. Léon war immer noch voll Wut und Trauer, aber zu krank, um schwere Arbeit zu leisten. Er bediente die Deutschen im *Hôtel de Ville* und hielt die Ohren offen und brachte Antoine manchmal interessante Neuigkeiten. Léon mit seiner Nickelbrille und seiner Schirmmütze. Es war ein Wunder, daß die Deutschen ihn nicht schon an die Wand gestellt hatten. Er sah aus wie ein Bolschewik.

Henri wollte keinen amerikanischen Flieger finden. Er wollte keinen amerikanischen Flieger in seiner Mansarde verstecken müssen. Wenn die Deutschen ihn bei diesem Spiel erwischten, würde er erschossen werden, und dem Amerikaner würden sie ein Bier in die Hand drücken.

Scheiße, war das eine Kälte! Die Zähne taten ihm weh von der holprigen Fahrt über das Kopfsteinpflaster. Der Himmel grau wie Staub. An Tagen wie heute drang die Kälte bis in die Knochen ein und blieb die ganze Nacht. Man konnte sie nicht loswerden, ganz gleich, was man tat. Ein junges Mädchen vor einer Haustür. Winkte sie ihm zu? War das Beauloyes Tochter? Dunkler Lippenstift auf ihrem Mund. Wie alt war sie überhaupt? Fünfzehn?

Antoine stellte sein Fahrrad hinter der Kirche ab. Henri machte es ihm nach. Antoine konnte sich umschauen und jede Kleinigkeit aufnehmen, ohne auch nur den Kopf zu bewegen. Sie würden getrennt hineingehen, zuerst Antoine, er selbst eine Minute später. Eine Zigarette rauchen, sich lässig an den schmiedeeisernen Zaun lehnen, die Zigarette ausdrücken, seufzen, leise schimpfen vielleicht, als dächte man daran, jetzt nach Hause zu müssen zu einer Frau wie Antoines. Die schwere Tür öffnete sich knarrend. Eine Düsternis, daß man kaum etwas sah.

Frösteln. Vor Furcht oder vor Kälte? Er hätte schwören können, daß der Stein feucht war. Hohe steinerne Mauern, in der Ferne eine kleine flackernde Kerze. Er berührte das Wasser im Becken, bekreuzigte sich, knickste. Dann ging er nach vorn zum Altar, knickste noch einmal und setzte sich neben Antoine in die Bank. Léon war auf der anderen Seite.

Baseball, sagte jemand hinter ihm in präzisem Englisch. Emilie Boccart. Diese Stimme, von den Zigaretten rauchig geworden. Er drehte sich nicht nach ihr um, aber er hätte es gern getan. Sie war, wie alt, vierzig, fünfundvierzig, und trotzdem verlangte es ihn, sie anzusehen. Lange, tiefhängende Brüste. Sie hatte den Mantel offen, und er hatte sie von hinten erkannt, als er durch den Gang gekommen war. Wenn er sich umdrehte, könnte er durch den Stoff der Bluse die Konturen ihrer Brüste sehen. Sie war Jauquets Geliebte. Jauquet hatte eine Frau und fünf Kinder.

Es ist ein Sport. Ein amerikanischer Sport, sagte sie.

Léon hustete. Dann flüsterte er mit Antoine, so laut, daß auch Henri es hören könnte. Und jeden Moment konnten die Worte in ein Gebet übergehen. Emilie paßte auf und würde augenblicklich hörbar zu beten beginnen. Heilige Maria, Mutter Gottes ... Ein einfache Warnung.

Lehouk hat schon zwei von den Amerikanern gefunden. Der eine ist am Arm verwundet. Der andere ist im Schock, kann sich an nichts erinnern, nicht mal an seinen Namen. Sie haben sie schon nach Vercheval gebracht.

Und der Verwundete aus der Maschine? Das war Antoine.

Bei Dinant. Sie behält ihn bei sich. Er ist zu schwer verwundet.

Antoine war jetzt ärgerlich. Sie weiß doch –

Léon hob eine Hand. Sie hat nicht mit sich reden lassen, Chimay. Ich hab's versucht.

Der andere?

Bei Bastien.

Wo ist Jauquet?

St. Laurent.

Um den Deutschen Bescheid zu geben, dachte Henri.

Wieder die rauchige Stimme hinter ihm.

Er hat Angst, daß er nie wieder Baseball spielen kann.

Wer hat Angst?

Der mit dem kaputten Arm. Er sagt, er ist Baseballspieler.

Es ist nicht mehr lang hell, sagte Antoine. Wir müssen im Wald suchen.

Ich gehe. Eine dünne Stimme von hinten links. Dussart. Der Junge, dem ein Ohr fehlte. Ein Unfall im Steinbruch. Blaß, mager und blond, das Haar lang, um die Verunstaltung zu verdecken. Er meldete sich immer freiwillig. Zu allem. Eine draufgängerische Ader, auf die man Obacht geben mußte. Wäre der Krieg nicht gekommen, dachte Henri, so hätte sich der Junge aus Belgien davongemacht, nach Marseille oder Amsterdam.

Dussart. Dann Henri. Dann Dolane, auch ein Bauer, der vor allem Milchwirtschaft betrieb. Van der Elst, der Metzger. Van der Elst versteckte Juden über seinem Laden. Einmal war sein Haus durchsucht worden, aber Elise, seine Frau, hatte die Flüchtlinge über das Dach zu Monsieur Gosset geschickt.

Noch andere Flugzeuge? Wieder Antoine.

Nein, nur das eine. Der Pilot hat die Anhöhe angesteuert.

Antoine dachte nach. Antoine konnte nur links knien, das rechte Knie war bei einem Unglücksfall mit Sprengstoff verletzt worden. Eine winzige Kerze in rotem Glas. Jesus am Kreuz, übertrieben große Blutstropfen auf weißer Haut. Als Kind war ihm schlecht geworden davon. Der Geruch war Moder, da war er sicher. Selbst im Sommer war es in der Kirche feucht.

Emilie, sag Duceour und Hainaert Bescheid. Léon, du gehst wieder ins Hotel.

Das geht nicht.

Wieso nicht?

Ich hab heute morgen Chimène hingeschickt, damit sie mich krank meldet.

Sag ihnen, es ginge dir wieder besser.

Léon stand hustend auf. Sein Atem bildete kleine Wölkchen in der kalten Luft.

Antoine wandte sich Henri zu. Könnt ihr noch jemanden aufnehmen? Er meinte, neben der alten Frau aus Antwerpen. Henri nickte. Die alte Frau würde sowieso sterben. Vielleicht schon heute. Füßescharren hinter ihm. Emilie, Dussart und Dolane gingen. Er hörte das Klappern hoher Absätze auf dem Steinboden; er liebte dieses Geräusch. Dafür allein lohnte es sich, sonntags in die Messe zu gehen.

Die Kerze brannte immer noch. Wer hatte sie angezündet? Emilie für sich selbst? Für sie alle? Für die Kinder, die sie nie gehabt hatte? Für ihre Sünden um Jauquet? Würden er und Claire einmal Kinder bekommen? Vier Jahre, und nichts war geschehen. Er verstand es nicht. Stimmte bei ihm vielleicht etwas nicht? Oder bei Claire? Keiner auf seiner Seite der Familie hatte in der Hinsicht je Probleme gehabt; das hatte ihm seine Mutter versichert. Sie warteten in der Kirchenbank. Er konnte nicht beten. Täte er es, so würde er Gott darum bitten, sie *keinen* amerikanischen Flieger finden zu lassen. Er wollte heim und essen. Schlafen.

Aber wahrscheinlich sollte er beten. Darum bitten, von seiner Furcht befreit zu werden, die Aufgabe, die ihm auferlegt war, mit Freude zu erfüllen, Mut zu haben wie Antoine und nicht nur Haß auf diesen Krieg. Antoine furzte leise. Antoine war ein Schwein. Und ein Held des Widerstands. Er hatte eine Brücke gesprengt. Zwei deutsche Soldaten mit eigenen Händen getötet.

Henri wartete, daß er an die Reihe kommen würde. Als Vorletzter. Nach ihm nur noch Antoine. Er wünschte, er hätte jetzt etwas zu essen. Er würde wahrscheinlich bis tief in die Nacht hinein keinen Bissen bekommen. Antoine sagte ein kurzes Wort. Henri stand auf und schob sich aus der Bank. Er hörte das Echo seiner Schritte zwischen den feuchten Mauern. Das Licht draußen tat ihm in den Augen weh, obwohl es von dichten Wolken gedämpft war. Er sah sich auf dem Platz um. Die Widerstandskämpfer von Delahaut waren schon in grauem Stein verschwunden.

MANCHMAL, WENN SEIN Vater geschlachtet hatte, wenn er den Deutschen nicht nur sein Getreide verkaufte, sondern auch das Fleisch seiner Tiere, fand Jean auf dem blutigen Arbeitstisch im Stall Abfälle, in denen es von Maden wimmelte. Der widerlichste Anblick, den er kannte. Genau dieses Bild hatte er jetzt vom Wald, während er mit dem Schubkarren unter hohen Bäumen hindurchlavierte, zwischen denen die Dunkelheit niedersank wie Nebel oder Wolkenschwaden. Er sah seinen Wald von Maden wimmeln, Deutsche in hohen schwarzen Stiefeln und mit Revolvern, auf der Suche nach den Amerikanern.

Der Weg, für den Jean sich entschieden hatte, war ein alter Jägerpfad. Er zweifelte, daß die Deutschen von seiner Existenz wußten, aber sie konnten natürlich rein zufällig auf ihn stoßen, und wenn die dann ihn, Jean, mit dem Schubkarren sahen, würden sie ihn fragen, was er hier zu suchen hatte. Und wenn die darauf zu seinem Vater gingen, um sich zu erkundigen, was sein Sohn im Wald trieb, würde dieser ihnen von dem Jägersteig erzählen – der zwar von außen nicht sichtbar war, aber auch nicht so verwildert, daß man ihm nicht folgen konnte, um ins Innere des Waldes zu gelangen, ohne sich zu verlaufen. Aber Jean wollte sich einfach darauf verlassen, daß sich niemand sich im Wald so gut auskannte wie er – nicht einmal sein Vater. Er war jahrelang sein Spielplatz gewesen, jetzt war er sein Zuhause, ein Ort, an den er sich aus dem Unglück und der Scham in dem Bauernhaus flüchten konnte, in dem seine Eltern lebten.

Den Schubkarren zu lenken, erwies sich als schwieriger,

als er vorausgesehen hatte, und ab und zu mußte er den Pfad verlassen, wenn ihm zwei dicke Bäume den Weg versperrten. Er war überhaupt nicht sicher, ob er den Rückweg mitsamt dem Amerikaner schaffen würde, aber vor ein paar Monaten, im Sommer war das gewesen, hatte er eine kräftige Sau vom Hof der Hainaerts zu dem seines Vaters gekarrt. Konnte der Amerikaner schwerer sein als die Sau? Der Mann hatte mager gewirkt unter dem Lammfell, groß, aber nicht dick. Jean erinnerte sich ganz deutlich an das Gesicht, die Augen ruhig und ohne Furcht, an das flüchtige Lächeln, als sie einander endlich verstanden hatten, an das plötzliche Erbleichen im Schmerz. Er wollte nicht über diesen Schmerz nachdenken, nicht über die Kälte auf dem Waldboden, nicht über die Frage, ob der Amerikaner überhaupt noch leben würde, wenn er das Gebüsch erreichte. Er wußte nicht, was er mehr fürchtete, den Amerikaner tot vorzufinden oder zu sehen, daß er fort war, von den Deutschen mitgenommen.

Er hörte eine Stimme, das Knacken dürren Holzes, und hielt an, wagte nicht einmal, den Schubkarren abzusetzen. Er bemühte sich, ganz leise zu atmen, das Keuchen der Anstrengung und der Angst zu beherrschen. Er meinte, die Schritte näher kommen zu hören, obwohl die Stimmen immer noch nur Gemurmel waren und er nichts verstehen konnte. Der rasche Einbruch der Nacht, mit dem er zuvor gehadert hatte, erschien ihm jetzt als ein Geschenk des Himmels. Er wußte, daß der Wald in diesen Minuten zwischen Tag und abendlicher Dunkelheit zu einer trügerischen Landschaft wurde, deren Geographie sich, noch während man sie ins Auge faßte, ständig veränderte. Ein Baum, der ganz in der Nähe stand, verschwand plötzlich, um gleich darauf wiederzuerscheinen, Schatten verwandelten sich in Buschwerk, in Fledermäuse, die schneller flogen, als das Auge ihnen folgen konnte. In seinem alten grauen Mantel, abgetragen und an vielen Stellen geflickt, in diesem Mantel, den er jeden Morgen zur Schule nur mit Widerwillen anzog, würde er bei dieser Beleuchtung vielleicht nicht gesehen werden, nicht einmal aus einer Entfernung von nur zehn Metern. Er wartete, bis er sicher war, daß die Schritte sich entfernt hatten. Er wußte, daß die Deutschen bald mit Lampen zurückkehren würden.

Er stieß den Schubkarren jetzt schneller vorwärts, zumal er spürte, wie rasch die Temperatur fiel. Als er an der Stelle anlangte, wo er den Amerikaner zurückgelassen hatte, stellte er den Schubkarren ab und kniete vor dem Gebüsch nieder. Er sah kaum noch etwas, aber als er mit der Hand tastete, fand er unter Laub und Erde einen Stiefelabsatz, und als er den Stiefel berührte, bewegte der Mann leicht seinen Fuß. Jean atmete erleichtert auf.

»Jean«, sagte er hastig, um den Mann zu beruhigen.

Zuerst rührte der Amerikaner sich nicht, aber nach einer kleinen Weile sah Jean ihn im düsteren Zwielicht langsam aus dem Gestrüpp hervorkriechen. Als er ganz im Freien war, versuchte er, sich aufzusetzen. Jean stützte mit einer Hand seine Schulter, um ihn aufrechtzuhalten. Er deutete auf den Schubkarren. Den ganzen Weg hatte er sich über die praktische Ausführung dieses Teils seines Plans ängstliche Gedanken gemacht. Wenn der Amerikaner nicht imstande wäre, aus eigener Kraft in den Karren zu klettern, würde der ganze schöne Plan ins Wasser fallen. Ohne Hilfe konnte Jean einen erwachsenen Mann nicht hochheben.

Mühsam wälzte sich der Amerikaner herum und robbte zum Schubkarren. Er zog sich mit den Unterarmen hoch und hievte sich über die Seitenwand – ein Fisch, der auf ein Bootsdeck plumpste. Jean versuchte, ihm zu helfen, indem er ihm die Hände unter die Achseln schob und zog. Die Schläge, die das verletzte Bein bei dem Manöver abbekam, mußten dem Mann unerträgliche Schmerzen bereiten – er grub die Zähne tief in seine Unterlippe. Als der Amerikaner mit den Hüften über der Schubkarrenwand hing, zog er seine Beine nach und ließ sich auf die Ladefläche hinunterfallen. Auf seine Ellbogen gestützt, schob er sich ein paar Zentimeter hoch und hielt inne. Jean sprang aus dem Karren heraus, nahm seine ganze Kraft zusammen und zog die beiden Griffe in die Höhe. Er wußte, es bestand die Möglichkeit, daß die hölzernen Holme rissen, aber wie durch ein Wunder hob sich der Karren. Der Amerikaner rutschte abwärts, versuchte, sich an die Rückwand gelehnt aufzusetzen. Jean beugte Kopf und Schultern, so weit es ging, zur Seite und bedeutete ihm, sich niederzulegen. Er wollte nicht, daß ausladende Äste ihm das Gesicht zerkratzten.

In der Dunkelheit kaum fähig, etwas zu sehen, vertraute der Junge ganz auf die vielen Jahre, die er hier im Spiel zugebracht hatte, die unzähligen Male, die er diesen Weg gegangen war. Einmal rammte er einen dicken Baum, und der Amerikaner schrie auf vor Schmerz. Aber abgesehen von diesem Zusammenstoß und einigen hektischen Momenten, als der Karren zwischen zwei Bäumen steckenblieb, war die Fahrt einfacher, als er zu hoffen gewagt hatte. Am Waldsaum stellte er seine Fuhre ab. Die Arme zitterten ihm vor Anstrengung. Er konnte das freie Feld nicht mit dem Amerikaner überqueren, selbst jetzt, bei Dunkelheit nicht, solange er nicht sicher war, daß der Stall leer war.

Gewiß, daß der Amerikaner sich nicht von der Stelle rühren würde, da er mittlerweile zweifellos begriffen hatte, daß Jean beabsichtigte, ihn zu verstecken, nahm der Junge sich nicht die Zeit, ihm zu erklären, was er vorhatte. Lautlos rannte er über das gefrorene Feld, erreichte den Stall, schob den schweren Balken hoch, mit dem das Tor verriegelt war. Die Angeln quietschten laut, und er erstarrte. Als nirgends sich etwas rührte, ging er in den Stall hinein und vergewisserte sich, daß niemand drinnen war.

Der Schubkarren, der vorher auf dem Waldboden kaum ein Geräusch gemacht hatte, holperte jetzt mit dumpfen

Schlägen, die dem Jungen wie Donner in den Ohren klangen, über das zerfurchte Feld. Die kurze Fahrt bis zum Stall schien ewig zu dauern. Vor dem Tor stellte Jean den Karren ab, ertrug noch einmal voll Angst das Quietschen der Angeln und rollte die Fuhre dann hinein.

Rascheln und hier und dort ein Muhen – keine Geräusche, die irgend jemanden im Haus alarmieren würden. Jean schob den Amerikaner zu einem langen Trog, der im Sommer mit Schweinefutter aufgefüllt wurde und im Winter mit Kartoffeln. Jetzt war er leer. Geängstigt von der Verwegenheit seines Plans und der Nähe seines Elternhauses, das keine zwanzig Meter entfernt war, ergriff Jean hastig den Arm des Amerikaners und zog ihn zu sich herüber, führte die große Hand über den Rand und die Seitenwand des Trogs, um den Amerikaner so auf das vorzubereiten, was auf ihn wartete. Der Mann schien sofort zu verstehen. Er schob sich vorwärts, drehte sich und hakte sein gesundes Bein über den Rand der Wanne. Jean stützte ihn, so gut es ging, und half ihm aus dem Schubkarren in den Trog. Als der Amerikaner in die Mulde hineinfiel, schien Jean dies das lauteste Geräusch, das er je gehört hatte.

Er wußte, er würde den Trog mit Kartoffeln auffüllen müssen, um den Amerikaner unsichtbar zu machen. Wieder griff er nach der Hand des Mannes, drückte eine Kartoffel an seine Haut, aber er wußte nicht, ob der Mann mit seinen Fingern überhaupt noch etwas fühlen konnte. Er hielt ihm eine Kartoffel dicht vor das Gesicht, in der Hoffnung, er würde sie riechen können. Mehr Zeit für Erklärungen blieb nicht.

Vorsichtig legte Jean Kartoffeln in den Trog, plazierte sie so behutsam er konnte um das Gesicht und die Beine des Mannes. Der gab keinen Laut von sich, äußerte kein Wort des Protests. Jean, der wußte, daß durch die Lücken zwischen den Kartoffeln genug Atemluft eindringen würde, füllte die Wanne bis zum Rand, auch in der Hoffnung, daß die dichte Bedeckung etwas Schutz vor der Kälte bieten würde. Den Sack mit den übrigen Kartoffeln versteckte er unter einem Heuhaufen. Dann lief er zum Tor, er hatte es jetzt eilig, wegzukommen, aber bevor er hinaustrat, hielt er inne.

Noch einmal kehrte er zum Trog zurück und beugte sich tief über die Stelle, wo er den Kopf des Piloten vermutete. »Ich komme zurück«, sagte er. *»Return«*, fügte er auf Englisch hinzu.

Sein Vater versetzte ihm einen solchen Schlag, daß er taumelte und einen Stuhl umriß. Die Küche, diese dumpfe kleine Welt, in der er lebte, drehte sich, und einen Moment wurde ihm schwarz vor Augen. Dann brachen grelle Lichtreflexe durch das Dunkel. Seine Oberlippe war aufgeplatzt, und als er sich an den Mund griff, spürte er Blut an seinen Fingern. Er hatte Angst, sich zu bewegen oder etwas zu sagen. Er wußte nicht, wofür er den Schlag erhalten hatte, aber er wußte aus Erfahrung, daß es das beste war, abzuwarten und still zu sein. Nichts machte seinen Vater wütender als Protest oder Trotz.

»Monsieur Dauvin war hier. Er hat gesagt, daß du nicht in der Schule warst. Jedenfalls nicht seit Mittag«, brüllte sein Vater. Er nahm die brennende Zigarette, die er auf dem Tisch abgelegt hatte, zog hastig daran und hielt sie zwischen Daumen und Zeigefinger.

Woher, fragte sich Jean, hatte sein Vater gewußt, daß er genau in diesem Moment zur Tür hereinkommen würde. Er mußte auf ihn gewartet haben, und während er wartete, hatte er getrunken. Jean konnte es riechen, sogar auf der anderen Seite der Küche. Unter dem Tisch standen leere Flaschen.

»Ich kann nur hoffen, daß du nicht bei diesem abgestürzten Flugzeug warst. Mein Sohn hat da nichts zu suchen.«

Mein Sohn, dachte Jean. Er stützte eine Hand auf den Tisch, um sich zu halten. Seine Beine zitterten. Nur nicht fallen! Das Wachstuch auf dem Tisch war abgeschabt, an vielen Stellen fast durchgescheuert. Eine nackte Glühbirne, die von der Decke herabhing, erhellte das Zimmer mit hartem Licht. Scharfe Schatten fielen auf die Tapete, den Herd, die Marmorkonsole mit dem Kruzifix und dem Fläschchen voll Weihwasser. Jeans Abendessen, das seine Mutter ihm hingestellt hatte, lag kalt geworden auf dem Teller auf dem Tisch. Bei dem Gedanken an seine Mutter, die jetzt sicher oben im Schlafzimmer war, wurde ihm schwer ums Herz.

»Und deine Mutter hat auch noch deinetwegen gelogen und Monsieur Dauvin gesagt, du wärst krank! Hinterher hat sie geweint, weil sie nicht wußte, wo du warst.«

Jean stand ganz still. Er verachtete seinen Vater für diese Vortäuschung von Teilnahme an den Gefühlen seiner Mutter. Bemüht, ruhig und regelmäßig zu atmen, senkte er den Blick zum Steinboden, den seine Mutter jeden Tag fegte und schrubbte.

»Ich hoff zu Gott, daß die Deutschen dich nicht bei dem Flugzeug erwischt haben. Ich hab Schwierigkeiten genug und keine Lust, auch noch für meinen Sohn Erklärungen abgeben zu müssen. Als nächstes wirst du dir einbilden, du wärst ein Partisan. Und du weißt ja, was sie mit Partisanen machen.«

Es war keine Frage. Sein Vater sog tief an seiner Zigarette. Sie war nachlässig gedreht, Tabakfädchen fielen zu Boden. »Steh hier nicht rum wie ein Ölgötze, sonst fängst du noch eine.«

Jean sah nicht auf, er wußte auch so, daß sein Vater ihm mit der Faust drohte.

»Ich weiß genau, daß du im Wald warst. Man braucht dich ja nur anzuschauen. Hast du einen von den Amerikanern gesehen?«

Jean schüttelte den Kopf.

»Lüg mich nicht an, so einen Sohn brauch ich nicht. Gib's doch zu, du hast nach den Amerikanern gesucht! Glaubst du vielleicht, das ist ein Spiel? Den Hals wird es dich kosten, das kann ich dir sagen. Wenn du einen Amerikaner siehst, dann sagst du's mir, verstanden?«

Jean nickte. Sein Mund war voller Blut. Er wagte nicht, es auszuspucken. Er schluckte es hinunter.

Sein Vater packte den Teller mit dem Abendessen und schleuderte ihn gegen den Herd. Das Steingut zersprang am Gußeisen. Jean zuckte zusammen. Es war eine unnötige, aber wohlüberlegte Geste seines Vaters, die den Sohn einschüchtern und seine Frau verletzen sollte, wenn sie am Morgen die Scherben fand. Aber wahrscheinlich hatte sie oben im Schlafzimmer den Lärm ohnehin gehört. Jean wußte, daß er zu Boden gehen würde, wenn sein Vater ihn noch einmal schlüge. Er war so wacklig auf den Beinen, daß er nicht einmal sicher war, ob er es die Treppe hinauf schaffen würde.

»Ich bin noch nicht fertig mit dir, aber ich kann dich jetzt nicht mehr sehen.«

Sein Vater wedelte mit den Armen, wie um ihn hinauszuscheuchen. Erleichtert ging Jean aus der Küche und hielt im Flur nicht einmal an, um seinen Mantel abzulegen.

Ohne sich auszukleiden, streckte sich Jean in seiner kleinen Kammer unter dem Dach auf dem Bett aus und drückte einen Socken an seine Lippe, um das Blut zu stillen. Er hatte sich nicht gewaschen, weil er das im Spülstein im Stall hätte tun müssen, und er konnte jetzt nicht in den Stall zurückkehren. Er hatte damit gerechnet, daß sein Fehlen in der Schule gemeldet werden würde, aber er hatte nicht geahnt, daß Monsieur Dauvin persönlich seine Eltern aufsuchen würde. Er wäre gern zu seiner Mutter ins Zimmer gegangen, um ihr zu sagen, daß alles gut war, aber es war ja nicht alles gut, das würde sie gleich sehen und sich aufregen – außerdem wollte er nicht riskieren, seinem Vater zu begegnen.

Er blieb auf dem Bett liegen und dachte an den Flieger. Er versuchte, sich vorzustellen, wie dem Mann zumute sein mußte, unter einem Berg von Kartoffeln in dem engen Trog eingezwängt. Er stellte sich die Dunkelheit vor, den Geruch der feuchten Kartoffeln, die gedämpften Geräusche der Kühe. Und je länger er an den Flieger dachte, desto unruhiger wurde er. Was, wenn der Amerikaner draußen im Stall erfröre und morgen früh tot wäre? Mal angenommen, das passierte wirklich, was sollte Jean dann mit ihm tun? Er hatte nur daran gedacht, den Verwundeten ungesehen in den Stall zu befördern und ihm vielleicht in der Nacht heimlich etwas Brot und Wasser zu bringen. Weiter hatte er nicht geplant. Aber während er jetzt auf seinem Bett lag und nachdachte, wurde ihm allmählich der Wahnsinn seines Handelns bewußt.

Er mußte etwas unternehmen, bevor es Tag wurde. Jetzt gab es kein Zurück mehr. Wozu denn die ganze Anstrengung, wenn nicht, um den Flieger zu retten? Aber wenn er bis zum Morgen wartete, würde sein Vater den Amerikaner finden und ihn den Deutschen ausliefern. Hatte sein Vater recht gehabt mit seiner Bemerkung? War es für ihn bloß ein Spiel? Ein spannendes Abenteuer, das diesmal vielleicht in einer Katastrophe enden würde?

Am liebsten hätte er angefangen zu weinen. Er mußte an das verletzte Bein des Fliegers denken. Es mußte behandelt werden, von einem Arzt oder einer Krankenschwester. Angenommen, die Wunde entzündete sich, und das Bein mußte amputiert werden – nur weil Jean den Mann in den Stall geschleppt hatte und nun nicht wußte, wie er ihn dort wieder herausbringen sollte? Was, wenn der Amerikaner an der Infektion stürbe? Konnte man so schnell an einer Verletzung sterben? Und er hatte bestimmt eine Menge

Blut verloren, war vermutlich im Schock. In der Dunkelheit sah er das Gesicht des Amerikaners vor sich; des Mannes, der sich Ted genannt hatte, der seine Hände nicht gebrauchen konnte, der über ihren kleinen Erfolg, ein gemeinsames Wort gefunden zu haben, gelächelt hatte.

Ich habe gesagt, daß ich zurückkomme, dachte Jean. Er hatte es versprochen. Er mußte den Flieger vor Tagesanbruch aus dem Stall herausholen.

Den Socken an die Lippe gedrückt, kämpfte er gegen den Schlaf. Er starrte angespannt in die schwarze Finsternis seines kleinen Zimmers. Gewaltsam hielt er seine Augen offen und dachte nach. Nach einer Weile hörte er den schweren Schritt seines Vaters auf der Treppe, vernahm, wie die Tür zum Schlafzimmer seiner Eltern geöffnet und wieder geschlossen wurde.

Und als er lange nachgedacht hatte, setzte er sich auf, warf den Socken zu Boden, sprang aus dem Bett und schlüpfte in seinen Mantel.

BEIM EINSCHLAFEN WARTETE sie immer noch darauf, von unten die vertrauten Geräusche von Henris Heimkehr zu vernehmen. Das Poltern seiner Stiefel. Wasserrauschen an der Pumpe. Das Klirren eines Glases, das auf den Küchentisch gestellt wurde. Sie war lange aufgeblieben, aber schließlich hatte die Kälte sie in ihr Bett getrieben. Während sie im Halbschlaf unter der dicken Steppdecke lag, kreisten ihre Gedanken um Henri. Sie machte sich keine besonderen Sorgen; es war nicht das erstemal, daß er die ganze Nacht unterwegs war. Dennoch wünschte sie, er hätte ihr eine Nachricht zukommen lassen. Ihre Sorge galt mehr der alten Frau, die auf der anderen Seite der Wand lag. Jeder Atemzug bereitete ihr jetzt offensichtlich Mühe. Sie hatte sich geweigert, etwas zu essen, und hatte sich nicht einmal die Brühe einflößen lassen. Claire hätte sie gern nach unten gebracht und ans Feuer gelegt, aber allein konnte sie sie nicht die Treppe hinuntertragen. Statt dessen hatte sie Berge von Decken auf den gebrechlichen alten Körper gehäuft. Doch es kam ihr vor, als begrübe sie die alte Frau nur und machte ihr jede Bewegung unmöglich.

Sie hatte nicht viel Hoffnung für die alte Madame Rosenthal. Selbst wenn sie mit Claires Hilfe wieder zu Kräften käme, würden die Leute vom Maquis darauf dringen, sie möglichst schnell über das Verbindungsnetz nach Frankreich zu schleusen und so den Platz im Haus für den nächsten Flüchtling oder Flieger freizumachen. Und Claire konnte es sich nicht leisten, der alten Frau ein Zimmer in ihrem Haus anzubieten. Schlüge sie das vor, so würde Henri ihr nur sagen, was sie bereits wußte. Madame Rosenthal war Jüdin. Eine Jüdin durfte man nicht aufnehmen. Wenn man es doch tat, bezahlte man mit dem Tod dafür.

Sie machte sich große Sorgen um Madame Rosenthal. Selbst unter den günstigsten Umständen war es vermutlich schwierig, sich bis zur französischen Grenze durchzuschlagen, noch schwieriger, von dort aus Spanien zu erreichen. Sie mußte an eine Geschichte denken, die sie gehört hatte. Im April hatten vierzig Männer, unter ihnen zwei englische Flieger, die in Delahaut untergebracht gewesen waren, es geschafft, sich bis dicht an die spanische Grenze durchzukämpfen. Überglücklich, die Strapazen der Flucht überstanden zu haben, hatte einer der Engländer beim Bad in einem Bach ein englisches Lied angestimmt. Eine alte Frau, die dort am Wasser wohnte, hatte über ihre Gartenmauer die englischen Wörter gehört und die Gestapo informiert. Nur einen Morgenspaziergang von der Freiheit entfernt wurden alle vierzig Männer mit Maschinengewehren niedergemäht und ihre Leichen in einen Graben geworfen, den man unbedeckt ließ, grausame Warnung für die Dorfbewohner.

Claire setzte sich auf. Sie meinte, unten an der Tür etwas gehört zu haben. Ein kurzes Klopfen, dann Stille. Ein kurzes

Klopfen, dann Stille. Ihr wurde heiß. Sie schlug die Steppdecke zur Seite und lief im Nachthemd auf bloßen Füßen die Treppe hinunter zur Küche. Die eisige Kälte des Steinbodens traf sie wie ein Schock und brannte an ihren Sohlen. Fröstelnd schlang sie die Arme um ihren Oberkörper und blieb hinter der Tür stehen. Wieder das Klopfen. Wie spät war es? Drei, vier Uhr morgens? War Henri etwas zugestoßen? Hatte man jemanden geschickt, es ihr zu sagen?

»Wer ist da?« rief sie hinter der Tür.

»Ich bin's, Jean Benoît«, antwortete eine leise Stimme.

Sie hörte den Namen, doch sie wollte es nicht glauben. Jean war ein kleiner Junge, gerade zehn Jahre alt. Noch einmal fragte sie: »Wer ist da?«

»Madame Daussois«, drängte die leise Stimme. »Bitte, machen Sie auf. Ich bin's, Jean Benoît.«

Claire öffnete die Tür. Der Junge stand zitternd auf der Schwelle. Ein eisiger Luftzug fuhr in die Küche, und sie ließ den Jungen herein. Sie schloß die Tür. In der Dunkelheit konnte sie sein Gesicht nur undeutlich erkennen. Sie schlüpfte in einen alten Mantel von Henri, der an einem Haken neben der Tür hing, und zündete eine Kerze an. Beim Anblick des Jungen drückte sie unwillkürlich die Hand auf ihren Mund.

Sein Gesicht war auf einer Seite angeschwollen und bläulich verfärbt. An der Lippe hatte er eine Platzwunde, getrocknetes Blut auf Wangen und Kinn. Sein Mantel war verdreckt, feuchtes, altes Laub und Erde hafteten am Stoff.

»Ich brauche Monsieur Daussois«, sagte der Junge kaum hörbar. Er räusperte sich.

Sie musterte ihn mißtrauisch. Jeder wußte, daß der Vater des Jungen ein Kollaborateur war.

»Wer hat dir das getan?« fragte sie.

Der Junge sah sie an, aber er antwortete nicht.

»Die Deutschen?«

Der Junge schüttelte den Kopf.

»Dein Vater?« fragte sie.

Der Junge schien zu zögern, als überlegte er. Dann nickte er einmal kurz und hastig. »Ich muß mit Monsieur Daussois sprechen«, sagte er. »Es ist dringend.«

Die Panik in der Stimme des Jungen klang echt, aber Claire wußte, daß sie dennoch vorsichtig sein mußte.

Wer für den Widerstand arbeitete, war immer in Gefahr. Verrat lauerte überall. Die Deutschen schleusten ihre eigenen Leute in das Verbindungsnetz ein, Männer, die fließend Englisch sprachen und mit amerikanischen oder englischen Fallschirmen auf belgischem Boden landeten. Sie ließen sich verstecken und zur Flucht verhelfen, nur um am Ende alle zu verraten, die ihnen Beistand geleistet hatten. Die Gefaßten folterte man, um weitere Namen aus ihnen herauszupressen. Claire wußte von Männern, die geblendet oder mit Elektroschocks gequält worden waren. Und am Ende wurden diese Männer – und Frauen – erschossen oder erhängt und nackt in offene Gräber geworfen, wo Tiere ihnen bald das Fleisch von den Knochen rissen. Aber diese Methode der Enttarnung war, wie sie wußte, den Deutschen gar nicht immer recht. Manchmal kam es ihnen viel mehr auf die einzelnen Soldaten der alliierten Luftstreitkräfte an als auf die Zerstörung des Netzwerks. In solchen Fällen schleuste die Gestapo irgendwo einen Kollaborateur ein, ein Glied in der Kette, der entscheidende Tips zur Ergreifung dieses oder jenes besonders nützlichen alliierten Offiziers geben konnte, stets so vorsichtig, daß möglichst kein Verdacht auf ihn selbst fiel und er im Netz weiterarbeiten konnte. Wer konnte schließlich schon mit Gewißheit sagen, an welcher Verbindungsstelle ein flüchtiger Flieger verraten worden war? Es gehörte zu den Grundregeln der Résistance, daß jede Zelle nur von der direkt vor ihr wußte.

»Wozu brauchst du ihn?« fragte sie und musterte den Jungen scharf.

Er seufzte tief. Sie sah ihm an, daß er Angst hatte.

»Ich habe den Amerikaner«, sagte er.

Im ersten Moment verstand sie nicht. Was sollte das heißen? Aber als sie dem Jungen dann in die Augen sah, begriff sie.

»Wo ist er?« fragte sie.

»Ich habe ihn bei uns im Stall versteckt. Er ist am Bein verwundet. Ich brauche Monsieur Daussois, damit er mir hilft, ihn da rauszuholen, bevor mein Vater morgen früh in den Stall geht.«

»Wo hast du ihn gefunden?«

»Im Wald.«

»Und sonst weiß niemand etwas davon?«

Der Junge schüttelte den Kopf.

Sie starrte ihn an. Konnte sie ihm trauen? Sie fragte sich, wie er auf den Gedanken gekommen war, sich gerade an sie und Henri zu wenden und nicht an jemand anderen. Diese Tatsache allein war beunruhigend – waren sie und Henri den Deutschen schon bekannt? Oder war dies eine List, ein Trick, um ein Mitglied der Résistance zu identifizieren? Aber sie hatte dem Jungen geglaubt, als er gesagt hatte, daß die Verletzungen in seinem Gesicht von der Hand seines Vaters stammten.

Sie hatte längst die Erfahrung gemacht, daß es in einem so kleinen Dorf wie Delahaut nicht immer möglich war, zu verheimlichen, auf wessen Seite man stand. Es gab Kollaborateure, die leicht zu erkennen waren – die schwarzen Belgier zum Beispiel, Männer, die schwarze Hemden trugen und unter der Besatzungsmacht Positionen erlangten, in denen sie Autorität ausüben konnten, gelegentlich sogar einen Bürgermeisterposten. Es gab die Frauen, die sich mit den deutschen Soldaten einließen, Geschenke und Geld von ihnen annahmen. In Delahaut gab es einige dieser Sorte, schlimmer als Huren schimpfte man sie. Claire hatte selbst gesehen, wie diese Frauen auf der Straße angespuckt worden waren; sie wollte nicht daran denken, was ihnen nach dem Krieg widerfahren würde.

Doch die Mitglieder der Résistance mußten im Gegensatz zu den Kollaborateuren jeden Moment vorsichtig bis zum Äußersten sein, um nicht versehentlich ihre Zugehörigkeit zu verraten. Claire wußte, daß Henri und Antoine ein Risiko eingegangen waren, als sie unter den Augen von Schulkindern Gegenstände aus dem abgestürzten Flugzeug entfernt hatten. Aber sie wußte auch, daß die meisten Schulkinder die Widerstandskämpfer als Helden betrachteten und es kaum erwarten konnten, erwachsen zu werden, um in ihren Reihen zu kämpfen. Nein, Kinder waren selten eine Gefahr; es waren vielmehr die Männer und Frauen, die vielleicht zu einer Tasse Ersatzkaffee ins Haus kamen, sich womöglich voller Haß über die Nazis äußerten, während sie die ganze Zeit auf irgendein verdächtiges Geräusch im Haus lauerten.

Plötzlich war ihr klar, wie der Junge auf sie gekommen war.

Die Résistance arbeitete im Untergrund; man vertraute so wenigen Menschen wie möglich, aber es gab im Dorf einige Sympathisanten, auf die man angewiesen war. Omloop zum Beispiel. In Belgien waren alle Nahrungsmittel rationiert. Die tägliche Ration pro Person belief sich auf zweihundertfünfundzwanzig Gramm Brot, drei Stück Würfelzucker, zwei kleine Würste, ein Pfund Kartoffeln. Aber die Flüchtlinge – die Juden, die Flieger der Alliierten, die belgischen Jugendlichen, die aus deutschen Arbeitslagern geflohen waren – hatten keine Marken, und es war schwierig und äußerst gefährlich, die nötigen Nahrungsmittel heranzuschaffen, um diese Leute zu versorgen. Die Résistance war deshalb auf die Hilfe sympathisierender Händler angewiesen, die bereit waren, schwarz zu verkaufen. Wenn Claire zu Madame Omloop ging, gab die Frau ihr, ohne ein Wort darüber zu verlieren, stets größere Mengen, als ihr zustanden.

»Du hast mich in Omloops Laden gesehen«, sagte Claire zu Jean.

Der Junge blickte zu seinen Füßen hinunter. Als er den Kopf wieder hob, sah sie die Verwirrung in seinem Gesicht.

»Mein Mann ist noch nicht zu Hause«, sagte sie langsam und ließ es dabei bewenden. Sie sah zur Decke hinauf und dachte an die alte Frau in der Mansarde. »Ich kann mitkommen, wenn du willst«, fügte sie hinzu. »Vielleicht schaffen wir es zusammen, den Mann hinauszubringen.«

Der Junge nickte erleichtert. Claire zog ihre Schuhe an, knöpfte den Mantel zu und band sich ein Tuch um den Kopf. Hinter dem Stall stand der alte Lastwagen mit dem Holzgasgenerator. Henri hatte gesagt, sie dürften ihn nur im Notfall benützen. Würde es ihr gelingen, den Generator in Gang zu bringen? Würden sie und der Junge es schaffen, den alten Ford in Fahrt zu setzen? Sie sah keine andere Möglichkeit. Sie hoffte, die alte Frau würde nicht nach ihr rufen, solange sie weg war.

Jean, der neben ihr saß, bat sie, die Scheinwerfer und den Motor auszuschalten, als sie noch auf der Straße waren und vom Haus seiner Eltern aus nicht zu sehen. Leise öffneten sie die Türen und stiegen aus. Morgen würde es Schnee geben. Sie roch es.

Der Junge ging voraus, sie folgte. Sie verbot es sich, daran zu denken, was geschehen würde, wenn man sie ertappte. Sie war schon des öfteren in ein fremdes Haus geholt worden, eines der Reihenhäuser im Dorf oder ein Bauernhaus, um einen verwundeten Flieger zu versorgen oder um zu übersetzen. Aber bei diesen Gelegenheiten war sie immer mit dem Fahrrad gefahren, wie das im Dorf üblich war, das Risiko war daher minimal gewesen. Aber mitten in der Nacht mit einem Lastwagen unterwegs, nachdem im Dorf gerade ein Flugzeug abgestürzt war – das würde sich unmöglich erklären lassen. War der Wagen auf der Straße von ihrem Hof zu dem der Benoîts gesehen worden? Wie spät war es genau, wie lange hatten sie noch bis Tagesanbruch? Sie ärgerte sich, daß sie nicht auf die Küchenuhr gesehen hatte.

Beim Quietschen des Stalltors hielt sie erschrocken den Atem an. Ihr war kalt, nur in dem dünnen Nachthemd mit Henris Mantel darüber. Im Stall war es stockfinster. Sie blieb zögernd stehen, aus Angst, sie könnte stolpern und stürzen. Der Junge umfaßte behutsam ihr Handgelenk und führte sie ins Innere. Sie konnte die Tiere riechen und hören, aber sehen konnte sie sie nicht.

Der Junge zog sie abwärts und sprach leise mit ihr. Sie kniete nieder und streckte ihre Arme aus. Sie kniete auf etwas Weichem, eine Mischung aus Heu und Stroh, vermutete sie. Ihre Hände berührten das rohe Holz eines Trogs, knollige Kartoffeln.

Der Junge neben ihr arbeitete mit fliegenden Händen. Einmal hörte sie ihn leise »Jean« sagen. Sie hörte den dumpfen Aufschlag der Kartoffeln, die rund um den Jungen zu Boden fielen. Dann hielt der Junge inne.

Wieder tastete er nach ihr, diesmal jedoch ergriff er ihre Hand. Er führte sie über den Trog und über ein welliges Gelände von Kartoffeln.

Sie spürte die Wärme menschlicher Haut, nahm unter ihrer Hand die Gesichtszüge eines Mannes wahr. Und der Junge neben ihr sprach einen Namen.

31. Dezember 1943 bis 7. Januar 1944

DER HOF HINTER dem Schulhaus war voll lebhafter Bewegung. Jungen in geflickten Jacken und alten Wollpullovern nutzten die wenigen noch verbliebenen Minuten der Pause, um mit Feuereifer Fangen, Verstecken oder Boules zu spielen. Von den Mädchen hatten sich nur wenige in die Kälte hinausgewagt; die meisten waren im Klassenzimmer bei Madame Lepin geblieben, die mit ihnen Socken für die in Deutschland gefangenen belgischen Soldaten strickte.

Jean blieb oben auf der Treppe stehen und schaute sich um. Marcel, der schon ungeduldig auf ihn gewartet hatte, bemerkte ihn zuerst und rief ihn. Als die anderen Jungen Jeans Namen hörten, unterbrachen sie ihr Spiel und beobachteten den Kameraden, der jetzt langsam die Treppe herunterkam. Jede amtlich verordnete Strafe, ganz gleich, welcher Art das Vergehen, erregte unweigerlich die Neugier der Jungen.

Jean ging auf seinen Freund zu.

»Jean«, flüsterte Marcel drängend. »Wie war's? Was hat Dauvin mit dir gemacht?«

Jean zeigte seine Hände. Es kostete ihn Anstrengung, sie still zu halten. Die Knöchel waren geschwollen. An den mittleren Fingern war die Haut geplatzt, Blut sickerte aus den Wunden.

»Du hast den Stock bekommen?«

Jean nickte.

»Besser als das Spanische Rohr.«

Jean nickte wieder.

Marcel schüttelte den Kopf. »Ich hab nichts gesagt«, beteuerte er flüsternd. »Ich weiß, du wolltest, daß ich ihnen sage, dir wär schlecht, aber Monsieur Dauvin war so wütend, daß ich mich nicht getraut hab, was zu sagen.«

»Ein Glück«, sagte Jean. »Sonst hättest du es auch mit dem Stock bekommen.«

»Was war überhaupt los mit dir?« fragte Marcel. »Wo warst du den ganzen Nachmittag? Hast du einen von den Amerikanern gefunden?«

Jean blickte an seinem Freund vorbei zu dem Platz, wo eine Gruppe Jungen Boules spielte. Sie spielten mit einer handgeschnitzten Kugel, die nicht ganz rund war und bei jedem Wurf eierte. Als er an diesem Morgen zur Schule gekommen war, hatte ihn niemand gefragt, wieso sein Mund so aufgeschwollen war, woher er den Riß in der Lippe hatte. Es war ja nicht das erstemal, daß er in so einem Zustand zur Schule kam; sie wußten, daß sein Vater ihn häufig schlug.

»Jean, was war los? Was hast du gefunden?«

Langsam zog Jean seinen Blick zurück und richtete ihn wieder auf seinen Freund. Marcel mußte sich dringend einmal die Haare schneiden lassen. Sie wuchsen ihm in Büscheln über die Ohren. Und seine Hose war ihm zu kurz. Aber das war bei ihm selbst nicht anders.

»Gar nichts war los«, antwortete er Marcel. »Ich bin noch mal in den Wald gegangen, aber ich hab nichts gefunden. Als ich nach Hause kam, war Monsieur Dauvin schon bei meinem Vater gewesen, und der hat mich geschlagen.«

»Oh«, sagte Marcel. Er sah enttäuscht aus.

Jean wollte seine Hände in die Hosentaschen schieben, aber er konnte die Finger kaum abbiegen. Er wußte, daß er sie frühestens morgen wieder richtig würde gebrauchen können. Er hatte nicht das erstemal Tatzen bekommen.

Doch zum erstenmal hatte er seinen Freund belogen. Die Lüge war ihm ganz automatisch über die Lippen gerutscht, noch ehe er Zeit gehabt hatte, darüber nachzudenken, was er sagen könnte. Er hatte instinktiv gewußt, daß er über die Geschehnisse der letzten Nacht mit niemandem sprechen dürfte. Nicht nur zu seinem eigenen Schutz, sondern auch zum Schutz von Madame Daussois. Er mußte immer daran denken, wie sie da im Nachthemd in ihrer Küche gestanden hatte. Sie war schön. Die schönste Frau, die er je gesehen hatte, schöner sogar als Marie-Louise, die als die Dorfschönheit galt, die Verführerischste von allen. Marie-Louise tönte ihre Beine mit Walnußessenz und malte sich hinten immer einen Strich auf die Beine, damit alle glaubten sollten, sie hätte Seidenstrümpfe an. Jean war überzeugt, daß Madame Daussois niemals so etwas tun würde. Für sie würde er sich sogar mit dem Spanischen Rohr durchhauen lassen.

Im dunklen Stall hatten er und Madame Daussois gemeinsam die Kartoffeln aus dem Trog geklaubt und dem Flieger herausgeholfen. Der Amerikaner war schwach und benommen – kaum fähig, sich auf den Beinen zu halten. Madame Daussois sprach leise auf Englisch mit ihm, um ihn zu beruhigen und ihm begreiflich zu machen, daß er ihr und Jean vertrauen konnte. In aller Eile häufte Jean die Kartoffeln wieder in die Wanne. Als er sich aufrichtete, konnte er das Gesicht des Fliegers kaum erkennen, aber er spürte sein Gewicht, fühlte das Leder und das Lammfell am offenen Kragen seines Anzugs. Er wußte, daß der Mann ohne den dicken fellgefütterten Anzug nicht überlebt hätte. Er hatte Geschichten von Fliegern gehört, die in ihren elektrischen Heizanzügen abgesprungen waren und auf den Feldern und in den Wäldern erfroren waren, bevor man sie hatte bergen können.

Gemeinsam, Madame Daussois in ihrem Nachthemd und dem dicken Mantel ihres Mannes, Jean in seiner alten Jacke und der Wollmütze, schoben sie den Flieger auf dem Karren vom Stall zum Lastwagen. Sie hoben ihn heraus und hievten ihn wie ein totes Tier, das sie zum Markt fahren wollten, auf die Ladefläche. Lautlos war dieses anstrengende Unternehmen nicht zu bewältigen, und bei jedem Stöhnen oder Keuchen, bei jedem gedämpften Schmerzensschrei des Verwundeten schauten Madame Daussois und Jean ängstlich zum Haus hinüber.

Als der Verwundete endlich im Wagen lag, ging Jean nach vorn zum Fahrerhäuschen. Er wollte wieder einsteigen, um mit Madame Daussois zu ihrem Haus zurückzufahren. Sie allein fahren zu lassen, kam ihm gar nicht in den Sinn. Wie sollte Madame Daussois den Amerikaner ohne seine Hilfe in ihr Haus befördern? Aber sie lief ihm nach und legte ihm eine Hand auf die Schulter. Er stritt sich beinahe mit ihr, widersprach zornig flüsternd ihrem Befehl, versuchte, sie davon zu überzeugen, daß sie ihn brauchen würde. Aber Madame Daussois blieb fest. Sie sah gar nicht hart aus, nicht so wie Marcels Mutter zum Beispiel, aber sie war hart. Daran hatte er jetzt keinen Zweifel mehr. Sie war anders als seine Mutter, die nicht hart aussah und auch nie hart sein konnte. Er wand sich innerlich, wenn er an seine Mutter dachte, an ihre Angst vor ihrem Mann.

Madame Daussois hatte ihm befohlen, schleunigst in sein Zimmer hinaufzugehen. Sie sagte, wenn man ihn schnappte, würde er der Folter nicht standhalten können und sie damit alle in höchste Gefahr bringen. Einen Moment lang zögerte Jean, dachte daran, ihr zu trotzen. Er wollte nicht so einfach an den Rand gedrängt werden. Wäre er nicht gewesen, so wäre der Flieger überhaupt nicht gefunden worden, wäre vielleicht sogar in der Nacht gestorben. Ja, dachte Jean, er wäre beinahe mit Sicherheit gestorben, oder er wäre von den Deutschen gefunden worden. Er erinnerte sich, daß ihm die Nase gelaufen war und seine Augen vor Kälte getränt hatten, während er mit seinen eigenen Wünschen und Ängsten gekämpft hatte. Schließlich hatte er sich mit einem kurzen Achselzucken und ohne ein weiteres Wort von Madame Daussois losgerissen und war weggelaufen. Das tat ihm jetzt leid. Er war ihr böse gewesen, obwohl er doch allen Grund gehabt hätte, ihr dafür zu danken, daß sie ihm zu Hilfe gekommen war. Er wünschte, er könnte zu ihr gehen und sich für sein Verhalten entschuldigen. Außerdem wollte er dringend wissen, wie es dem Amerikaner ging, ob er noch bei ihr im Haus war oder ob man ihn anderswohin gebracht hatte. Er hatte das Erschrecken in Madame Daussois' Gesicht gesehen, als ihr klargeworden war, daß Jean ihre Verbindung zur Résistance erraten hatte. Er wollte ihr gern die Gewißheit geben, daß ihr Geheimnis bei ihm gut aufgehoben war, daß er keinem Menschen etwas von der vergangenen Nacht erzählen würde, ganz gleich, was geschah.

Er war in den Schatten am Straßenrand stehengeblieben und hatte zugesehen, wie sie den Lastwagen in der Dunkelheit wendete. Auf der Fahrt zum Haus seiner Eltern hatte sie am ganzen Körper so heftig gezittert, daß sie kaum fähig gewesen war, die Kupplung und den Schalthebel zu bedienen. Die kleine Straße, die sie genommen hatten, glich eher einem Feldweg, von tiefen Furchen durchzogen, die zu Wällen und Gräben gefroren waren, und er wußte, daß die rüttelnde Fahrt über diesen holprigen Boden für den Amerikaner eine Qual gewesen sein mußte.

Als Madame Daussois in der vergangenen Nacht vom Hof seiner Eltern abgefahren war, hatte sie die Scheinwerfer erst eingeschaltet, als sie gut hundert Meter von der Stelle entfernt war, wo sie geparkt hatten. Die plötzliche Helligkeit, die jeden Baum gleißend aus dem Dunkel hob und huschende Schatten in die Landschaft zauberte, hatte Jean so sehr erschreckt, als hätte plötzlich ein Suchscheinwerfer sie eingefangen. Wie erstarrt war er stehengeblieben und hatte gewartet, bis er das Motorengeräusch nicht mehr hören konnte. Erst dann war er zum Haus gelaufen.

»He, Benoît!«

Jean drehte sich herum. Pierre Albert, ein Jahr älter als

Jean, stand hinter ihm und warf lässig eine Holzkugel von einer Hand in die andere. Er hatte die Augen zusammengekniffen. Pierres Vetter Jan war beim Maquis in Charleroi gewesen und von der belgischen SS erschossen worden, als man ihn im Keller seines Wohnhauses mit Sprengstoff erwischt hatte. Pierre wurde es nicht müde, diese Geschichte zu erzählen, immer wieder darauf aus, sich mit dem Heldentum seines Vetters einen Glanz zu verleihen, den er gar nicht verdiente.

»Du hast's mit dem Stock gekriegt.«

Jean sagte nichts. Marcel duckte sich ängstlich. Pierre war ein Rauhbein, und Jean wußte, daß Marcel vor ihm Angst hatte.

»Für was?«

»Das weißt du doch genau«, antwortete Jean und zwängte unter Schmerzen seine steifen Finger in die Hosentaschen.

»Und warum warst du nicht in der Schule?«

»Ich war krank.«

Pierre schnalzte mit der Zunge. Er kniff ein Auge zu.

»Mein Vater sagt, er weiß, wo die Amerikaner sind.«

Jean schwieg. Er bezweifelte, daß Pierres Vater irgend etwas über die Amerikaner wußte. Oder wenn doch, daß er es seinem Sohn gesagt hätte.

»Ich hab das Flugzeug mit eigenen Augen gesehen«, prahlte Pierre.

Wieder blieb Jean still. Er konnte sich nicht erinnern, Pierre auf der Weide gesehen zu haben. Aber wenn er Pierre Albert der Lüge bezichtigte, würde das nur eine Prügelei geben.

Marcel trat nervös von einem Fuß auf den anderen und sah sehnsüchtig zu einer Gruppe spielender Jungen hinüber. »Komm, Jean«, sagte er drängend.

Pierre drehte sich nach ihm um und lachte höhnisch. »Wo willst *du* denn hin?«

Marcel, schon auf dem Rückzug, blieb stehen. Pierre wandte sich wieder Jean zu.

»So, so, du warst also krank«, sagte er.

Jean antwortete nicht.

»Weißt du, was ich glaube, wo du warst?« fragte Pierre und warf die Holzkugel dicht vor Jeans Gesicht in die Höhe.

Jean rührte sich nicht von der Stelle.

»Ich glaub, du bist heimlich nach St. Laurent gefahren, zu den Deutschen. Ja, genau das glaub ich.«

Jean öffnete den Mund, um zu protestieren – das würde er sich nicht gefallen lassen! Doch ehe er etwas sagen konnte, überraschte ihn das Läuten zum Pausenende. Er hörte Marcels erleichtertes Aufatmen.

Pierre warf noch einmal seine Holzkugel dicht vor Jeans Gesicht in die Höhe. Als er kehrtmachte und davonrannte, hörte Jean deutlich die verhaßten Worte: »Fils du collabo ...«

CLAIRE KNIETE NEBEN dem Flieger nieder. Sie nahm ihr Kopftuch ab, öffnete ihren Mantel. Im Kerzenschein sah sie zum erstenmal das Gesicht des Mannes. Es wirkte seltsam friedlich, als schliefe er nur. Er war ein- oder zweiundzwanzig, schätzte sie. Er hatte Platzwunden an der Stirn und den Wangen, und sein Mund war stark geschwollen. Sie strich ihm flüchtig mit den Fingerrücken über die Wange. Wie manchmal bei den anderen fragte sie sich, wer vielleicht jetzt gerade von diesem Mann träumte, welche Mutter, welche Frau ihn liebte, für ihn betete, seine Briefe empfing, die Tage bis zu seiner möglichen Heimkehr zählte. Wenn er das Bewußtsein nicht wiedererlangte, würde sie es nie erfahren.

Sie öffnete den Reißverschluß seines gefütterten Anzugs bis zur Mitte seiner Brust und tastete mit den Fingern nach der Kette. Das Metall seiner Erkennungsmarke war leicht erwärmt von seinem Körper. Sie legte sie auf den Steinboden und hätte schreien mögen. Das Ausmaß des Massakers war unfaßbar. Sie dachte an die Jungen, kaum Männer, die fern von zu Hause unter unvorstellbarer Gewalt starben; an ihre eigenen Landsleute, die bloß des Zufalls ihrer Geburt wegen zu Tode gefoltert wurden. Auch wenn sie endlos darüber grübelte, sie verstand nicht, wie es zu dieser Katastrophe hatte kommen können, die mit einem Schlag ihrer aller Leben auf immer verändert hatte. Und wenn je eine Zeit käme, wo sie begreifen würde, was mit den Belgiern geschehen war, mit den Menschen aus ihrem eigenen Dorf, so würde sie dennoch niemals verstehen, warum junge Männer von so weit her kamen, um ein Land zu verteidigen, über das sie nichts wußten. Manche der Soldaten, die sie gepflegt hatte, hatten vor dem Krieg nicht einmal gewußt, daß es Belgien überhaupt gab. Sie waren nicht fähig, das Land auf der Karte zu finden. Belgien bedeutete ihnen nichts – es besaß keine Realität für sie, keine Substanz – und dennoch kamen sie. Kamen und starben.

Henri, der den Lastwagen hinter den Stall gebracht hatte, kam aus der bitteren Kälte der Nacht ins Haus zurück. Claire hob den Kopf und sah ihn an. Henris Gesicht war grau und eingefallen vor Erschöpfung. In den Falten saß Schmutz. Er war heftig erschrocken, als er, vor wenigen Minuten erst, mit seinem Fahrrad den Kiesweg zum Haus heraufgekommen war und seine Frau mit einem verwundeten Soldaten auf dem Lastwagen vorgefunden hatte. Sie wußte, daß ihm diese Arbeit Angst machte, daß er sich auch jetzt davor fürchtete, den ausländischen Flieger in seinem Haus aufzunehmen. Dennoch hatte er nie einen Soldaten oder einen Juden abgewiesen.

»Ich hole Madame Dinant«, sagte er, an der Tür stehenbleibend.

Claire nickte. Sie hätte gern gesagt, er solle hinaufgehen und sich zu Bett legen, aber sie wußte, daß das unmöglich war. Der Verwundete konnte jetzt nicht allein gelassen werden, und Henri war mit dem Fahrrad viel schneller als sie.

»Sag ihr, sie soll Verbandszeug und Morphium mitbringen. Und sag ihr ...« Claire sah zur Zimmerdecke hinauf. »Sag ihr, daß die alte Frau im Sterben liegt.«

Es war still in der Küche, als Henri gegangen war. Sie konnte das Ticken der Uhr hören und blickte zu ihr hinauf. Viertel nach eins. Sie nahm dem Verwundeten die Ledermütze ab und schob ihm ein Kissen unter den Kopf. Sein Haar war hell und flach an seinen Schädel gedrückt. Sie musterte prüfend seinen Anzug. Ein Hosenbein, das rechte, war unten am Fuß mit Blut getränkt.

Sie stand auf und holte eine große Schere aus ihrer Nähschublade. Sie beugte sich über den Amerikaner. Ihr Haar, das sie nicht hochgesteckt hatte, fiel lang herab und beeinträchtigte ihre Sicht. Mit einer ungeduldigen Geste schwang sie es auf eine Seite und begann dann, den Kopf leicht geneigt, damit das Haar nicht wieder nach vorn fallen würde, unten am Knöchel das Hosenbein aufzuschneiden.

Die Klingen der Schere schnitten stumpf in das Leder. Blutverklebte Lammfellbüschel fielen herab und begannen sich um das Bein des Mannes zu häufen. Als Claire die Wunde erreichte, überkam sie plötzlich Übelkeit, und sie schluckte krampfhaft. Seine Wade war fast bis hinunter zur Ferse aufgeschlitzt wie eine blutige Frucht. So behutsam wie möglich zupfte sie die blutverkrusteten Fellhärchen aus der offenen Wunde. Sie hörte den Mann stöhnen und warf hastig einen Blick auf sein Gesicht. Es war aschgrau geworden. Er war jetzt wach und starrte sie an.

»Es tut mir leid, wenn ich Ihnen weh tue«, sagte sie auf Englisch.

Er schloß kurz die Augen und atmete langsam aus, um

den Schmerz unter Kontrolle zu bringen. Die Wunde war jetzt der Luft ausgesetzt.

»Sie sind jetzt in Sicherheit. Sie sind in Belgien«, sagte sie leise. Flüsterte mehrmals hintereinander das eine Wort: Belgien. Belgien.

Sie betrachtete sein Gesicht. Die Farbe war noch nicht wieder zurückgekehrt. Auf Kinn und Wangen sprießten die Härchen des nachwachsenden Barts. Er schüttelte langsam den Kopf. Sie wußte nicht, ob er damit sagen wollte, daß sie hier nicht sicher seien, oder ob er ihr nicht glaubte, daß er sich in Belgien befand. Dann schloß er die Augen wieder und ließ den Kopf auf das Kissen sinken.

Thérèse Dinant hatte seit der vergangenen Nacht nicht mehr geschlafen, aber im Gegensatz zu Henri sah man ihr keine Spur von Erschöpfung an. Laut und energisch, als stünden ihr alle Häuser Belgiens offen, kam sie herein.

»Zuerst behandeln wir den Flieger«, erklärte sie kategorisch.

Claire hatte gewußt, daß ihm der Vorrang eingeräumt werden würde: Die Flieger mußten um jeden Preis gerettet werden. Aber es steckte auch praktische Überlegung dahinter: Zuerst kümmerte man sich um die, welche die beste Überlebenschance hatten.

»Wie heißt der Mann?« fragte Dinant.

»Lieutenant Theodore Aidan Brice«, antwortete Claire.

»Der Pilot also«, sagte Dinant zerstreut.

Es war warm in der Küche, und sie zog ihren Mantel aus, aber das Kopftuch nahm sie nicht ab. Ihr Gesicht war gerötet, die Haut spröde, ein feiner Flaum lag auf ihren Wangen. Sie trug eine lange schwarze Strickjacke und graue Wollstrümpfe an den stämmigen Beinen. Männerholzschuhe an den Füßen. Ohne Umschweife ging sie an die Arbeit, schnell und routiniert. Früher war sie beim Roten Kreuz gewesen. Seit 1940, als der Widerstand sich formiert hatte, war sie beim Maquis und lebte allein in einem kleinen Reihenhaus im Dorf. Sie war so kräftig und breit wie ein Mann – breiter sogar als Henri. Sie war, dachte Claire, vielleicht dreißig, aber sie hatte immer schon wie eine Matrone ausgesehen.

Sie spritzte dem Flieger Morphium und schnitt dann den Anzug ganz auf. Sie wolle den Pilot ausziehen, erklärte sie, um sicherzugehen, daß er nicht noch andere Verletzungen hatte. Eine Schußwunde im Rücken, unter einem Schulterblatt, konnte bei einem bewußtlosen Patienten leicht übersehen werden. Claire und Henri taten, was sie ihnen befahl, entkleideten gemeinsam den Flieger und drehten ihn herum, damit Dinant ihn genau untersuchen konnte. Claire schwitzte in dem schweren Wollmantel, konnte ihn aber nicht ausziehen. Antoine, hatte Dinant berichtet, würde bald kommen, um die Schulranzen abzuholen, und Claire war keine Zeit geblieben, sich ein Kleid überzuziehen.

Dinant befahl Claire und Henri, den Verwundeten, der jetzt auf dem Bauch lag, festzuhalten und seine Arme niederzudrücken, wenn möglich, ohne seine Hände zu berühren. Wenn es gar nicht anders ginge allerdings, sollten sie sich auf seine Hände setzen, um ihn stillzuhalten. In rudimentärem Englisch erklärte sie dann dem Piloten, daß das, was sie tun werde, unangenehm werden würde, daß sie sich aber beeilen würde.

Der Pilot, der sich in einem Dämmerzustand befand, in dem er immer wieder für kurze Zeit das Bewußtsein verlor, hob Kopf und Schultern, als Dinant die Wunde zu behandeln begann. Henri hielt ihn an den Schultern fest, Claire legte ihm ihre Hand auf den Mund, und er biß in das weiche Fleisch ihres Daumenballens. Als der schmerzhafte Moment, den nicht einmal das Morphium hatte erträglich machen können, vorüber war, sank der Kopf des Piloten auf die Decke. Seine Haut hatte eine erschreckende Farbe.

Claire half Dinant beim Verbinden der Wunde. Der Verband reichte von der Fußsohle bis zum Knie. Nur die Zehen, weiß und wächsern, waren frei.

Als Claire ihre blutigen Hände vom Bein des Piloten hob, spürte sie die Anwesenheit eines Neuhinzugekommenen im Raum. Antoine Chimay war lautlos in die Küche getreten. Solche Katzenhaftigkeit, ja Anmut sogar, war bei einem dicken, runden Mann wie Antoine immer wieder überraschend; er hatte sie sich, das wußte sie, in den Jahren beim Maquis angeeignet. Er trug einen schmutzigen Wollmantel und Strickhandschuhe, von denen die Fingerenden abgeschnitten waren. Ohne die Handschuhe auszuziehen, grub er eine verbogene Zigarette aus seiner Tasche und zündete sie sich an. Der Tabaksgeruch rief bei Claire heftiges Verlangen hervor.

»Kommt er durch?« wandte sich Antoine an Dinant.

Es war eine sachliche Frage. Claire hörte den Unterton der Verdrossenheit in Antoines Stimme. Der abgestürzte Pilot war für ihn nichts weiter als ein Stück Menschenmaterial, wertvoll, gewiß, aber dennoch lediglich ein Stück Material, das so rasch wie möglich nach England zurückgeschickt werden mußte, damit es wieder in den Kampf eingegliedert werden konnte.

Claire wußte, daß Antoine nicht nur gekommen war, um die Schulranzen zu holen, sondern auch, um den Flieger zu befragen. Gut möglich, daß er von den anderen Amerikanern, die gefunden worden waren, bereits Informationen erhalten hatte, aber er würde im Besonderen mit diesem Offizier sprechen wollen. Sobald er alle Informationen beisammen hatte, die ihm die Flieger liefern konnten, würde er über ein Funkgerät, das er in einem Koffer unter dem Heu in seiner Scheune versteckte, eine codierte Nachricht nach England übermitteln. Diese Nachricht würde dann an den Stützpunkt weitergegeben werden, auf dem die Besatzung stationiert gewesen war. Solange jedoch die Überlebenden nicht nach England zurückgekehrt waren, würden die Flieger offiziell als im Kampf vermißt geführt werden.

Dinant zuckte die Achseln und drehte ihre Hand hin und her, um ihnen zu sagen, daß die Chancen fünfzig zu fünfzig standen.

»Die Wunde ist sehr tief. Die Sehnen sind beschädigt. Er hat eine Menge Blut verloren«, sagte sie. »Und es kann zu einer Infektion kommen. Ob er durchkommt, hängt davon ab, wie er mit dieser Infektion fertig wird.«

Antoine nahm einen langen Zug an seiner Zigarette und rieb sich mit der anderen Hand die Stirn. »Wann kann man mit ihm reden?« fragte er.

Dinant warf einen Blick auf das Gesicht des Piloten und zuckte wieder die Achseln. »Schwer zu sagen. Er wird auf jeden Fall ein, zwei Tage lang Morphium brauchen. Danach ist es vielleicht ...«

»So lange können wir nicht warten«, unterbrach Antoine. »Ich komme morgen wieder und versuch's noch einmal.« Er sah Claire an. »Wo sind die Schultaschen?«

»Im Stall, unter dem Futter.«

Antoine drehte sich um und warf seine Zigarette ins Spülbecken. Einen Moment blieb er stehen, beide Hände auf den Rand des Beckens gestützt. Im Kerzenlicht konnte Claire nur den breiten Rücken des Mannes sehen, seine vorgebeugten Schultern. »Die Deutschen haben zwei von ihnen erwischt«, sagte er voll Haß, und Claire fragte sich, ob Antoine sich die Schuld daran gab, daß die Résistance aus irgendeinem Grund nicht schnell genug gehandelt hatte.

Sie wollte nicht daran denken, was mit den alliierten Fliegern geschah, wenn die Deutschen sie gefangengenommen hatten. Sie wußte, daß sie nach Breendonk in Brüssel oder in ähnliche belgische Gefängnisse in Antwerpen und Charleroi gebracht wurden. Manche wurden sowohl von der belgischen als auch von der deutschen SS gefoltert. Diejenigen, welche überlebten, betrachteten es als ein Glück, in eines der Gefangenenlager in Deutschland deportiert zu werden. Claire hatte von den englischen Piloten zu Beginn des Krieges gehört, die man, nachdem man ihnen die Augen ausgestochen hatte, ohne Särge in den Friedhöfen in der Nähe von Breendonk verscharrt hatte. Es gab bei der Résistance Leute, deren schreckliche Aufgabe es war, die Gräber dieser Unglücklichen aufzuspüren und sie auszugraben, um ihnen ein christliches Begräbnis zu geben. Überall in Belgien gab es Gräber unbekannter Soldaten.

Antoine ging so lautlos, wie er gekommen war. Dinant stand auf und wusch sich über dem Spülbecken das Blut von den Händen.

»Du kannst das hier fertigmachen«, sagte sie zu Claire. »Er braucht Wasser, und er muß gewaschen werden. Keine feste Nahrung bis zum Mittag. Wenn du Anzeichen einer Infektion siehst, dann schick sofort Henri zu mir.« Sie trocknete sich die Hände an einem Geschirrtuch. »Die alte Frau ist oben?«

Claire nickte. Als Dinant mit ihrer Tasche hinausgegangen war, setzte sich Henri zum erstenmal in dieser Nacht. Claire vermutete, daß ihr Mann seit Mittag nichts mehr gegessen hatte.

»Ich habe den verwundeten Amerikaner gesehen«, sagte Henri. »Den, den wir neben der Maschine gefunden haben.« Das Grauen der Erinnerung stand ihm im Gesicht. Er stützte seinen Kopf in die Hände. »Er lag bei Dinant auf dem Küchentisch, als ich sie holte. Ich habe nie ...«

»Henri, geh schlafen«, sagte Claire hastig. »Du brauchst den Schlaf. Ich komme hier schon allein zurecht, und morgen wird vielleicht Antoine dich wieder brauchen. Möchtest du etwas zu essen?«

Henri schüttelte heftig den Kopf. »Ich könnte jetzt nichts essen«, sagte er.

»Dann tu, was ich dir sage.« Selten hatte Claire in so scharfem Ton mit ihrem Mann gesprochen, aber sie wußte, daß er sich nicht von der Stelle rühren würde, wenn sie es nicht täte. Er hatte etwas Schreckliches gesehen, das war klar. Einzig der Schlaf würde die Bilder vielleicht in eine Entfernung rücken, die sie erträglich machte.

Henri stand schwerfällig auf. »Ich schlaf gleich auf dem Sofa im Wohnzimmer«, sagte er. »Wenn du mich brauchst ...«

Als Henri gegangen war, stand auch Claire auf und wusch sich die Hände. Sie füllte einen großen Kessel mit Wasser und stellte ihn auf den Herd. Der Mann auf dem Boden stöhnte. Als das Wasser kochte, goß sie es in das kühlere Wasser, das sie schon in einer Schüssel bereitgestellt hatte. Sie packte ein kleines Stück Seife aus, echte Seife, nicht die schwarze Seife, die aus Asche gemacht war. Sie hob sie an ihre Nase und atmete den Duft ein. Dann stellte sie die Schüssel auf den Steinboden.

Sie kniete vor dem Feuer nieder und drehte den Verwundeten herum. Er erwachte nicht, aber sein Gesicht hatte endlich etwas Farbe bekommen. Sie schob ihm den Arm unter den Kopf und wusch sein Gesicht und seinen Hals, seine Brust und seine Achselhöhlen. Sie tauchte einen Schwamm in das warme Wasser und drückte ihn über dem nackten Körper aus, ließ das Wasser in die Handtücher hinunterrinnen, die sie neben dem Mann ausgebreitet hatte. Er war muskulöser, als sie gedacht hatte, aber die Hüftknochen sprangen im Feuerschein spitz hervor. Behutsam rieb sie das getrocknete Blut weg, das die dunklen Haare an seinem gesunden Bein verklebte. Von Zeit zu Zeit füllte sie die Schüssel mit frischem, warmem Wasser auf.

Theodore Aidan Brice. Sie sprach den Namen laut aus. Da lag ein Mann auf dem Boden in ihrer Küche, und sie wußte nichts über ihn, außer daß er ein Flugzeug geflogen hatte und in ihrem Dorf gelandet war. Es war gut möglich, daß er hier in ihrer Küche starb und sie nie mehr über ihn erfahren würde. Neben ihm auf dem Boden waren seine wenigen Besitztümer – das Foto einer Frau, seine Erkennungsmarke, seine Notausrüstung, eine zerdrückte Packung Zigaretten. Sein Fliegeranzug, das, was von ihm übrig war, würde vergraben oder verbrannt werden. Ob er wohl mit der Frau auf dem Foto verheiratet war? Es war eine hübsche, dunkelhaarige Frau, die sehr jung aussah. Nein, dachte sie dann, er trug keinen Trauring. Ein englischer Flieger, der geglaubt hatte, er würde sterben, hatte Claire seinen Trauring geben wollen, sie solle ihn nach dem Krieg an seine Frau schicken, hatte er gesagt. Claire hatte den Ring nicht genommen, dem Mann versichert, daß er am Leben bleiben würde. Später hatte sie erfahren, daß er bald, nachdem er ihr Haus verlassen hatte, gestorben war. Sie fragte sich, woher dieser Flieger kam – Amerika war so groß. Und sie fragte sich, was für eine Stimme er hatte, wie seine Sprache klang; sie hatte ihn noch nicht sprechen gehört.

Das Morphium wirkte wie immer Wunder. Sie staunte stets von neuem über seine Wirkung, seine Kraft, ein Gesicht zu verändern, Jahre ungeschehen zu machen, den Verwundeten Schönheit zu verleihen. Der Schmerz verzerrte das Gesicht eines Menschen, machte ihn häßlich, doch das Morphium löschte den Schmerz. In der Ruhe war das Gesicht des Amerikaners jetzt offen – nicht streng, nicht verkrampft. Sie hatte seine Augen nur flüchtig gesehen, als er bei Bewußtsein gewesen war und sie angeschaut hatte. Auffallende Augen, meergrün mit goldenen Lichtern. Er hatte einen breiten Mund, selbst im Schlaf, und sie hatte plötzlich ein Bild von ihm, wie er eines Tages aussehen würde, wenn seine Lippen geheilt waren. Sie sah zu der Stelle an ihrer Hand hinunter, wo er sie gebissen hatte. Die Eindrücke seiner Zähne in ihrer Haut waren noch schwach zu sehen.

»Zu spät.«

Claire sah auf. Dinant stand an der Tür. »Sie ist tot«, sagte sie, kaum eine Spur von Gefühl in der Stimme. Dinant, die das Schlimmste gesehen hatte, junge Männer nach der Folterung gepflegt hatte, war mit der Zeit wahrscheinlich dazu gekommen, jeden Tod lediglich als ein Scheitern zu betrachten, dachte Claire.

»Ich sage Bastien Bescheid«, erklärte Dinant. »Er wird sich um alles kümmern. Und wenn er kommt, kann er dir und Henri gleich helfen, den Amerikaner in die Kammer hinaufzutragen. Solange er hier unten liegt, seid ihr in höchster Gefahr.«

Dinant, der Feldwebel, dachte Claire, mit klarem Kopf und präzisen Anweisungen. Der Krieg wurde in Küchen und Dachkammern in ganz Belgien ausgetragen.

Der Pilot schlief Stunden. Am Nachmittag stieg Claire mit einer Schale dünner Bouillon, die sie aus Markknochen gekocht hatte, die Treppe hinauf. In dem Versteck unter dem Dach war gerade soviel Platz, daß sie sich mit untergeschlagenen Beinen niedersetzen konnte. Eine ganze Weile sah sie den Amerikaner nur an, beobachtete, wie seine Augen sich unter den bläulich geäderten Lidern bewegten, wie sein Körper zitterte und zuckte, als flöge er in seinen Träumen immer noch. Schnee fiel auf das kleine Dachfenster und verdunkelte das Glas, das Licht in der Kammer begann zu schwinden, bekam einen trüben, milchigen Schein, in dem die Gesichtszüge des Piloten nur noch undeutlich zu erkennen waren. Sie dachte an die alte Frau, die hier gelegen hatte und gestorben war, und fragte sich, was für Gedanken und Träume sie mit sich genommen hatte. An ihrem Tod trug die Gestapo die Schuld, dachte Claire, das war so sicher, als hätten sie sie in dem Kamin in ihrem Haus in Antwerpen erschossen.

Immer wieder sprach Claire an diesem ersten Tag laut

den Namen des Piloten, um den Mann zu wecken und ihm etwas zu essen zu geben. Theodore. Und als er endlich die Augen öffnete, war die Brühe fast kalt.

Seine Hände waren geschwollen und steif, er konnte die Suppenschale nicht halten, ohne etwas zu verschütten. Den Kopf konnte er nur ein klein wenig heben. Sie fütterte ihn. Es war keine ideale Lösung, und manchmal rann ihm die Brühe über die Unterlippe zum Kinn hinunter. Mit dem Tuch, in das sie die heiße Schale eingehüllt hatte, wischte sie ihm das Gesicht ab. Er war sehr durstig und bat um Wasser, als er fertig gegessen hatte, aber als sie mit einem Glas zurückkam, lag sein Kopf schon wieder auf dem Kissen, und seine Augen waren geschlossen. Sie wachte neben ihm.

Vielleicht döste sie ein. Ein Schatten bewegte sich draußen, vor dem Zugang zur Kammer.

»Ich hätte ein Deutscher sein können«, sagte Antoine barsch. Er stand mitten im Schlafzimmer und deutete auf den offenen Kleiderschrank, durch den man in die Dachkammer hineinsehen konnte. Er wollte ihr sagen, sie solle darauf achten, niemals zu lange in der Mansarde zu bleiben.

Sie kroch ins Schlafzimmer zurück. »Er schläft«, sagte sie.

»Dann müssen wir ihn wecken«, versetzte Antoine. Claire wollte Einwendungen erheben, aber sie wußte, daß Antoine ihre Proteste nicht beachten würde.

Sie war nicht sicher, daß er es überhaupt schaffen würde, seinen dicken Körper durch die schmale Öffnung im Rücken des Kleiderschranks zu zwängen; und wenn ja, ob er in der engen Kammer genug Platz finden würde, um sich zu setzen. Aber während sie vor dem Schrank wartete, hörte sie zwei Stimmen – das gebrochene Englisch Antoines, der Claire häufig in ungeduldigem Ton um Übersetzung bat, und das kaum vernehmbare Murmeln des Amerikaners, der sich bemühte, jede Frage zu beantworten. Sie hörte die Wörter »Flak«, »Steuerungsseile«, »Ludwigshafen«. Antoine teilte dem Piloten mit, daß ein Mann namens Warren seinen Verletzungen erlegen war, was den Amerikaner nicht zu überraschen schien, und daß zwei Männer namens McNulty und Shulman von der Gestapo gefangengenommen worden waren, was den Amerikaner hörbar erschreckte. Der Rest der Besatzung, berichtete Antoine, war bei Leuten von der Résistance in der Umgebung versteckt. Ein Mann war am Arm verwundet.

Zufrieden mit dem Gespräch, zwängte sich Antoine wieder durch den Schrank ins Schlafzimmer. Sein Gesicht war krebsrot vor Anstrengung, als er sich stolpernd aufrichtete. Groß und massig, wie er war, wirkte Antoine in dem kleinen Schlafzimmer beinahe monströs. Er mußte den Kopf senken, um ihn nicht an der schrägen Decke anzustoßen.

»Wir müssen die Amerikaner alle so schnell wie möglich auf den Weg bringen«, sagte er.

»Aber ich weiß nicht, ob er ...«

»Es ist zu gefährlich hier für sie. Die Deutschen wissen, daß sie hier irgendwo versteckt sind.«

Claire wandte sich ab.

»Wir lassen einen Paß machen. Aber dazu brauchen wir ein neues Foto.«

Claire nickte. Die Fotografien, die die Flieger bei sich hatten, waren beinahe immer unbrauchbar. Die Männer schienen das allerdings nicht zu wissen. Wenn auf dem Stützpunkt die Fluchtfotos der Besatzungen gemacht wurden, pflegten sich die Männer für die Aufnahme weißes Hemd und Krawatte zu leihen, um wie Zivilisten auszusehen. Die Sache hatte nur einen Haken – da alle Männer dieselbe Krawatte benutzten, konnten die Deutschen den Träger der Fotografie nicht nur als Engländer oder Amerikaner identifizieren, sondern auch noch mühelos erkennen, zu welchem Bombergeschwader der Mann gehörte.

Antoine, der dicht vor ihr stand, hatte eine Knoblauchfahne. Einen Moment lang hatte Claire den unwahrscheinlichen Eindruck, er wolle sie zum Bett drängen. Wo war Henri? Sie kannte Antoine seit Jahren, seit der Grundschule, aber sie konnte schon lange nicht mehr mit Sicherheit voraussagen, wie die Menschen, die sie kannte, sich verhalten würden. Es war merkwürdig, dachte sie, wie sehr völlig durchschnittliche und unscheinbare Menschen durch den Krieg verändert worden waren. Es war, als hätten die Jahre seit 1940 mit all ihrem Elend Charakterstärke hervorgebracht wie Wasser aus einem Boden, der bisher nie welches hergegeben hatte. Vor dem Krieg hatte sie von Antoines Zähigkeit und Intelligenz keine Ahnung gehabt, und weil er sich durch den Krieg so sehr verändert hatte, konnte sie jetzt überhaupt nicht mehr abschätzen, wie er sich unter diesen oder jenen Umständen verhalten würde. Und wenn nicht der Krieg gewesen wäre, dachte sie, hätte sie vielleicht nie entdeckt, daß Henri bei all der ruhigen Festigkeit, die er ausstrahlte, in kritischen Situationen ein Angsthase war.

Der Amerikaner schlief bis in den Abend hinein. Sein Gesicht war im Schlaf wunderbar gelöst. Selten hatte sie eine solche Gelöstheit auf den Gesichtern der Männer und Frauen gesehen, die sie in ihrem Haus beherbergt hatte. Allzuoft war die Erinnerung an die Greuel, die sie gesehen und erlebt und manchmal am eigenen Leib erfahren hatten, in ihren Augen gespiegelt, in die Falten ihrer Haut eingegraben. Selbst bei den jungen Frauen und Kindern.

Der Amerikaner schlief an diesem Tag so tief, daß es ihr nicht gelang, ihn noch einmal zu wecken. Nicht einmal das Wasser, um das er sie gebeten hatte, konnte sie ihm geben. Vielleicht, sagte sie sich, wollte er seine Kräfte horten und hatte sich, um das Schlimmste zu überstehen, in eine Art Winterschlaf verkrochen. Sie stellte sich vor, daß er wie ein Tier den ganzen Winter hindurch schlafen und sich erst wieder erheben würde, wenn im März oder April die Wärme kam.

Doch in der Nacht, als sie neben dem schnarchenden Henri lag, weckte sie ein schreckliches Geräusch hinter der Wand, das ihr Angst machte. Es war das wild verzweifelte Toben eines Menschen, der lebendig begraben worden war und gewaltsam versuchte, seinen Sarg zu öffnen. Sie kroch durch den Schrank in die Dunkelheit der Kammer und fing den um sich schlagenden Piloten ein. Seine Haut glühte, und als sie die Decken abnahm, spürte sie mit ihren Händen, daß sein Hemd und das Bettzeug klatschnaß waren. Sein Körper wurde vom Fieber geschüttelt, und immer wieder stieß er englische Wörter und Sätze aus, die sie vergeblich zu verstehen suchte.

Sie zündete eine Kerze an und hielt sie vor sein Gesicht. Seine Augen waren weit geöffnet, doch ihr Blick so wirr und abwesend wie seine Worte. Sie rief Henri und bat ihn, kalte, feuchte Tücher zu bringen. Als er in seiner langen Unterhose an die Kammertür kam, nahm Claire ihm die Tücher ab und breitete sie auf der Haut des Amerikaners aus – auf der Brust, auf Kopf und Gesicht. Der wollte sich die Tücher sofort wieder vom Körper reißen, widersetzte sich ihren Bemühungen mit einer Kraft, die Claire erstaunte. Henri drängte sich in die Kammer und hielt den Amerikaner fest, während Claire unaufhörlich mit leiser Stimme auf ihn einsprach, immer wieder dieselben Worte sagte, wie eine Beschwörung. Als die Tücher sich auf der Haut des Mannes erwärmt hatten, ging Henri hinunter und holte frische. Der Amerikaner bettelte um Morphium. Claire schob ihm ein Handtuch zwischen die Zähne, auf dem er sich festbiß wie ein Epileptiker, bis sie die Spritze geholt hatte und ihm das schmerzlindernde Mittel verabreichen konnte.

Sie flößte ihm löffelweise kühles Wasser ein, während Henri sich ankleidete und auf seinem Rad davonfuhr, um

Dinant zu holen. Der Pilot war jetzt ruhiger geworden, aber noch nicht wieder bei Sinnen. Claire hörte zu, während er von Eichenhörnchenjagden im Wald erzählte, von Flugzeugen, die an Fäden aufgehängt von der Zimmerdecke stürzten. Einmal schien er bei klarem Bewußtsein zu sein und fragte sie nach ihrem Namen.

Dinant erschien wieder mit ihrer Tasche und ihren Medikamenten. Grußlos kroch sie in die Kammer und begann, den Verband aufzuschneiden, um den Infektionsherd freizulegen. Die Wunde, rotes aufgerissenes Fleisch, hatte zu eitern begonnen. Dinant säuberte sie mit Alkohol. Der Pilot stöhnte und verlor das Bewußtsein. Dinant gab ihm eine Tetanusspritze und legte einen neuen Verband an, mit Öffnungen diesmal, durch die Luft einströmen konnte.

Tagelang, so schien es Claire, saß sie am Bett des Piloten, der zwischen geistiger Klarheit und Verwirrung schwebte. Die Infektion heilte nicht, aber sie breitete sich auch nicht aus. Dinant wollte das Bein abnehmen, weil sie Brand fürchtete, aber Claire, die wußte, daß ein Mann mit nur einem Bein die strapaziöse Flucht niemals schaffen würde, hielt sie davon ab – nur noch einen Tag, sagte sie; nur noch eine Stunde – eine Hinhaltetaktik, die am Ende die Rettung brachte.

HUNDERT GESICHTER HINGEN über ihm, und in der Menge suchte er nach seinem Bruder. Sein Bruder war dreizehn oder vierzehn und trug ein rotkariertes Flanellhemd. Er mußte Matt unbedingt in diesem Meer von Gesichtern finden, er mußte ihm etwas sagen. Aber Matt konnte gar nicht da sein, Matt war ja auch in den Krieg gegangen und war im Wasser umgekommen. Das Schiff, hatte es in dem Telegramm geheißen, war im Pazifik gesunken, nachdem es von einem Torpedo getroffen worden war. Das Telegramm verriet nichts darüber, ob Matt in der

Finsternis ertrunken oder in Stücke gerissen ins Wasser gestürzt und langsam versunken war, oder ob er in der glühenden Hitze des Mittags eine Holzplanke losgelassen hatte und in die Kühle des dunklen, wunderbar gefärbten Wassers hinuntergetaucht war. Wasser und Luft. Jeder starb in einem anderen Element.

Matt konnte also gar nicht in der Menge sein, und als er die Augen öffnete, sah er, daß überhaupt niemand da war, keine Menschenmenge, keiner an seiner Seite. Er schien sich in einem kleinen Speicherraum unter dem Dach zu befinden, das etwa anderthalb Meter über seinem Kopf schräg anstieg. Oben war ein kleines rechteckiges Fenster, das den Himmel zeigte und durch das er jetzt wechselnde Grautöne sah, langsam ziehende Bewegung von einer Seite zur anderen. Konnte ihm diese Bewegung, die Farbe des Himmels irgend etwas verraten? Er versuchte, sich zu erinnern, wo er war, was ihm geschehen war. Es waren Leute da gewesen, dessen war er sicher. Er erinnerte sich an eine Frau, eine große, grobknochige Frau mit einem bäurischen Gesicht, die ein Tuch um den Kopf getragen hatte. Sie behandelte sein Bein, nachdem sie ihm eine Morphiumspritze gegeben hatte, und umwickelte es mit einem feuchten Gipsverband. Er spürte den fürchterlichen Schmerz, aber der verging bald, und er begann schwebend zu sinken. Irgendwann danach hatte er Fieber bekommen und Schüttelfrost. Er hatte nach Morphium geschrien, durch die Wand geschrien, bis die andere Frau gekommen war und ihm ein kühles Tuch auf die Stirn gelegt und seine Hand gehalten hatte.

Und mit seiner Hand in der ihren war er wieder fortgetrieben.

Er richtete sich auf, so gut es ging, und hob die Steppdecke von seinem Körper. Er sah, daß er ein Männerhemd anhatte, das ihm zu weit und zu kurz war, und eine Hose, die lose um seine Hüften hing. Als er die Steppdecke noch ein wenig höher hob, stellte er fest, daß auch die Hose zu kurz war und sein linkes Bein über der Socke freiließ. Das rechte Hosenbein war bis zum Oberschenkel aufgeschnitten, damit der dicke Verband darunterpaßte. Wenn er aufstehen könnte, dachte er, würde ihm die Hose über die Hüften rutschen.

Er erinnerte sich an das Haar der jüngeren Frau, das im Kerzenschein lose herabgefallen war, während sie die Wunde an seinem Bein gereinigt hatten und sie sich über ihn gebeugt hatte, um ihn festzuhalten. Ein Männermantel hatte sich geöffnet, das Nachthemd darunter hatte im flackernden Licht eine Farbe wie vergilbtes Elfenbein gehabt. Deutlich hatte er die seichte Mulde an ihrem Halsansatz gesehen, dort, wo die Schlüsselbeine zusammenstießen. Ihr Haar, dicht und seidig, dunkelblond, war wie ein Schleier, der ihr Gesicht verbarg, und er erinnerte sich, daß er sie in seinem Schmerz, seinem Fieberwahn, bitten wollte, ihm ihr Gesicht zu zeigen, und nicht in der Lage gewesen war, die Wörter zu bilden.

Aber inzwischen hatte er ihr Gesicht gesehen. Sie war diejenige, die an seinem Bett gesessen hatte. Er erinnerte sich an große graue Augen und eine breite Stirn. Manchmal schien dieses Gesicht über ihm zu schweben, dann wieder entfernte es sich. Mitunter las sie, während sie ihn schlafend glaubte. Der Blick ihrer Augen war traurig, das Gesicht fremdartig. Es hatte etwas mit den Wangenknochen zu tun und der Form ihres Mundes; der Mund, dachte er, der von den Wörtern und Vokalen ihrer eigenen Sprache geprägt war, so daß die Unterlippe leicht vorgeschoben war. Sie sprach ein ganz eigenes Englisch, guttural, mit starkem Akzent, der die Wörter durchtränkte und ihn an weindurchfeuchtetes Brot denken ließ.

Sie roch nach Hefebrot und Veilchen. Er nahm den Duft an ihrem Hals wahr, als sie sich über ihn beugte, ein Duft wie von frischgebackenem Brot. Er sah die Unterseite ihres

Kinns, ihre weißen Handgelenke, als die Blusenärmel sich über ihnen hochschoben. Sie griff mit beiden Armen über ihn hinweg und hob dabei ihr Gesicht. Er meinte, ihre Haut würde sich wie Glacé anfühlen, weich, aber mit Struktur. Er verspürte einen schwachen Anflug des Begehrens und überließ sich dem Bild ihres Körpers in dem dünnen Nachthemd, obwohl er ahnte, daß dieses Verweilen ihn unruhig machen würde. Das dunkelblonde Haar reichte ihr bis knapp unter die Schultern und veränderte seinen Ton mit dem Licht in der Dachkammer, meistens allerdings trug sie es hochgesteckt, wenn sie bei ihm saß. Mit Überraschung wurde ihm bewußt, daß er nicht einmal ihren Namen wußte. Möglich, daß sie ihn ihm gesagt hatte, aber er konnte sich jetzt nicht mehr erinnern.

Es war, dachte er, eine Art von Betäubung, die natürliche Betäubung, die der Körper suchte, Vergessen und Schlaf, aber jetzt, im Vakuum, begannen sich Fragen aufzudrängen. Was war aus der Maschine geworden, und wo waren die Männer? Einer war tot und einer war dem Tod nahe, obwohl das schon Tage her war und vielleicht war der Schütze inzwischen schon gestorben. Ihm wurde plötzlich heiß, Schweiß bildete sich auf seinem Gesicht und seinem Nacken. Rund um ihn herum waren deutsche Piloten in ihren Maschinen. Wo waren Case, Tripp und McNulty? Waren sie entkommen? Hatte man ihm erzählt, daß einige nach Frankreich geflohen waren, oder hatte er das geträumt? Wo waren die Bomben niedergegangen? Hätte er den Rückflug zum Kanal schaffen können? Er war in Belgien. Er erinnerte sich jetzt an das Wort »Belgique«, an die verzweifelt drängende Stimme des Jungen, rauh von unterdrückten Tränen. Und an das englische Wort, die Stimme der Frau, leise und beruhigend, die den Namen ihres Heimatlandes aussprach, als wäre das Wort selbst sichere Zuflucht.

ALS SIE VOM Melken hereinkam, wusch sie sich die Hände. Sie hatte die Herde versorgt, die Milchkannen von gestern ausgespült, die frische Milch in saubere Kannen gegossen und diese, wie sie und Henri das immer taten, an die Straße gestellt, wo Monsieur Lechat sie mit seinem Wagen abzuholen pflegte. Manchmal hinterließ Lechat, wenn er die Milchkannen abholte und die leeren zurückbrachte, einen kleinen Geldbetrag in einer Metallkassette. Davon lebten sie und Henri. Seit die Deutschen da waren und von der Herde kaum etwas übrig war, lag immer nur ein sehr geringer Betrag in der Kassette.

Henri war seit Tagesanbruch fort. Er sagte ihr nie, was er vorhatte, damit sie wirklich ahnungslos war, falls man sie befragte. Wenn Henri nicht da war, kümmerte sich Claire um den Hof. Die Kühe mußten trotz des Krieges gemolken und gefüttert werden. Und beinahe noch wichtiger, der Schein des Alltäglichen mußte unter allen Umständen gewahrt werden. Wer auffiel, mußte damit rechnen, denunziert zu werden, das wußte Claire. Jede Änderung im täglichen Ablauf der Dinge konnte Argwohn erwecken.

Die Arbeit auf dem Hof befriedigte sie wenig. In dieser Beziehung war sie nicht wie Henri. Als junges Mädchen hatte sie nicht davon geträumt, einen Bauern zu heiraten und ihr Leben auf einem Hof zu verbringen. Vor dem Krieg hatte sie sich stets auf der Universität in Brüssel gesehen. Wenn sie auch jetzt, im Rückblick, vermutete, daß sie schon immer gewußt hatte, daß die Heirat mit Henri unvermeidlich war.

Diese Ehe war schon eine abgemachte Sache gewesen, als sie noch zur Grundschule gegangen war. Die beiden Familien kannten einander gut und waren durch Heiraten miteinander verwandt. Sie und Henri waren Cousine und Vetter über mehrere Ecken, ihre Verwandtschaft miteinander so entfernt, daß die Kirche die Eheschließung gestattet hatte. Als hätten sie schon als Kinder gewußt, daß eines

Tages eine Verbindung irgendeiner Art zwischen ihnen zustande kommen würde, hatten sie sich bei Familienzusammenkünften und Festlichkeiten stets zusammengetan, wie um einander zu prüfen um zu erspüren, was möglich oder nicht möglich sein würde. Und manchmal, wenn sie sich auf der Straße trafen, lud er sie ins Café ein, und sie kam sich ungeheuer wichtig vor, wenn sie in ihrer Schuluniform mit diesem Mann zusammensaß, der zu diesem Zeitpunkt schon, mit einundzwanzig, zweiundzwanzig, ein gewisses Ansehen im Dorf genoß.

Als sie neunzehn war und er siebenundzwanzig, heirateten sie schließlich, zur gleichen Zeit, als in Europa der Krieg ausbrach. Er hatte den Hof seines Vaters übernommen, und Claire war nach gängiger Ansicht im heiratsfähigen Alter.

Auf der Marmorkonsole, neben dem Kruzifix und den Kerzen, stand eine Fotografie, die sie und Henri an ihrem Hochzeitstag zeigte. Henri, nicht viel größer als Claire, trug einen dunklen Anzug, und sein Haar war mit Öl glatt aus dem Gesicht gestrichen. Es war Sommer, und auf dem Foto sah Henri aus, als wäre ihm unangenehm warm. Der Anzug war aus Wolle, es war der einzige, den er besaß. Claire hatte in einem braunen Kostüm geheiratet. Sie hatte sich das Schnittmuster aus Paris kommen lassen und es selbst genäht. Ihre Mutter hatte ihr die Perlenohrringe geschenkt und den Spitzenkragen gehäkelt. Heutzutage häkelt kein Mensch mehr Spitzen, dachte Claire, jedenfalls niemand aus ihrer Generation. Ihre Mutter war jetzt fast dreiundsiebzig. Sie war fünfzig gewesen, als Claire zur Welt gekommen war, das letzte von elf Kindern. Auf dem Hochzeitsfoto trug Claire ihr Haar an den Seiten hochgesteckt und hinten zu einem Knoten geschlungen, und der Hut, für den sie damals viel Geld ausgegeben hatte, hatte einen Schleier, der ihre Augen bedeckte. Sie hielt einen Strauß hellgelber Rosen mit einem Satinband, das herabfiel. Ihre Lippen, dickbemalt mit einem dunklen Lippenstift, wirkten überbetont – als wäre sie noch ungeküßt.

Der Herd gab viel Hitze ab, aber er sollte ja auch das ganze Haus mit seinen dicken steinernen Wänden erwärmen. Selbst an grauen Tagen, dachte sie, hatte dieser Raum etwas Fröhliches. Sie hatte mit Farben nicht gespart – ein grünkariertes Tischtuch, eine kolorierte Fotografie der Ardennen im Frühling, auf dem Tisch eine blaue Glasvase, die jetzt mit Trockenblumen gefüllt war. Sie schnitt das Brot und machte den Kaffee für den Piloten. Die Frühstückszeit war schon vorüber, und Claire wollte ihn jetzt, nachdem er tagelang in einem zeitlosen Vakuum existiert hatte, an einen festen Tagesablauf gewöhnen.

Im Schlafzimmer stellte sie das Tablett auf den Boden und hörte sofort aus der Kammer nebenan ein Geräusch, das sie bisher nicht vernommen hatte. Sie blieb einen Moment stehen und lauschte. Es klang wie Pfeifen. Die Melodie konnte sie nicht erkennen, aber es war eindeutig ein Lied, nicht bloß eine Folge beliebiger Töne.

Sie kroch durch die Öffnung im Rücken des Schranks. Der Amerikaner drehte den Kopf, als er sie hörte, sah sie an und hörte auf zu pfeifen.

»Wie heißen Sie eigentlich?« fragte er.

Claire blieb wie erstarrt auf den Knien liegen, unfähig, ihm zu antworten. Obwohl sie auf diesen Moment gewartet hatte, war sie außer Fassung angesichts der Klarheit seiner Frage. Ihr wurde plötzlich bewußt, daß sie die ganze Zeit, während sie am Bett dieses Mannes gesessen hatte, nicht an seine Wiederherstellung geglaubt hatte. Sie hatte vielmehr die Phantasievorstellung gehabt, daß er Monate, vielleicht sogar Jahre in einem Schwebezustand verharren würde.

»Ich heiße Claire«, sagte sie endlich.

Er nickte langsam. »Ja, jetzt erinnere ich mich.«

»Und Sie sind Theodore Aidan.«

Er lachte. »Nein, einfach Ted.« Sein Blick flog zu dem Kaffee und dem Brot auf dem Tablett, als hätte er so etwas noch nie gesehen.

»Ist das Kaffee?« fragte er.

»Kein richtiger.«

Sie ging an ihren gewohnten Platz neben dem Strohsack des Piloten. Sie kniete sich hin, wie sie das immer tat, aber an diesem Morgen kam sie sich dabei schwerfällig vor, und ihre Beine erschienen ihr unhübsch und zu lang. Vorher hatte sie mit offenem Haar und, wenn nötig, in ihrem Morgenrock bei ihm gesessen, keinen Gedanken daran verschwendet, wie sie gekleidet war oder wie sie aussah. Sie hatte den Piloten in seinem Zustand geistiger Abwesenheit als körperlos empfunden, nicht als Mann, sondern als Kranken, als einen Patienten, der ihre Pflege brauchte und über den sie wachen mußte. Er war für sie eine Aufgabe gewesen, die ihre Tage strukturierte. Doch nun, da er in seinen Körper zurückgekehrt war, sprechen und Fragen stellen konnte, gewann er ganz andere Dimensionen.

Zum erstenmal seit Beginn der Pflege wurde ihr eindringlich bewußt, wie eng es in der Dachkammer war, wie schwierig, sich niederzusetzen, ohne sein Bett zu berühren – mit ihrem Knie, mit ihrem Fuß. Sie zog sich noch mehr zusammen.

Sie hatte sich nach dem Aufstehen in aller Eile angekleidet und ihr Haar ohne viel Sorgfalt hochgesteckt, da sie nicht vorgehabt hatte, außer Haus zu gehen. Sie trug einen Rock aus grauer Wolle, der ihr bis zu den Knien reichte und hochrutschte, wenn sie sich setzte. Dazu eine langärmelige weiße Bluse mit Schulterpolstern, und darüber ihre Schürze. Sie hatte weiße Söckchen an und schwere Schuhe, oben Leder, unten Holzsohlen, häßliche Schuhe, Arbeitsschuhe. Ihre Beine waren nackt. Sie hatte vergessen, sich die Lippen zu schminken. Lose Haarsträhnen hingen ihr ums Gesicht. Ungeduldig schob sie sie zurück.

»Es ist Ersatzkaffee«, erklärte sie. »Bei uns gibt es seit dem Krieg keinen richtigen Kaffee mehr.«

Sie reichte ihm die Schale, beobachtete ihn, als er sie nahm, ganz darauf konzentriert, sie mit beiden Händen zu halten. Vorsichtig führte er sie zum Mund und trank einen kleinen Schluck.

»Der schmeckt ja scheußlich«, sagte er, über seinen Erfolg lächelnd.

Sie gab ihm das dunkle Brot vom Tablett. Er experimentierte mit seinen Fingern, fremden Werkzeugen, die widerspenstig waren und seinem Befehl nicht immer zu gehorchen schienen. Mehrere der Finger waren noch verbunden, und an den Spitzen der letzten drei Finger seiner rechten Hand schälte sich die Haut. Er konnte das Brot recht gut halten, als die Scheibe noch eine gewisse Größe hatte, aber als nur noch ein kleines Stück übrig war, fiel dieses ihm aus der Hand. Sie nahm es von der Decke und hielt es ihm an den Mund.

Er kaute. »Ist das Ihr Haus?« fragte er dann.

Sie nickte.

»Welchen Tag haben wir heute?«

»Es ist der sechste Januar.«

»Dann bin ich seit ...« Er schien zu rechnen.

»Sie sind seit sieben Tagen hier.«

»Und die ganze Zeit ...«

»Und die ganze Zeit haben Sie hier im Bett gelegen.«

Mit einem Ruck setzte er sich auf. »Ich muß versuchen, mit der Besatzung Verbindung aufzunehmen.«

Sie gab ihm einen sanften Stoß gegen die Brust. »Ist schon getan«, sagte sie. »Ihre Besatzung weiß, wo Sie sind.«

»Einige der Männer in der Maschine sind umgekommen«, sagte er.

Sie nickte. »Zwei. Einer war schon tot, als Ihr Flugzeug abstürzte. Einer hat – ist«, verbesserte sie sich, »in der Nacht nach dem Absturz gestorben.«

»Und die anderen?«

»Zwei sind von den Deutschen gefangen. Wir glauben, man hat sie zuerst nach Breendonk gebracht. Das ist ein Gefängnis in der Nähe von Brüssel. Und danach?« Sie breitete die Hände aus, als wollte sie sagen, man könne nicht mit Sicherheit wissen, wohin in Deutschland sie gebracht werden würden.

Er wandte sich flüchtig ab. »Wissen Sie die Namen?«

»McNulty und Shulman.«

Der Pilot schloß die Augen und nickte.

»Es gibt eine Geschichte von Ihren Freunden McNulty und Shulman«, sagte sie. »Wenn sie gefangen worden sind, haben die Deutschen ihnen Zigaretten angeboten. Aber die Amerikaner, Ihre Freunde, haben die Köpfe auf die Seite gedreht und die Zigaretten nicht angenommen.«

Der Amerikaner lächelte kurz. »Wir hatten auch noch einen Mann namens Case. Er ist am Arm verwundet worden. Wissen Sie, wo er ist?«

»Alle anderen Männer haben nach Frankreich geflohen und versuchen jetzt, Spanien zu erreichen. Der Mann, von dem Sie sprechen, sein Arm ist schwerverletzt. Ich habe gehört, daß er ist sehr traurig, weil er nicht mehr Baseball spielen kann. Ja?«

Der Amerikaner lächelte wieder. »Das ist Case. Er wollte bei den Boston Braves spielen. Wirklich Pech.«

»Pech?«

»Es ist ein Unglück, meine ich.«

»Ach so, ja.«

»Wir waren auf dem Weg nach Deutschland«, sagte er.

Sie nickte.

»Wir sollten eine chemische Fabrik bombardieren«, fügte er hinzu. »Habe ich das schon einmal erzählt?«

Sie nickte. »Ein Mann war hier, von der Résistance. Er hat Sie gefragt über Ihr Flugzeug, um eine Neuigkeit nach England zu schicken.«

»Eine Nachricht«, korrigierte er.

Sie lächelte voller Verlegenheit. »Eine Nachricht. Mein Englisch ist sehr schlecht.«

»Ihr Englisch ist sehr gut. Und ich habe ihm von dem Einsatz erzählt?«

»Ja.«

»Wissen Sie, wo die Bomben niedergegangen sind?« fragte er schnell.

Sie hörte die ängstliche Spannung in seiner Stimme. Zögerte. Und er sah sie zögern.

Sie schüttelte den Kopf. »Nein«, antwortete sie, den Blick gesenkt. Sie sah, daß ihre Schürze mit Mehl bestäubt war, und versuchte, es wegzuwischen.

»Am Morgen backe ich«, sagte sie.

»Wo genau in Belgien bin ich?«

Seine Stimme besaß eine Klarheit, die sie bei seinen wirren Fieberreden nicht gehört hatte. Auch das Timbre war anders – tiefer, volltönender, als sie es in Erinnerung hatte.

»Unser Dorf heißt Delahaut«, sagte sie. »Es ist in Südbelgien, dreißig Kilometer weit von der französischen Grenze.«

»Und hier im Haus leben noch andere Leute mit Ihnen.«

»Nur ich und mein Mann. Er heißt Henri«, sagte sie.

Der Amerikaner schien verwundert.

»Andere waren hier, ja. Von Zeit zu Zeit. Um Ihnen zu helfen. Um zu fragen.«

Sie nannte keinen Namen, weder Antoines noch Thérèse Dinants. Er brauchte sie nicht zu wissen.

Auch seine Augen hatten sich verändert. Das Grün war klarer geworden, durchscheinender, als wären auch die Augen zum Leben erwacht. Seine Nase war groß und kantig wie sein Kinn. Sein Gesicht lang, viel länger und schmäler als die Gesichter der Südbelgier. Ihr gefiel sein Mund. Die Unterlippe verlief gerade, die Oberlippe war geschwungen. Er lächelte viel. Seine Haut hatte wieder eine gesunde Farbe. Sein Haar brauchte einen Kamm.

»Wie schlimm ist es mit dem Bein?« fragte er.

Sie überlegte flüchtig, wieviel sie ihm sagen sollte, und beschloß, bei der Wahrheit zu bleiben.

»Sie haben es beinahe verloren«, sagte sie. »Durch die Infektion. Aber die Frau, die hier war?« Sie blickte ihn abwartend an, um zu sehen, ob er sich erinnerte.

Er nickte.

»Sie hat Ihr Bein gerettet. Aber es gibt ...«

Sie hielt inne. Sie hatte ›schrecklich‹ sagen wollen, aber sie wollte ihm keine Angst machen. »... eine schlimme Narbe, fast bis zu Ihrem Fuß hinunter. Ja?«

Sie meinte: ob das so in Ordnung wäre. Ob er das aushalten könne.

Er zuckte die Achseln.

Sie beantwortete seine nächste Frage, bevor er sie stellen konnte.

»Und wenn Sie können aufstehen, wir sehen, wie Sie können gehen.«

Er nickte.

»Aber noch nicht, denke ich. Nicht so schnell. Nicht heute.« Sie schüttelte nachdrücklich den Kopf.

Er schien protestieren zu wollen. Sie griff in die Tasche ihres Rocks, zog ein Foto heraus und hielt es ihm hin. Als sie sah, daß er das dünne Papier mit seinen Fingern nicht greifen konnte, legte sie ihm die Fotografie in die offene Hand. Sie beobachtete sein Gesicht, während er das Bild betrachtete.

»Sie ist Ihre Freundin, ja?« fragte sie.

Er nickte. »Sie heißt Stella«, sagte er leise. »Sie ist meine Verlobte. Kennen Sie das Wort?«

»O ja.«

Er wollte ihr das Bild zurückgeben, aber sie nahm es nicht.

»Nein, ich glaube, es ist gut für Sie, es zu behalten bei sich.« Sie nahm ihm die Fotografie aus der Hand und legte sie auf die Bettdecke.

»Ich würde an Ihre Freundin schreiben. Oder vielleicht an Ihre Mutter? Aber ...« Claire zuckte die Achseln. »Aber es ist jetzt gefährlich. Sie verstehen mich? Ich kann es vielleicht tun, wenn Sie von hier fort sind.«

Er sah ihr fest in die Augen. »Vor unserer Landung«, sagte er langsam, »unmittelbar vorher, mußten wir die Bomben abwerfen. Ich möchte wissen, wo sie heruntergegangen sind.«

Diesmal wich sie seinem Blick bewußt nicht aus. »Niemand hat mir das gesagt«, antwortete sie. »Vielleicht Sie haben sie in Deutschland geworfen?«

»Nein, das glaube ich nicht. Ich wüßte nicht, wie ...«

»Dann ich werde jemanden fragen, ob es bekannt ist.«

»Was ist mit der Maschine?« fragte er.

»Der Maquis, sie haben einige Geschütze herausgenommen und eine Maschine, die ...« Sie suchte nach Worten. »... die den Platz findet, wo die Bomben geworfen werden sollen ...«

»Das Bombenzielgerät«, sagte er schnell.

»Dann sind die Deutschen gekommen, viele, und haben das Flugzeug umgeben und Sachen mitgenommen. Sie waren sehr wütend, weil einige Geschütze verschwunden waren. Darum haben sie alle aus dem Dorf in die Kirche getrieben und sie nach den Geschützen gefragt, aber niemand hat ein Wort zu den Deutschen gesagt. Und jetzt bewachen die Deutschen Ihr Flugzeug, aber ...« Sie machte eine wegwerfende Handbewegung, »es gibt nur drei alte Soldaten, die es bewachen. Wahrscheinlich ist nichts Wichtiges mehr da.«

»Was ist der Maquis?«

»Das ist der Widerstand. Die Widerstandskämpfer.«

»Haben Sie das Flugzeug gesehen?«

Sie schüttelte den Kopf. »Nein. Ich war immer hier. Aber ich habe gehört, wie es aussieht.«

Ein Windstoß rüttelte am Dachfenster, und sie blickte

nach oben. Der Himmel hatte sich verdunkelt, wirkte schwer und ölig, es würde bald einen Sturm geben. Das Licht in der Dachkammer hatte einen gelblichen Ton angenommen. Seltsamerweise mußte sie an Hopkins Gedicht denken, das sie zu lesen begonnen hatte, bevor der Amerikaner gekommen war. *For skies of couple–colour as a brindled cow* ... Sie wollte dem Amerikaner dieses schwierige Gedicht vorlesen und ihn fragen, ob er die englischen Wörter »couple-coulor« und »brindled« kannte. Später vielleicht, wenn er nicht mehr so schwach war.

Sie sah sich in dem engen, kleinen Raum um, in dem sie saß und er lag. Schichten alter Tapete lösten sich von den Wänden. Sie fragte sich, ob diese Dachkammer früher einmal, vor Jahren vielleicht, Teil des Schlafzimmers oder eines anderen, größeren Mansardenzimmers gewesen war.

»Da war doch ein Junge«, sagte der Pilot.

»Ja«, antwortete sie. »Der Junge Sie hat gerettet.«

Der Pilot nickte.

»Aber Sie dürfen niemandem von ihm erzählen. Ja? Das wäre sehr gefährlich für ihn.«

»Ich möchte mich bei ihm bedanken«, sagte Ted.

Sie wiegte den Kopf hin und her. »Vielleicht können wir das arrangieren.«

Er blickte ihr aufmerksam ins Gesicht. Sie senkte die Lider, so eine eingehende Musterung war sie nicht gewöhnt. Plötzliche Wärme schoß ihren Hals hinauf bis zu ihren Ohren.

»Sie haben hier auch schon andere versteckt«, sagte er.

Sie nickte.

»Wer war vor mir hier?«

Claire hob den Blick und sah ihn an. »Das war eine Frau, die aus Antwerpen fliehen mußte. Die Gestapo, sie haben ihren Sohn und ihren Mann mitgenommen. Wenn die Résistance sie gefunden hat, sie haben sie zu mir gebracht, damit sie wieder gesund wird. Danach sie wollten sie nach

Frankreich bringen, so wie Sie eines Tages nach Frankreich gehen. Aber sie war sehr krank, und sie ist hier gestorben.«

»Gestorben? Hier?«

»Ja. Die Nacht, in der Sie sind gekommen. Da war sie schon gestorben.«

»Was Sie und Ihr Mann da tun, ist sehr gefährlich.«

Sie wandte sich ab, schob die Kaffeeschale und den Teller auf dem kleinen Tablett zurecht. »Es ist nicht so gefährlich wie das, was die anderen tun. Ich bin hier sicher, wenn ich nicht denunziert werde. Das, was mein Mann tut, ist gefährlicher.«

»Was tut er denn?«

»Das weiß ich nicht. Er sagt mir sehr wenig über seine Arbeit, weil es für mich besser ist, wenn ich nichts weiß. Das gilt für jeden. Auch für Sie.«

»Wie alt sind Sie?«

»Ich bin vierundzwanzig Jahre alt. Warum Sie mich das fragen?«

»Nur aus Neugier. Sind Sie schon lange verheiratet?«

Sie strich über ihren Rock, versuchte, ihn über ihren Beinen zu glätten. »Vier Jahre.«

»Und Sie haben keine Kinder?«

Sie schüttelte den Kopf.

Ted hob ein wenig seine Decke und sah an seinem Hemd hinunter. »Diese Kleider ...«

Sie lächelte. »Das sind die Kleider von meinem Mann. Sie passen Ihnen ...«

»... sehr schlecht.« Er lachte. »Sie haben wohl keine Zigaretten?«

»Doch«, antwortete sie und zog eine zerdrückte Packung aus ihrer Tasche. »Verzeihen Sie«, sagte sie, »aber ich habe schon alle Ihre Zigaretten geraucht. Das hier sind meine, und sie sind nicht so gut wie Ihre.«

Sie steckte sich eine Zigarette zwischen die Lippen, zündete sie an und reichte sie ihm. Sie half ihm, als es ihm nicht gelang, die Zigarette festzuhalten, schob sie ihm behutsam zwischen Zeigefinger und Daumen. Er nahm einen tiefen Zug und blies den Rauch durch die Nase heraus. Dann hustete er. »Stark«, sagte er.

Der Tabaksgeruch breitete sich rasch in der kleinen Kammer aus. Sie hätte sehr gern auch geraucht, aber sie wußte, daß der Raum dann im Nu völlig verqualmt sein würde. So begnügte sie sich damit, ihm zuzusehen, wie er seine Zigarette genoß. Sie fegte etwas Asche weg, die auf die Bettdecke gefallen war.

»Ihre Hände werden immer besser«, sagte sie. »Ich sehe es jeden Tag. Machen Sie sich um Ihre Hände keine Sorgen.«

»Frostbeulen?«

Sie dachte über dieses englische Wort nach. »Ihre Finger sind erfroren im Wald«, sagte sie. »Das ist dasselbe?«

»Ja.«

Er neigte sich ihr zu und hielt ihr die Zigarette hin. Sie zögerte, dann nahm sie sie. Sie zog einmal rasch daran und gab sie ihm zurück.

Dann richtete sie sich auf und strich sich das Haar hinter die Ohren. »Zuviel Konversation für das erstemal«, sagte sie. »Ich denke, Sie müssen jetzt schlafen. In einer Stunde ich bringe Ihnen Suppe. Sie müssen wieder finden Ihre Kraft, weil wir haben wenig Zeit und vieles zu tun.«

»Was denn?« fragte er.

Sie lavierte sich zur Tür.

»Ich muß Sie vorbereiten für die Abreise«, sagte sie.

16., 17. und 18. Januar 1944

GETARNT DURCH DAS Zwielicht. In den Bäumen versteckt. Eiche, Buche, Tanne. Farn auf dem Waldboden. Er stand am Rand des Feldes und wartete, bis seine Augen, die scharf waren, das abgestürzte Flugzeug ausmachen konnten. Im Grau der nahenden Dunkelheit sah es müde und traurig aus – nur noch eine leere Hülle. Auf der anderen Seite des Rumpfes stieg Rauch auf.

Seine persönliche Mission, geheim, selbst verordnet. Eine Erprobung der Willenskraft, und schon jetzt fürchtete er, zu versagen. Er zitterte am ganzen Körper, und an den Rändern seines Blickfelds sah er dunkle Flecken. Er zwang sich, vorwärts zu gehen, um besser sehen zu können. Zwei Männer, einer schlief in Decken eingehüllt am Feuer. Ja, dachte er, es könnte klappen. Ein schlafender Wachposten, in Decken gefangen, würde nicht gleich zur Waffe greifen können, selbst wenn er erwachte. Der andere Mann hockte vorgebeugt am Feuer. Er hatte sich den Mantel über Kopf und Schultern gezogen. Um die Hitze einzufangen. Wie ein altes Weib, das, in sein Tuch vermummt, über seine Feuerstelle gebeugt saß. Der Deutsche unter dem Mantel bewegte sich. Aufblitzen einer Messerklinge, eine Hand, die eine Wurst hielt, eine Bewegung des Messers von der Wurst zum Mund. Natürlich, dachte er, es sind nur die zwei da von den dreien, sie wechseln sich untereinander ab. Eine einsame Wache fern der Stadt. Er bemerkte jetzt auf der anderen Seite des Feldes ein Fahrrad, vielleicht ein zweites – das Licht schwand schnell. Zuerst würde er das alte Weib nehmen müssen.

Er zog sein Messer aus der Manteltasche und hielt es in

Bereitschaft. Seine Hand zitterte so stark, daß er fürchtete, die Posten könnten im letzten Licht einen schwachen Widerschein sehen. Er schlich ein Stück am Waldrand entlang, bis er das Flugzeug zwischen sich und den Wachen hatte. Wie lässig sie waren, wie faul und unfähig. Jetzt, dachte er. Es mußte jetzt sein.

Er überquerte das zertrampelte Feld und hielt erst an, als er das kalte Metall der Maschine berühren konnte. Im Schatten blieb er stehen und lauschte. Er hörte in seinen Ohren das Rauschen seines Bluts. Das Schnarchen des schlafenden Deutschen. Ein leises Huschen oder Scharren. Um zu dem Posten zu gelangen, der am Feuer hockte, würde er vorn um die Maschine herumgehen müssen.

Schon seit Tagen stellte er sich immer wieder die blitzschnellen Handgriffe vor, das Zurückreißen des Kopfes, den sauberen Schnitt, damit er, wenn der Moment endlich da wäre, nicht zögern und nicht in Panik geraten würde. Nur noch Sekunden jetzt. Allein gegen zwei, da konnte er es sich nicht leisten, auf den Überraschungsfaktor zu verzichten.

Er hatte die Nase der B-17 umrundet. Er war sicher, kein Geräusch gemacht zu haben, aber der hockende Deutsche drehte sich ein wenig herum und neigte lauschend den Kopf zur Seite, als witterte er etwas. Im Feuerschein sah der Belgier die nassen grauen Borsten des Schnurrbarts über dessen Lippen, das Stück Wurst, das an der Messerspitze im offenen Mund hing.

Mit einem schnellen Satz war er dem Mann im Rücken. Der Deutsche fuhr herum und senkte dabei sein Messer. Der Mantel rutschte ihm vom Kopf. Ehe er schreien konnte, drückte ihm der Belgier die Hand auf den Mund, hörte, wie er sich röchelnd an dem Stück Wurst verschluckte. Er riß den Kopf des Deutschen nach hinten und durchschnitt den nackten Hals über dem Kragen der verhaßten Uniform. Der Mann in den Decken riß schlagartig die Augen auf und strampelte in Panik, um sich zu befreien. Schnell neben den verängstigten Deutschen niedergekniet, denselben Schnitt von links nach rechts auf blanker Haut ausgeführt. Blut spritzte in hohem Bogen auf. Der Belgier fuhr zurück und sprang auf.

Es schüttelte ihn am ganzen Körper, und er hätte sich beinah übergeben. Gebannt sah er zu, wie der Deutsche in den Decken in seinem eigenen Blut ertrank. Das Blut an seinem Messer und seiner Hand schien schwarz im Feuerschein. Er wollte das Messer ins Feuer werfen, das Blut an ihm verbrennen, aber seine Finger ließen es nicht los. Einen Moment stand er wie gelähmt, als wäre das Messer an seinen Körper geschweißt.

Dann hörte er das Geräusch. Metall, das sich an Metall rieb.

Er wirbelte herum und sah einen dritten Deutschen, der noch benommen und mit schlafzerknittertem Gesicht an der offenen Tür im Bauch des Flugzeugs erschien. Er hielt einen Revolver in der Hand. In heller Panik jetzt, rasend vor Schreck, schlug der Belgier dem alten Mann den Revolver aus der Hand, drehte den Kopf mit dem verängstigten Gesicht von sich weg und tötete den Mann, wie er die anderen getötete hatte. Der Deutsche, dessen Füße noch im Inneren des Flugzeugrumpfs standen, stürzte rückwärts aus der Maschine zu Boden.

Der Belgier zitterte von Kopf bis Fuß. Schreckliche Laute quollen aus der Tiefe seines Körpers. Er schleuderte das Messer weg, als wäre es ein lebendiges Ding, das sich gegen ihn selbst wenden könnte. Dann aber besann er sich eines Besseren und hob es wieder auf. Er bückte sich und wischte das Blut, so gut es ging, am Mantel des Postens ab, der die Wurst gegessen hatte. Wieso hatten alle drei Posten hier gleichzeitig Wache gehalten? Oder hatten die alten Soldaten nur hier draußen campiert – eine Art jämmerlicher Vorposten?

Er hatte erwartet, daß er irgend etwas empfinden würde – wenn vielleicht auch nicht gerade Triumph, so doch Genugtuung über den Erfolg. Er hatte getan, was er sich vorgenommen hatte. Deshalb war er einen Moment lang verwirrt, als ihm bewußt wurde, daß er nichts weiter fühlte als eine Art Taubheit, eine schreckliche innere Leere, vielleicht sogar einen kleinen Anflug von Grauen. Er trat von der Maschine zurück, den Blick auf das Werk von Sekunden gerichtet, die Leichname der drei alten Deutschen im Feuerschein. Dann drehte er sich um und rannte stolpernd in den Wald zurück.

WAHNSINN.

Antoine schüttelte den Kopf und schlug die Hände vor sein Gesicht. Zorniger, als Henri ihn je erlebt hatte. Eine kleine Laterne, die mit einem Tuch beschirmt in der Mitte ihres Kreises stand, war die einzige Lichtquelle in Antoines Stall. Jeder von ihnen war aus dem Schlaf gerissen worden. Henri trug noch sein Nachthemd und den Mantel. Emilie hatte den Zopf nicht gelöst, zu dem sie ihr Haar vor dem Schlafengehen zu flechten pflegte. Zu dieser nachtschlafenden Stunde, abrupt aus dem Schlaf geweckt wie durch ein Feuer, sah Emilie ohne Lippenstift und mit der strengen Haartracht weit älter aus, als Henri sie geschätzt hatte – wie fünfzig, vielleicht sogar fünfundfünfzig. In ihrem Gesicht glänzten noch die fettigen Spuren ihrer Nachtcreme.

Léon Balle rauchte, hustete unterdrückt hinter vorgehaltener Hand. Dussart krümmte sich zitternd in seinem dünnen Mantel. Was war aus der Tollkühnheit des Jungen geworden? Dussart hatte seine Mütze vergessen, und sein Haar fiel über der Stelle, wo das Ohr fehlte, auseinander. Henri, der die Narbe nie richtig gesehen hatte, war fasziniert.

Antoine versuchte, sich in den Griff zu bekommen. Er sprach langsam und gemessen, wie er das nur tat, wenn er wütend war, und bemühte sich, ruhig zu bleiben. Er rauchte hastig, in kurzen Zügen und Stößen, als sollte ihm auch das dazu dienen, seinen Zorn zu zügeln. Er hatte gewartet, bis sie alle eingetroffen waren, hatte mit keinem von ihnen gesprochen, und als sie alle da waren, hatte er nur ein Wort gesagt. »Wahnsinn.«

Henri wartete. Antoine warf seine Zigarette auf den Lehmboden und trat sie mit einer scharfen Drehung seines Stiefelabsatzes aus.

Dann kam endlich seine Erklärung. Jemand hat die drei Deutschen umgebracht, die das Flugzeug bewacht haben.

Tiefes Schweigen im Stall.

Mein Gott. Emilies flüsternde Stimme.

Léon Balle lehnte sich zurück und blickte zur Decke hinauf. Bastien, ein kleiner, schmächtiger Mann mit spitzen Zähnen, die Henri an ein Nagetier erinnerten, schüttelte entsetzt den Kopf. Dussart, der Junge, zitterte noch heftiger unter seinem Mantel. Henri dachte, er müsse krank sein. Der Junge rieb sich die Arme, als wollte er sie wärmen.

Sie werden glauben, daß wir das waren. Antoine.

Dann Léon. Das wird Vergeltung geben.

Vergeltung. Henri krümmte sich. Hitze kroch über seine Haut.

Emilie sprach wie aus weiter Ferne.

Die Vergeltung wird furchtbar werden, sagte Antoine langsam, jedem Wort Gewicht verleihend. Die Hausdurchsuchungen haben schon begonnen. Sie haben Madame Bossart aus ihrem Bett geholt.

Heilige Jungfrau, das ist doch nicht möglich. Emilie schüttelte ungläubig den Kopf. Madame Bossart ist fast fünfundsiebzig. Was wollen sie von so einer alten Frau?

Ihr Hof liegt dem Flugzeug am nächsten. Sie glauben,

daß sie den Mörder oder einen der Amerikaner versteckt hat.

Das ist doch verrückt.

Aber so sind sie. Das wußten wir.

Wird es so werden wie in Virelles? fragte Bastien. Sie wußten alle von den Greueln in Virelles. Alle Männer im Dorf, selbst die kleinen Jungen, waren zusammengetrieben und auf dem Dorfplatz vor den Augen ihrer Ehefrauen und Mütter erschossen worden. Die SS hatte eine Formel aufgestellt: Für jeden verwundeten Deutschen würden drei Belgier sterben, für jeden getöteten Deutschen würden zehn Belgier sterben.

Wann sind sie getötet worden? fragte Emilie.

Die Leichen sind heute abend von einem Soldaten entdeckt worden, der das Abendessen hinausgebracht hat.

Schweigen breitete sich aus. Das Licht in der Lampe flackerte.

Antoine zu van der Elst: Adrien, du und Elise, ihr solltet sofort verschwinden. Die Deutschen haben euch schon seit einiger Zeit im Verdacht. Geht nicht in eure Wohnung zurück. Ich sehe zu, daß ihr noch heute nacht weggebracht werdet.

Elise zuckte zusammen bei den Worten. Van der Elst biß die Zähne aufeinander.

Antoine wandte sich Henri zu.

Henri spürte, wie sein Magen sich zusammenkrampfte. Er wußte, daß er und Claire im Gegensatz zu van der Elst und seiner Frau Delahaut nicht verlassen konnten. Sie hatten den Amerikaner. Er mußte plötzlich an Jean Burnay aus dem naheliegenden Florennes denken. Der Belgier hatte fünf britische Flieger in seinem Haus versteckt. Einer der Männer war später in Frankreich gefaßt worden und hatte geredet. Burnay und seine Frau waren von der Gestapo enthauptet worden.

Henri, bei dir ist die Gefahr wahrscheinlich nicht so

groß wie bei Adrien. Aber wenn sie Madame Bossart festnehmen können, dann können sie jeden festnehmen. Emilie wird zu Claire fahren und ihr sagen, daß sie sich im Haus verstecken soll.

Henri nickte. Aber er verstand nicht, warum Antoine nicht ihn, Henri, schickte, Claire Bescheid zu geben. Sein Mund war trocken. Er fuhr sich mit der Zunge über die Lippen. Der Bauch tat ihm weh, er mußte dringend zur Toilette. Er dachte an Claire, die allein mit dem verwundeten Amerikaner im Haus war. Vielleicht stürmte gerade jetzt die Gestapo ins Haus und riß Claire aus ihrem Bett.

Gibt es denn immer Vergeltungsmaßnahmen?, fragte Dussart mit dünner Stimme. Es war das erste Mal, daß er den Mund aufmachte.

Antoine sah den Jungen an. Ja, es gibt immer Vergeltungsmaßnahmen, sagte er langsam. Und es kommt noch schlimmer. Ich habe heute abend erfahren, daß die Aufmerksamkeit der Deutschen in Südbelgien sich jetzt in erster Linie auf die Fluchtwege konzentriert.

Wir müssen Thérèse Bescheid sagen, sagte Emilie.

Und Dolane.

Und Dolane. Und Hainaert. Und Duceour.

In Charleroi haben sie wenigstens die Tabletten. Léon sagte das, den Kopf in die Hände gestützt.

Stille. Henri spürte ein Pochen in seiner rechten Schläfe. Sie wußten alle, was Léon meinte. In den Städten, wo der Maquis besser organisiert war und mehr finanzielle Mittel hatte, wurde an jeden Widerstandskämpfer eine Zyanidtablette ausgegeben. Zur Schadensbegrenzung im Fall der Folterung. Wenige Männer oder Frauen, so tapfer sie auch sein mochten, konnten den anhaltenden und grausamen Mißhandlungen durch die Gestapo standhalten – er hatte alles darüber gehört, über die Elektroschocks, die Nadelstiche in die Hoden, das Ausstechen der Augen. Ohne das Zyanid war jeder Mann ein Verräter.

Henri stützte seine Hand auf den Heuballen, auf dem er saß, und stand auf. Er hatte das Gefühl, daß ihm die Beine zitterten, und er wollte nicht vor den anderen stolpern.

Léon Balle sah auf. Weiß vor Zorn. Wen scherten schon die drei Posten? Habe es einen Grund gegeben? Sei irgend etwas aus der Maschine gestohlen worden?

Antoine antwortete ihm. Es war nichts mehr in der Maschine gewesen, was irgendeinen Wert gehabt hätte. Die Geschütze waren längst abmontiert.

Léon schüttelte den Kopf, als könnte er diese undenkbare Information nicht verarbeiten. Er hustete plötzlich heftig und griff in seine Tasche nach einem Taschentuch.

Antoine wandte sich Henri zu, der es geschafft hatte, aufzustehen. Tut mir leid, Henri, sagte er. Wir können den Amerikaner jetzt nicht wegbringen. Wir würden riskieren, daß die ganze Evalinie auffliegt.

Henri nickte steif. Wenn die Evalinie aufflöge, würde es massive Demonstrationen geben – etwa so als wäre in Delahaut eine Zündschnur nach zwei Richtungen in Brand gesetzt worden – nach Charleroi im Norden und nach Frankreich im Süden. Dutzende, vielleicht Hunderte würden festgenommen und hingerichtet werden.

Du bleibst hier bei mir, sagte Antoine jetzt. Es gibt viel zu tun.

Sogar Antoine selbst hatte Angst, zum erstenmal, soweit Henri sich zurückerinnern konnte. Trotz der Kälte klebte das schüttere weißblonde Haar schweißnaß an seiner rosigen Kopfhaut.

Wir werden uns jetzt eine Weile nicht treffen. Antoine wandte seinen Blick von Henri ab, um die Männer im Kreis einen nach dem anderen anzusehen. Und mit dem Erschrecken, das sich einstellt, wenn man plötzlich der absoluten Wahrheit ins Gesicht sieht, erkannte Henri, daß einige von ihnen sterben würden, bevor sie das nächstemal zusammentrafen.

Antoine bückte sich, zog das Tuch von der Lampe und nahm das Glas heraus. Blies das Licht aus. Léon Balle stellte in der Dunkelheit eine Frage.

Glaubte denn wirklich irgend jemand, daß der Mord an drei impotenten alten Männern am Verlauf des Krieges etwas ändern würde?

ALS SIE ERWACHTE, fühlte sie sich zum erstenmal seit Tagen, vielleicht seit Wochen, besser. Die Sonne, die sich seit dem Tag vor dem Flugzeugabsturz auf der Anhöhe nicht mehr gezeigt hatte, schien durch den Spitzenvorhang am Fenster und zeichnete ein filigranes Muster auf den gewachsten Boden. Claire drehte sich im Bett herum und merkte sofort, daß es auf der anderen Seite leer war. Sie erinnerte sich, daß irgendwann in der Nacht Antoine gekommen war, um Henri zu holen.

Sie dachte an den Amerikaner hinter der tapezierten Wand – ein stiller, schlafender Gefangener. Aber vielleicht schlief er ja gar nicht. Leicht möglich, daß er schon auf war und darauf wartete, daß sie ihm mit dem Frühstück einen guten Morgen wünschte. Ja, die Sonne hatte gewiß auch ihn geweckt, ihr Licht fiel ja direkt durch das Dachfenster in die Kammer.

Sie glitt aus dem Bett und klopfte an die Wand, die sie trennte. Er erwiderte das Klopfzeichen und sagte, überraschend deutlich durch die Wand, *»Bonjour, Madame«*.

Sie schüttelte den Kopf. Sein Akzent war grauenvoll.

»Bonjour, Monsieur. Je pars au village pour chercher de l'eau potable à la fontaine. Je reviens tout de suite. Pouvez-vous attendre?«

Sie wartete lächelnd.

»Keine Chance«, sagte er schließlich.

»Ich fahre ins Dorf und hole Trinkwasser am Brunnen. Können Sie warten? Ich bleibe nicht lange weg.«

»Natürlich. Aber machen Sie schnell. Ich habe einen Bärenhunger.«

Claire kleidete sich schnell an, sah nach dem Feuer im Herd und holte ihr Fahrrad. Wieder fragte sie sich, wo Henri war, wann er nach Hause kommen würde. In letzter Zeit war sein Kommen und Gehen zunehmend unberechenbarer geworden. Sie wußte fast nie, wann sie ihm etwas zu essen machen sollte, ob er überhaupt die Nacht im Haus verbringen würde. Im Winter, wenn es auf dem Hof nicht so viel zu tun gab, war das nicht weiter schlimm. Aber wenn der Frühling kam, würde er gebraucht werden. Es war die Frage, wie sie dann zurechtkommen würden.

Das Eis auf der Fahrbahn der Rue St. Laurent war größtenteils aufgetaut, so daß die Fahrt zum Dorf nicht so heikel war wie in den vergangenen Tagen. Bevor sie das Trinkwasser holte, würde sie in Madame Omloops Laden Mehl, Kartoffeln, Zucker und Salz holen. Der Amerikaner hatte im Verlauf der Tage einen herzhaften Appetit entwickelt. Sie waren noch nicht einmal in der Monatsmitte, aber Claire war bereits klar, daß ihre Marken nicht bis zum Einunddreißigsten reichen würden. Madame Rosenthal hatte kaum etwas gegessen und war in dieser Hinsicht keine Belastung für die Daussois' gewesen.

Die Sonne tat unglaublich gut. Wie sehr sie einen beschwingen konnte, dachte sie. Sie fuhr an den Höfen der Marchals und der Mailleux' vorüber. Der Stein schimmerte hell im frühen Licht, und obwohl es überall noch still und menschenleer war, konnte man sich mit ein wenig Phantasie vorstellen, daß der Krieg nicht existierte, nie existiert hatte, daß bald Narzissen und Hyazinthen blühen würden und daß der Mann in ihrer Dachkammer bloß ein Gast war, der sich hier erholen wollte.

Sie erreichte die ersten Häuser des eigentlichen Dorfes und radelte die Rue de Florennes hinunter. Und erst da, irgendwo in der schmalen Straße mit dem holprigen Kopfsteinpflaster, fiel ihr auf, daß irgend etwas anders war als sonst, daß etwas nicht stimmte. Vor der Ecke, an der sie in die Rue Cerfontaine einbiegen mußte, um dann an der folgenden Kreuzung auf den Dorfplatz zu gelangen, hielt sie an, sah sich um und lauschte aufmerksam. Ja, das war es: keine Geräusche. Keine Stimmen, kein Kindergeschrei, kein Türenklappen, keine scheppernden Fahrräder, keine Fuhrwerke, die durch die engen Straßen rollten und die Radfahrer an die Backsteinmauern drängten. Keine wütenden Verwünschungen von diesen Radfahrern.

Irgend etwas stimmte nicht, aber sie wußte nicht, was es war. War eine Ausgangssperre verhängt worden, von der sie und Henri, so weit entfernt vom Dorf, nichts gehört hatten? Sie ging zu Fuß weiter, schob ihr Fahrrad dicht an der Mauer entlang. Die Wasserflaschen klapperten im Korb. Vorsichtig blickte sie um die Ecke und sah nichts. Sie würde bis zur nächsten weitergehen müssen, um auf den Dorfplatz sehen zu können.

Der Instinkt riet ihr, umzukehren und so schnell sie konnte nach Hause zurückzufahren. Aber sie hatte kein Wasser! Am Brunnen würde ganz sicher Betrieb sein. Oder in Omloops Laden. Die Flämin machte nie zu, nicht einmal an den Feiertagen der Heiligen.

Sie schob ihr Fahrrad bis zur nächsten Kreuzung und reckte, dicht an die Mauer gedrückt, ihren Kopf um die Ecke, um den Dorfplatz einsehen zu können. Jetzt gab es keinen Zweifel mehr. Der Platz, umgeben von der Kirche, dem Rathaus mit der breiten Steintreppe und dem alten Kloster, das jetzt als Schule diente, war menschenleer. Nicht einmal die Tauben, die unter dem Dach der Kirche hockten, hatten es für lohnend gehalten, auf den Platz hinunterzufliegen. Der Brunnen rauschte einsam.

Kälte kroch ihren Rücken hinauf. Sie wendete ihr Fahrrad, um nach Hause zu fahren. Sie hoffte nur, daß sie nicht gesehen würde. Ja, es mußte eine Ausgangssperre verhängt worden sein, eine andere Erklärung gab es nicht. Sie würde warten müssen, bis sie Genaueres hörte, bis Henri nach Hause kam. Vielleicht konnte sie auf dem Marchal-Hof ein paar Lebensmittel mitnehmen, wenn Marie-Louise ihr überhaupt die Tür öffnete.

Sie war fast an der Ecke zur Rue de Florennes, als sie ein schwaches Geräusch vernahm. Sofort hielt sie an, ihr Fahrrad zwischen den Beinen. Es war unverkennbar das Brummen eines Motors – aber aus welcher Richtung? Sie lauschte, obwohl sie wußte, daß sie vielleicht kostbare Sekunden vergeudete. Das Motorengeräusch – war es ein Auto? Oder ein Lastwagen? – näherte sich aus der Richtung, in die sie fahren wollte.

Sie zog sich ihren Schal über den Kopf, um ihr Gesicht zu verbergen, beugte sich tief über den Lenker und fuhr trotz des Risikos, gesehen zu werden, so schnell sie konnte an der Rue de Florennes vorbei. Sie kannte sich aus in den Seitenstraßen und Hintergassen von Delahaut. Wenn es ihr gelang, die Rue de Canard zu erreichen, wußte sie dort eine schmale Gasse, die man mit einem Fahrrad passieren konnte, nicht aber mit einem vierrädrigen Fahrzeug. Natürlich konnte sie auch dort von einem Posten bemerkt und angehalten werden, aber wenigstens wäre sie das Auto los. Denn in der unheimlichen Stille des Dorfes konnte dieses Auto nur eines bedeuten: Deutsche. Da sie nicht gewagt hatte, sich umzusehen, wußte sie nicht, ob sie bemerkt worden war. Ganz bestimmt, dachte sie, würde eine einsame Radfahrerin aus sämtlichen Fenstern hinter den allgegenwärtigen Stores hervor beobachtet werden. Warum rief niemand sie an, bot ihr an, sie und ihr Fahrrad in einem der steinernen Vorhöfe zu verstecken, die es hinter jeder Tür zur Straße gab?

Keuchend erreichte sie endlich die Gasse. So schnell war sie nicht mehr gefahren, seit sie ein junges Mädchen gewesen war. Ohne abzusteigen, gönnte sie sich eine Verschnaufpause, indem sie sich kurz an die rückwärtige Mauer eines Reihenhauses lehnte. In der eisigen Luft tat jeder Atemzug weh.

Vielleicht, dachte sie, während sie rastete, konnte sie auf ähnlichen Schleichwegen doch noch zu Omloops Laden fahren. Dringender als Lebensmittel brauchte Claire jetzt Auskunft und vielleicht auch ein Versteck. Madame Omloop würde ihr bestimmt helfen, selbst in dem ungewöhnlichen Fall, daß der Laden geschlossen sein sollte.

Noch vorsichtiger jetzt, fuhr Claire weiter. Sie folgte den Hintergassen und dem schmalen Fußweg hinter dem Friedhof, hielt an jeder blinden Ecke an und lauschte angestrengt. Einmal sah sie eine Gestalt, es war kein Soldat, die von einer Straßenseite zur anderen lief und verschwand.

Sie brauchte fünfzehn Minuten für die Fahrt, und als sie vor dem Laden ankam, sah sie ohne Überraschung, daß er geschlossen war. Sie hatte auf dem ganzen Weg nicht einen einzigen geöffneten Laden bemerkt. Nachdem sie die schmale Straße hinauf und hinunter geblickt hatte, klopfte sie kurz und hastig an die Glasscheibe der Tür. In der Ferne konnte sie wieder das Geräusch eines Motors hören.

Sie klopfte noch einmal – kurze, schnelle Schläge auf Buntglas.

Sie klopfte ein drittes Mal.

Der Spitzenvorhang hinter der Tür bewegte sich ein klein wenig.

Claire neigte sich dicht an das Glas. »Madame Omloop«, flüsterte sie so laut, wie sie es wagte, »ich bin's, Claire Daussois.«

Die Tür wurde hastig geöffnet. Madame Omloop packte Claire beim Mantelärmel, zog sie ins Haus und schloß die Tür.

»Sind Sie verrückt?« fragte sie aufgebracht. »Was tun Sie hier? Sehen Sie nicht, daß der Laden geschlossen ist? Fahren Sie sofort nach Hause.«

»Ich weiß doch überhaupt nicht, was los ist«, sagte Claire.

»Mein Gott! Haben Sie es denn nicht gehört? Die Vergeltungsmaßnahmen!«

Vergeltungsmaßnahmen. Jetzt begriff Claire die gespenstische Stille im Dorf. Sie dachte sofort an Henri.

»Vergeltungsmaßnahmen wofür?« fragte sie.

»Irgend jemand hat die deutschen Wachposten draußen bei der abgestürzten Maschine umgebracht. Die Gestapo hat fast das ganze Dorf festgenommen«, berichtete Madame Omloop. »Sie haben alle in der Schule zusammengetrieben. Alle Männer und Jungen, und sie nehmen sogar Frauen und kleine Kinder fest.«

Madame Omloops Angst war greifbar, ansteckend.

»Gott schütze uns«, sagte Madame Omloop. »Das war ein schrecklicher Tag, als dieses Flugzeug in unserem Dorf abstürzte. Sie müssen sofort nach Hause fahren und sich einsperren. Am besten, Sie verstecken sich.«

»Aber Henri«, sagte Claire. »Henri ist nicht nach Hause gekommen.«

Madame Omloop sah sie an. »Warten Sie hier«, sagte sie.

In weniger als einer Minute kehrte sie mit drei Scheiben Schinken und einem großen, tuchumhüllten Stück Käse zurück.

»Hier, das wird jetzt nicht alles gegessen. Nehmen Sie es mit, und fahren Sie. Schnell.«

Claire wußte, daß der Fußpfad hinter dem Friedhof zu einem Feldweg führte, der bald danach in den Wald mündete. Sie hatte als Schulmädchen diesen Weg manchmal genommen – eine Abkürzung vom Dorf zum Fluß, jedoch ein Umweg zu ihrem Haus. Auf dem holprigen Trampelpfad würde sie ihr Fahrrad die ganze Strecke schieben müssen und an die zwei Stunden brauchen, um nach Hause zu kommen. Aber so konnte sie die Hauptstraße meiden. Sie ging schnell und versuchte, ihre Angst zu unterdrücken.

Der Amerikaner würde sich fragen, wo sie so lange blieb. Sie wünschte aus tiefstem Herzen, daß Henri da sein würde, um ihr zu helfen, wenn sie zu Hause ankam.

ER WARTETE LANGE. Dann beschloß er, es zu versuchen. Er glaubte, er würde es schaffen können.

Er kroch durch die Wandtür der Dachkammer und dann durch den Kleiderschrank. Allein in Claires Schlafzimmer, sah er sich erst einmal aufmerksam um, bevor er sich auf dem Knie seines gesunden Beins aufrichtete und nach einem Möbelstück Ausschau hielt, an dem er sich hochziehen könnte. Mit dem Fußbrett des Betts, dachte er, könnte es klappen.

Nicht nur sein rechtes Bein war unbrauchbar, wie er entdeckte, sondern auch seine Arme waren erbärmlich schwach. Dennoch gelang es ihm, sich hochzustemmen und, eine Hand gegen die schräge Decke gestützt, zum Stehen zu kommen. Vorsichtig verlagerte er einen Teil seines Gewichts auf das verwundete Bein und bekam sofort die Quittung: Ein brennender Schmerz durchzuckte ihn, so heftig, daß ihm schwindelte. Er hüpfte auf einem Bein bis zur Treppe und von da mit Hilfe des Geländers nach unten. Dort machte er an die Wand gelehnt halt und verschnaufte. Einen Moment lang war ihm flau. Wie sollte er eine Flucht planen – oder für sich planen lassen –, wenn er noch nicht einmal humpeln konnte?

Er hüpfte in die Küche. An manche Einzelheiten dieses Raums erinnerte er sich. An den Herd, den hölzernen Tisch. Die Kälte des Steinbodens. Sie hatte hier ein Radio, dessen war er sicher. Er hatte es durch die Bodendielen gehört. Sollte er versuchen, es aufzustöbern? Hatte es ein Sendegerät? Auf dem Tisch lag ein Laib Brot. Sein Hunger meldete sich wieder. Wo blieb Claire so lange?

Er machte einen Abstecher zur Außentoilette und kehrte

dann in die Küche zurück, wo er sich mit Genuß wusch, trotz der Kälte. Er wäre gern eine Weile in der Küche geblieben, aber er wußte, daß das gefährlich war. Dafür schnitt er sich eine Scheibe Brot ab und nahm sie mit in die Dachkammer hinauf.

Was er in den langen Tagen seines Krankenlagers dort oben auf dem Speicher an Kräften gesammelt hatte, war jetzt verbraucht. Erschöpft legte er sich nieder und döste vor sich hin, jedesmal wieder überrascht, wenn er die Augen öffnete und den Sonnenschein in der Mansarde sah. Nach einer Weile richtete er sich ein wenig auf und lehnte den Kopf an die Wand, die beinahe schwammig war durch die vielen Tapetenschichten. Wie alt mochte dieses Haus sein? Hundert Jahre? Zweihundert? Es erstaunte ihn immer noch, daß es in Europa – in dem englischen Dorf, in dem die Bombergruppe stationiert war, und jetzt hier, in diesem belgischen Städtchen – Häuser und Kirchen gab, viele sogar, die Jahrhunderte älter waren als die ältesten Bauten in Amerika. Er dachte an Mount Gilead, die kleine Stadt in Ohio, wo er zu Hause war, und an das Farmhaus dort, wo er einmal mit seinen Eltern gelebt hatte und das höchstens – wie alt war? Hundert Jahre vielleicht? Dieses Haus hier war im Vergleich dazu ein Museumsstück. Die unzähligen Schichten von Tapeten und Farbe erzählten ihre eigene Geschichte. Wessen Geschichten? fragte er sich. Was für Geschichten? Wer war vor ihm hier versteckt gewesen?

Sie hatte ihm ein Buch dagelassen, und manchmal schlug er es auf und las ein, zwei Zeilen eines englischen Gedichts. Sie hatte ihn gebeten, ihr diese oder jene Wörter oder Wendungen zu erklären, und war erstaunt gewesen, als er gestanden hatte, ihre Bedeutung nicht zu kennen – nicht einmal im Zusammenhang mit dem restlichen Text. *For rose-moles all in stipple* ... Er kannte weder *rose-moles* noch *stipple*. Er hatte sich damit entschuldigt, daß er sein Studium infolge des Kriegs hatte abbrechen müssen, aber insgeheim bezweifelte er, daß er, selbst wenn er fertig studiert hätte, je auf die Wörter *rose-mole* und *stipple* gestoßen wäre. Sein Gebiet war die Technik. Er hatte nur einen einzigen Englischkurs belegt, in seinem ersten Jahr, bei einem Dozenten, dessen Haut staubtrocken ausgesehen hatte und dessen Whiskyfahne nicht zu ignorieren gewesen war, wenn er durch die Reihen ging.

Ted hatte das Gefühl, als wäre seine Studienzeit ewig her, als hätte er sie in einem anderen Leben, einem anderen Zeitalter oder in ferner Kindheit erlebt.

Selbst Stellas Bild begann zu verblassen. Es gelang ihm nicht mehr, den Klang ihrer Stimme oder den Duft ihres Körpers heraufzubeschwören, alle Eindrücke von ihr waren allmählich zu der Pose auf dem begriffenen und zerknitterten Foto geschrumpft, das Claire ihm in die Hand gelegt hatte. Er langte nach dem Bild, das neben ihm auf dem Boden lag. Seine Finger hatten ihre Beweglichkeit wiedergewonnen; er konnte die Finger unter die Fotografie schieben und sie ergreifen.

Stella saß an einem Tisch in einem Restaurant. Immer wenn er das Bild betrachtete, nahm er als erstes ihr Lächeln wahr. Niemand, nicht ein Mensch, dem er begegnet war, seit er Amerika verlassen hatte, um in den Krieg zu gehen, besaß ein so offenes und unkompliziertes Lächeln. Sie hatte die Ellbogen auf den Tisch gestützt, und vor ihr standen mehrere leere Bierflaschen – seine und ihre. Sie trug ein weißes Kleid, hochgeschlossen und mit kurzen, gerüschten Ärmeln, die wie kleine Flügel von ihren Schultern abstanden. Ihr Haar glänzte. Es war oben streng zurückgekämmt und fiel an den Seiten lang und lockig herab.

Bei der Betrachtung der Fotografie erfaßte ihn plötzlich Verzweiflung. Stelle wußte nicht, wo er war, ob er noch am Leben oder schon tot war. Niemand zu Hause wußte etwas von ihm. Zweifellos hatte seine Mutter bereits das Telegramm mit dem Wort »Vermißt« erhalten, das nichts darüber aussagte, ob ihr Sohn noch lebte und in einem deutschen Kriegsgefangenenlager war oder ob er hoch oben in der Luft von einer Feuergarbe der Flak in Fetzen gerissen worden war. Bill Simmons, der Briefträger, würde ihr das Telegramm gebracht haben, und sein langsamer, bedächtiger Schritt hätte jedem, der zufällig aus dem Fenster sah, verraten, daß er ein Telegramm brachte. In den ersten Kriegswochen hatte Ted selbst ihn zwei-, dreimal beobachtet, wie er in seiner Uniform den schweren Gang zum Haus einer betroffenen Familie unternommen hatte. Neugierig hatte er selbst den Schritt verhalten und auf die Reaktion an der Tür gewartet. Erst die Hand, die zum Mund flog, dann der klagende Aufschrei, den die Hand nicht ersticken konnte.

Heute würde er nicht mehr warten, heute würde er einen solchen Moment um jeden Preis zu meiden suchen. Er hatte Entsetzen und Schmerz genug gesehen. Und er wußte jetzt auch, was hinter diesen Telegrammen stand – Dinge, die ihre Empfänger nicht sehen, sich nicht einmal vorstellen konnten, da sie weder über das Vokabular, noch über die inneren Bilder verfügten, solche Schrecken zu erfassen. Ein Bordschütze, der noch lebend, mit verzweifelt wedelnden Armen, aus der angeschossenen Geschützkuppel in die Tiefe stürzte, ein anderer Schütze, sein eigener, der mit öligen Fingern nach Teilen seines Körpers suchte, die nicht mehr vorhanden waren.

Er legte die Fotografie mit der Bildseite nach unten auf den Boden, lehnte sich wieder an die Wand und schloß die Augen. Wie konnte ein Mensch, der solche Dinge gesehen hatte, sie je aus seinem Gedächtnis löschen? Er dachte an die Männer, die scheinbar unversehrt von Einsätzen zurückkehrten, unbekümmert wie zuvor, begierig darauf, allen Spaß mitzunehmen, übersprudelnd von frechen Witzen. Irgendwie hatten die Männer das fertiggebracht, was er nicht schaffte: Sie hatten die gleichen Bilder gesehen und hatten sie gelöscht. Oder hatten auch sie nachts Heimsuchungen?

Er hatte das Gefühl, ein Loch im Magen zu haben. Wie lange war Claire jetzt schon weg? Er hatte keine Uhr und konnte die Zeit nicht einmal schätzen. Das Licht in der Dachkammer hatte sich verändert. Die Sonne warf jetzt ein helleres Rechteck auf die Wand.

Sein kleines Gefängnis war seiner Schätzung nach etwa zwei Meter breit und zweieinhalb Meter lang, auf jeden Fall so lang, daß er ausgestreckt liegen konnte. Claire mußte die Beine unterschlagen, wenn sie sitzen wollte, ohne ihn zu berühren. Er erinnerte sich an ihre Überraschung, als sie ihn das erste Mal wach und bei vollem Bewußtsein angetroffen hatte. Sie war wie vom Donner gerührt gewesen. Und verlegen. Ihre Beine waren nackt und dünn, sie hatte an ihrem Rock gezogen, als wollte sie sie verstecken. Sie hatte weiße Söckchen an und schwere Männerschuhe, die er seitdem nicht wieder gesehen hatte. Ihr Haar, erinnerte er sich, hatte sich aus den Nadeln gelöst, und sie hatte Mehl an der Schürze und am Hals, gleich unter dem Kinn. Sie wischte das Mehl von der Schürze, aber von dem weiß bestäubten Fleck auf ihrer Haut wußte sie nichts. Er fand das aus irgendeinem Grund rührend. Sie war an diesem Tag völlig offen, und während sie stockend und nervös sprach, konnte er den Blick nicht von dem kleinen weißen Fleck wenden.

Ihre Besuche unterteilten seinen Tag. Er hatte den Eindruck, daß sie nicht mehr so häufig kam wie zuvor, als er noch mit der Infektion gekämpft hatte. Jetzt suchte sie ihn nur noch auf, um ihm seine Mahlzeiten oder Medikamente zu bringen, ab und zu, um ihn ein paar einfache französische Sätze zu lehren, die ihm lächerliche Schwierigkeiten bereiteten. Sie saß nicht mehr strickend oder lesend stundenlang an seiner Seite, und er bedauerte das. Er konnte es nicht genau definieren, aber er wußte, wenn sie, während er im Delirium gelegen hatte, bei ihm gewesen war, an seiner Seite, manchmal seine Hand gehalten hatte, dann hatte er sich geborgen gefühlt.

Sie war fraglos anders als die Frauen, die er bisher gekannt hatte. Das hatte nichts mit ihrem Akzent zu tun oder dem ungewohnten Schnitt ihrer Kleidung, und auch nichts mit ihrem ungewöhnlichen Mund, dessen volle Oberlippe nicht unterteilt war, sondern sich zu nur einer Spitze emporschwang. Es hatte mit ihrem Wesen zu tun, das von einer Art innerer Zurückhaltung geprägt war. Sie lächelte selten, und er war sicher, daß er sie noch nie lachend gesehen hatte.

Ein- oder zweimal hatte ihr Mann, Henri, ihm das Essen gebracht, und da sie sich, jeder der Sprache des anderen unkundig, nicht miteinander verständigen konnten, waren diese Besuche irgendwie peinlich gewesen und gelegentlich komisch. Henri auf allen Vieren, der das Tablett vor sich her schob und krampfhaft nach einem Wort des Grußes suchte, um schließlich hilflos auf das Tablett zu deuten. Und Ted, der verlegen war und sich irgendwie wie ein verwöhnter Weichling fühlte, ebenfalls zu nicht mehr fähig als einem Nicken und einem übertriebenen Lächeln, um seine Dankbarkeit zu zeigen. Henri war vielleicht Anfang dreißig. Er roch häufig durchdringend nach Bier und Tabak. Und obwohl er niemals unfreundlich war, hatte Ted das deutliche Gefühl, daß er ihn, Ted, hier nicht haben wollte, daß seine Anwesenheit ihm eine Last war, die er nur zu gern abgeworfen hätte. Zum Glück waren Henris Besuche immer kurz.

Er hatte mittlerweile gelernt, Claires Schritt drüben im Schlafzimmer von dem ihres Mannes zu unterscheiden. Er wußte, daß Henri oft die ganze Nacht nicht kam. Er hatte das Paar nie beim Liebesakt gehört, obwohl er sich die beiden zusammen vorgestellt hatte, wie man das zu tun pflegte, wenn man ein Ehepaar zum erstenmal sah. Er war froh, daß es ihm bisher erspart geblieben war, Ohrenzeuge eines so intimen Beisammenseins sein zu müssen. Vielleicht fühlten sie sich durch seine Anwesenheit hinter der Wand gehemmt. Vielleicht auch war die Flamme zwischen Claire und Henri erloschen. Ted hatte davon gehört, daß in Europa Vernunftehen nichts Ungewöhnliches waren. Oder vielleicht hatte Henri eine Geliebte und kam manchmal deshalb die ganze Nacht nicht nach Hause.

Aber was ging ihn das überhaupt an? Er kam sich beinahe ein bißchen voyeuristisch vor und schüttelte die Gedanken rasch ab. Das Tun und Lassen seiner Gastgeber war deren Sache, ganz sicher nicht seine. Diese ewige Untätigkeit, dachte er, die endlosen Stunden des Alleinseins hatten ihn auf diese unproduktiven Gedanken gebracht. Er mußte hinaus. Er mußte seine Kräfte wiedergewinnen und sich nach Frankreich durchschlagen, um von dort aus nach England zurückzukehren. Andere hatten es auch geschafft, es war nicht unmöglich.

Er hörte, daß unten eine Tür geöffnet und wieder geschlossen wurde. Zwei gedämpfte Geräusche, fern, aber deutlich vernehmbar. Er faßte Hoffnung und wartete auf ihren Schritt auf der Treppe, das Öffnen des Kleiderschranks und das leise Klappern der Kleiderbügel, die auseinandergeschoben wurden.

Er hörte sie schnell die Treppe hinauflaufen. Drüben wurde das Tablett auf den Boden gestellt, die Schranktür aufgezogen. Nachdem sie auch die Geheimtür zur Kammer geöffnet hatte, sah er flüchtig, wie sie ihren Mantel zu Boden warf und ungeduldig an ihrem Kopftuch nestelte. Ihr Gesicht war gerötet, als sie eintrat, erhitzt, aber auch von der Kälte durchblutet, und ihr Haar durcheinander.

»Ich entschuldige mich«, sagte sie hastig. »Madame Omloop war heute krank, und ich mußte finden die Wurst und den Käse in anderen Geschäften. Und als ich zurückkehren wollte nach Hause, war der Reifen von meinem Fahrrad flach.«

»Platt.«

»Ja.«

Er sah sofort, daß sie log. Sie war nicht imstande, ihn anzusehen. Ihre Hände zitterten so stark, daß er sie am liebsten umfaßt und festgehalten hätte. Er ergriff die Schale mit der Milch und führte sie zum Mund, ohne Claire aus den Augen zu lassen. Dann stellte er die Schale nieder.

»Was ist?« fragte er.

Er sah, wie sie angestrengt versuchte, ihr Gesicht zu verschließen.

Sie schüttelte den Kopf. »Ich verstehe Sie nicht«, sagte sie und zupfte einen nicht vorhandenen Fussel von ihrem Rock. Sie trug eine tiefausgeschnittene Baumwollbluse mit Spitzenbesatz am Kragen. Durch die lebhafte Röte der Haut, was immer auch ihr Ursprung sein mochte, wirkte ihr Gesicht besonders frisch.

»Es ist etwas passiert«, sagte er. »Das kann ich riechen.«

Sie sah ihn verwundert an. »Riechen?«

»Ich spüre es.«

Sie schüttelte wieder den Kopf. »Ich bin nur in Verspätung, und es hilft nicht, wenn man ein Fahrrad hat, das nicht tut, was man will. Das ist unangenehm bei der Kälte, nein? Ich mußte schieben das Fahrrad fast den ganzen Weg.«

Er wollte nach ihrer Hand greifen. Sie zog sie hastig weg, bevor er sie berühren konnte, und drückte sie an ihre Bluse.

»Sie zittern«, sagte er. »Sie haben einen Schrecken bekommen. Sagen Sie mir doch, was passiert ist. Sonst bekomme ich auch noch Angst.«

Sie schwieg so lange, daß er schon glaubte, er würde seine Bitte wiederholen müssen. Aber er wartete, er wollte sie nicht vertreiben. Sie schien bis ins Innerste angespannt, auf dem Sprung, wie die kleinen Tiere, die er früher einmal gefangen und festgehalten hatte. Ihre Hand lag immer noch an der Bluse. Nervös, ohne sich bewußt zu sein, was sie tat, drehte sie an einem der Perlenknöpfe. Nicht ein einziges Mal hob sie den Blick, um ihn anzusehen.

»Sie müssen ...«

»Entschuldigen Sie ...«

Sie hatten gleichzeitig zu sprechen angefangen.

Endlich blickte sie auf und sah ihn an. »Die Situation im Dorf ist sehr ernst.« Sie hörte auf, an dem Knopf zu nesteln, legte beide Hände in den Schoß, ruhiger jetzt, da sie sich entschlossen hatte, offen mit ihm zu sprechen.

»Seit dem Tag, als Ihr Flugzeug hier abgestürzt ist, sind Deutsche im Dorf, und drei von ihnen mußten das Flugzeug bewachen. Alte Männer, harmlos. Ich denke, es war nicht sehr wichtig, zu bewachen dieses Flugzeug, nicht wahr? Wir davon haben schon gesprochen.«

Ted nickte.

»Aber jemand hat getötet diese alten Männer. Ein Mörder. Und die Deutschen sind sehr wütend. Es ist ihre Gewohnheit in Belgien und in anderen Ländern zu machen – wie sagt man? – Repressalien als Strafe. Ich habe genug davon gehört.«

»Repressalien«, wiederholte er.

»Die Gestapo ist ins Dorf gekommen, und sie haben die Leute aus ihren Häusern geholt, sogar alte Männer und Kinder, und haben sie alle in der Schule gefangen. Und alle sind sicher, daß die Gestapo als Strafe eine bestimmte Zahl von Belgiern töten wird. Um Angst zu machen.«

Er nickte langsam.

»Und im Dorf gibt es keinen Menschen. Alle verstecken sich in ihren Häusern, oder sie sind schon festgenommen worden. Es ist so still, wie ich es noch nie erlebt habe.«

Er wartete. Sie hob die Hand zu ihrer Schläfe und strich sich mit den Fingern das Haar hinters Ohr.

»Wo ist Henri?« fragte er.

Sie senkte den Kopf. »Henri ist nicht gekommen seit der

Nacht. In der Nacht jemand vom Maquis hat ihn geholt, und ich weiß nicht, wo er ist.«

Ted schloß die Augen und lehnte den Kopf an die Wand.

Ein Moment der Unschlüssigkeit, ein einziger kurzer Moment der Unschlüssigkeit, und wie viele Tote?

Wenn er nur nicht ausgeschert wäre.

Zwei sofort tot. Und wer hatte arglos unter der Bombenladung gestanden? Dann die drei alten Deutschen, und jetzt – wie viele? Eine bestimmte Anzahl, hatte sie gesagt. Von Geiseln.

»Sie müssen mir sagen, wo die Bomben niedergegangen sind«, sagte er. Er war ziemlich sicher, daß sie ihn jetzt nicht belügen würde.

Sie wandte sich einen Augenblick ab, dann sah sie ihn wieder an. »Sie sind in Gilles gefallen, vierzig Kilometer östlich.«

»In Belgien?«

»Ja.«

»Ist das ein Dorf?«

»Ja.«

»Sind sie auf das Dorf gefallen?«

Sie schwieg.

»Wie wäre es ...« fragte er nachdenkend. »Wie wäre es, wenn Sie mich zur Schule brächten und im Austausch für die Geiseln anböten. Das könnte doch klappen. Ich weiß, daß sie die Piloten haben wollen. Das ist allgemein bekannt.«

Sie schien lange zu überlegen, als suchte sie nach den Worten, die sie wünschte.

»In diesem Krieg«, sagte sie dann langsam, »gelten keine Abmachungen. Sie werden Sie nehmen und die anderen auch. Sie kennen sie nicht so gut wie ich. Ich lebe mit ihnen. Und dann werden sie auch mich und Henri holen.«

»Nein«, sagte er, schon einen Plan im Kopf. »Sie setzen

mich einfach irgendwo aus. Dann werden sie mich finden und in die Schule bringen, und ich werde sie zu dem Handel überreden.«

»Man wird Sie foltern«, entgegnete sie.

»Das glaube ich nicht. Sie wollen die Offiziere aus dem Verkehr ziehen, damit sie nicht weiterkämpfen können, aber sie töten sie nicht. Sie werden mich in ein Gefangenenlager in Deutschland schicken. Glauben Sie mir. Mit den Offizieren verfahren sie anders.«

»Man wird Sie foltern«, wiederholte sie. »Und Sie werden die Folter nicht aushalten und mich und Henri verraten, und wenn wir festgenommen werden, werden wir vielleicht andere verraten müssen ...« Er hob hastig die Hand und legte einen Finger auf seine Lippen, um sie zum Schweigen zu bringen. Unten konnte er Schritte hören, eine rufende Stimme.

»Es ist jemand hier«, sagte er lautlos, mit übertriebenen Mundbewegungen die Worte bildend, in der Hoffnung, daß sie ihn verstehen würde.

Sie lauschte jetzt selbst und hörte wie er die gedämpfte Stimme. Eine Männerstimme, aber nicht Henris Stimme.

Sie sprang sofort zu der Tür in der Wand. Er hörte Schritte auf der Treppe, dann eine fragende Stimme.

»Claire?«

Er hörte, wie sie zur anderen Seite des Zimmers lief, zweifellos um den Blick des Eindringlings vom Kleiderschrank abzulenken.

»Bastien!« sagte sie überrascht.

Der Mann draußen begann hastig auf Französisch zu sprechen. Claire unterbrach ihn, um selbst etwas zu sagen. Dann sprach wieder der Mann, in einem Ton, als erteile er ihr Befehle. Ted hörte, wie Schubladen aufgezogen und wieder geschlossen wurden. Danach Claires Stimme, eine Folge hastiger Fragen, wie es schien, und Bastiens Antworten. Und dann endlich die Schritte des Mannes, der durch das Zimmer zur Tür ging, auf den Flur hinaus, die Holztreppe hinunter.

Die Sprungfedern des Bettes quietschten. Sie hatte sich entweder niedergesetzt oder hingelegt. Er horchte angestrengt, um vielleicht das Rascheln einer Bewegung oder ihre Atemzüge zu hören. Er wollte ihr etwas zurufen, aber er spürte, daß sie von selbst zu ihm kommen würde, wenn sie soweit war. Zehn Minuten, vielleicht länger, rührte sich nichts. Dann hörte er wieder das Quietschen der Sprungfedern, Schritte, die sich der Kammer näherten.

Sie machte den Schrank auf und sprach durch die Wand. Er konnte sie nicht sehen, aber gut hören. Sogleich fiel ihm auf, daß ihre Stimme rauh war. Sie hatte geweint.

»Das war Bastien«, sagte sie. Sie räusperte sich.

»Ja, ich habe seine Stimme gehört.«

»Er hat mir gesagt, daß eine Frau hierherkommen wollte, um mich zu unterrichten von den Repressalien. Aber die Deutschen sie haben festgenommen.«

»Das tut mir leid.«

»Und Henri kommt in den nächsten Tagen nicht nach Hause.«

»Claire, ich ...«

»Und wir müssen sehr vorsichtig sein, damit wir nicht gefunden werden«, sagte sie scharf, wie um jede weitere Diskussion über seinen Vorschlag, sich im Austausch für die Geiseln anzubieten, abzuschneiden. »Sie müssen hierbleiben. Die ...« Sie schien nach einem Wort zu suchen. »Die Flucht ist jetzt zu gefährlich.«

Er wünschte, er könnte ihr sagen, daß er sich um sie kümmern würde, aber sie wußten beide, daß er nutzlos war – schlimmer, ein Klotz am Bein. Wenn er nicht wäre, könnte sie jetzt aus dem Dorf fliehen. Grausame Ironie, daß ihr Leben seinetwegen in Gefahr war. Wäre es nicht seine Aufgabe, sie zu beschützen, anstatt sich von ihr beschützen lassen zu müssen?

»Was war in den Schubladen?« fragte er.
»Kleider für Henri. Bastien sie ihm bringt.«
»Was werden Sie jetzt tun?« fragte er.
Sie brauchte lange für ihre Antwort.
»Wir warten«, sagte sie schließlich.

ES GAB EINEN Namen dafür, Arkaden, hatte Monsieur Dauvin einmal gesagt, aber für den Jungen war es einfach ein überdachter Gang mit steinernen Säulen und mosaikgeschmückten Bögen und weiten Ausblicken zum Dorfplatz hinunter. Er erinnerte ihn an Bilder, die er im Pfarrhaus gesehen hatte, Zeichnungen von Arkaden in ummauerten Gärten in italienischen Klosterhöfen, Orte der Stille, wo Mönche, in Nachdenken versunken, auf und ab gingen. Diese Arkaden jedoch, der überdachte Gang des Jungen, befanden sich auf dem Dach der Schule, die früher einmal ein Kloster gewesen war, und man konnte sie nur vom dritten Stockwerk aus erreichen, das seit langem leer stand. Es war verboten, in den Speicher hinaufzugehen, wie die dritte Etage allgemein genannt wurde, weil Boden und Decke so baufällig waren, daß die Lehrer um die Sicherheit der Kinder fürchteten. Und oben, unter den Arkaden, deren offene Bögen sich zum Platz hin öffneten, war es angeblich noch gefährlicher als auf dem Speicher. Der Stein der Säulen und der anmutig geschwungenen Torbögen war im Lauf der Jahrhunderte brüchig geworden. Schon wenn man sich nur an die Balustrade lehnte, die Jean bis zur Brustmitte reichte, konnte womöglich das ganze Bauwerk einstürzen. Vor einigen Jahren waren Überlegungen angestellt worden, ob man das vierte Stockwerk sanieren oder die ganze Schule abreißen sollte, aber dann war der Krieg ausgebrochen, und alle Arbeiter im Dorf waren mit einem Schlag anderweitig beschäftigt gewesen.

Jean betrachtete den Wandelgang als sein Reich.

Er kam oft hierher. Er hatte die Querbalken über der Tür soviele Male entfernt, daß die Nägel mittlerweile beinahe wie von selbst aus ihren Löchern glitten. Er kannte den Weg über den Speicherboden genau und pflegte ihn so umsichtig zu überqueren wie vielleicht ein Pionier ein Minenfeld. Er wußte, welche Dielenbretter unter seinem Gewicht möglicherweise nachgeben würden und wo lose Mörtelbrocken in der Decke hingen, die gemieden werden mußten. Er kam hierher, so oft es ging. In der Schule war dies seine Zuflucht. So wie der Wald, wenn er nicht in der Schule war.

Jeder Ausflug hierher war ein Risiko. Er konnte mit einer Tracht Prügel von Monsieur Dauvins Hand enden, sollte Jean entdeckt werden, mit einer Verletzung oder einem Sturz, wenn er nicht darauf achtete, wohin er seine Füße setzte. Doch diese heutige Exkursion war bei weitem die gefährlichste.

Denn das Gebäude war keine Schule mehr. Und die Kirche war keine Kirche mehr. Die Nonnen in ihren weißen Flügelhauben waren in das benachbarte Kloster geflohen, Pater Guillaume hatte sich nicht mehr gezeigt, seit die Gestapo ins Dorf eingerückt war. Die Klassenzimmer der Schule waren jetzt Verhörzimmer, die Schule war ein Gefängnis. Den ganzen Tag lang beobachtete Jean von seinem Ausguck aus das Kommen und Gehen, hörte selbst über die drei Stockwerke, die ihn vom Erdgeschoß trennten, die gedämpften Schreie, denen abrupt ein in diesen Räumen ungewohntes Schweigen folgte, als wäre Schweigen das einzige Mittel, zu überleben.

Jean wußte das schon sein Leben lang.

Er war am frühen Morgen wie immer auf seinem Fahrrad zur Schule gefahren, aber Marcel, an dessen Haus er täglich vorbei mußte, hatte ihn von einem offenen Fenster aus angerufen und aufgehalten. Noch im Nachthemd, das Haar ungekämmt, berichtete er Jean flüsternd von den

Morden und den Vergeltungsmaßnahmen. »Die Schule ist geschlossen, fahr nach Hause«, zischte er drängend. Die Deutschen, fügte er hinzu hätten angeblich Verstärkung aus Florennes geholt. Es wimmele überall von Gestapoleuten, schlimmer als Kakerlaken. Jean, der sich das alles anhörte, dachte bei sich, daß der Vergleich mit den Kakerlaken wahrscheinlich von Marcels Vater stammte. Marcel war loyal, aber er hatte keine Phantasie.

Nach dem Gespräch mit Marcel verzog sich Jean erst einmal in einen dunklen Hinterhof, wo er sich sicher wußte. Er war der Schule beträchtlich näher als dem Hof seiner Eltern, die Fahrt nach Hause würde wahrscheinlich gefährlicher sein, als im Dorf zu bleiben. Er dachte daran, bei Marcel unterzukriechen, Madame Delizée würde ihn gewiß nicht abweisen. Aber die Vorstellung, den ganzen Tag (und die ganze Nacht?) in dieser engen Dreizimmerwohnung eingesperrt zu sein, wo ständig das Klo verstopft war, schreckte ihn ab.

Er versteckte sein Fahrrad hinter zwei Mülltonnen und rannte dicht an den Rückseiten der Reihenhäuser entlang. Aus dem Schatten einer Mauer blickte er zum Dorfplatz hinaus, der auf der Nordseite von der alten Schule begrenzt war. Alle Fenster waren verdunkelt. Zwei bewaffnete Wachposten in Uniform standen an der Tür, wo normalerweise Monsieur Dauvin wartete, um saumselige Schüler zu rügen.

Jeder Junge in der Schule wußte, wo die Tür zum Keller war. Die älteren Jungen pflegten dort unten heimlich zu rauchen, die jüngeren trafen sich zum Kartenspielen. Aus dem Keller führte eine Hintertreppe nach oben, immer schmutzig und erfüllt mit dem Gestank nach kaltem Zigarettenrauch. Die Lehrer benutzten diese Treppe nie; sie beschwerten sich bei Monsieur Chabotaux, dem alten Hausmeister, über den Staub, der sich in ihre Hosen setzte.

Jean schlich sich in den dunklen Keller hinunter. Von oben hörte er gelegentlich die Schritte schwerer Stiefel. Hinter dem Boiler war das Treppenhaus, auf jeder Etage durch eine schwere Eisentür vom Rest des Gebäudes abgeschlossen. Als Jean zum Erdgeschoß hinaufgestiegen war, blieb er stehen und drückte sein Ohr an die Tür. Ein seltsames Geräusch war durch das grün gestrichene Metall zu hören, das leise Gemurmel vieler Stimmen, es erinnerte ihn an den Wartesaal des Bahnhof von St. Laurent. Das Geräusch hatte nichts Bedrohliches an sich, und das machte Jean Mut, weiter nach oben zu gehen. Doch kaum hatte er den Fuß auf die erste Stufe gesetzt, da riß es ihn herum. Ein gellender Schrei drang durch die Tür. Er blieb stehen wie gelähmt, während die schreckliche Stimme, eine Frauenstimme, leiser wurde und in der ungewohnten Stille versank.

Er erreichte die Arkaden ohne Zwischenfall, aber als er oben war, stellte er sich als erstes in die Ecke, um zu pinkeln. Dann lief er zur Ecke gegenüber, wo ein Stück fester Mauer war, vielleicht ein Meter vor dem ersten Durchbruch. Dort hockte er sich nieder und zog seinen Mantel fester um sich. Es war kalt, aber nicht mehr ganz so kalt wie in den Tagen zuvor, und Jean wußte, daß bald die Sonne, die heute hell und unverhüllt am Himmel stand, diese Südmauer der Schule erwärmen würde.

Den ganzen Tag hockte er zusammengekauert dort in der Ecke und spähte nur hinter der Mauer hervor, wenn er unten, auf dem Kopfsteinpflaster des Platzes, das Poltern eines Lastwagens hörte. Zuerst kamen immer die Gestapoleute, die mit ihren Maschinengewehren aus dem Wagen sprangen. Dann wurde hinten die Plane geöffnet, und Menschen sprangen heraus oder wurden gewaltsam herausgezerrt, Männer, Frauen und sogar Kinder. Die meisten Gefangenen waren still und stumm, besonders die Männer, aber von den Frauen weinte gelegentlich eine, und manche der Kinder wimmerten vor Angst. Nur die alte Madame Gosset, taub, wie Jean wußte, weigerte sich, den Lastwagen zu verlassen, vielleicht weil sie die Befehle nicht hörte, vielleicht aber auch aus Protest. Mit Entsetzen beobachtete Jean, wie einer der Gestapomänner sie bei den Haaren packte und der Knoten in ihrem Nacken sich entrollte wie eine dünne weiße Kordel, als die Nadeln heraussprangen und aufs Pflaster fielen. Einer der Bewacher rammte ihr den Kolben seines Maschinengewehrs zwischen die Schulterblätter, und Madame Gosset fiel auf die Knie und konnte – oder wollte – nicht mehr aufstehen. Schließlich packten zwei Gestapoleute sie unter den Achseln und schleiften sie, klein und gebrechlich wie sie war, ins Schulhaus.

Insgesamt zählte er siebenundsechzig Menschen aus dem Dorf, die ins Schulhaus gebracht wurden. Er kramte ein Heft und einen Bleistift aus seiner Büchertasche und schrieb die Namen all derer auf, die er hatte erkennen können. Seine Eintragungen lauteten etwa folgendermaßen: »Pierre Squevin und seine Familie: seine Frau Marie und eine Schwester seiner Frau (?) ihren Namen weiß ich nicht; und Georges, siebzehn, vom Pensionat.«

Vierzehn Dorfbewohner waren wieder aus der Schule herausgekommen. Zehn junge Männer (unter ihnen Georges) wurden mit auf den Rücken gebundenen Händen herausgeführt und hinten in einen Lieferwagen gestoßen. Unter der Bewachung von zwei Leuten fuhr der Wagen ab, mit welchem Ziel, konnte Jean oben in seinem Ausguck nicht hören. Drei Frauen hatte man freigelassen – die eine mit ihrem Baby. Er sah sie unten am Fuß der Treppe stehen, einen Augenblick wie betäubt, dann lief sie davon. Geduckt, den Kopf eingezogen, als könnte sie so sich und ihr Kind unsichtbar machen, rannte sie über den Platz zu ihrem Haus.

Mindestens eine Stunde war vergangen, seit sich unten etwas gerührt hatte. Es waren keine Gefangenen mehr gebracht worden, und es hatte niemand mehr das Schulhaus verlassen. Jeans Schätzung nach mußte es ungefähr drei Uhr sein. Er war froh, daß es bald dunkel werden würde. Dann würde er sich zu seinem Fahrrad zurückschleichen. Er hatte genug gesehen, genug aufgeschrieben. Er hatte seit dem Frühstück, einem harten Brötchen und einer Tasse bitteren Tees, nichts mehr zu sich genommen, aber die Szenen, die er mit angesehen hatte, die schrecklichen Geräusche, die immer wieder zu ihm hinaufgedrungen waren, hatten ihm ohnehin den Appetit genommen. Die Sonne stand tief über dem Rathaus gegenüber, noch eine Stunde, und sie würde hinter dem Schieferdach untergehen. Dann würde das bißchen Wärme, das die Steine im Lauf des Tages gespeichert hatten, sich verflüchtigen, und es würde kalt werden in seiner Ecke. Um so mehr ein Grund, sobald wie möglich zu verschwinden.

Während er, in der Hoffnung, sich vielleicht eines Namens erinnern zu können, der ihm bisher nicht eingefallen war, noch einmal die Liste in seinem Heft durchsah, hörte er von unten plötzlich neue Geräusche. Sechs Männer, einer mit einer sehr langen Leiter, die anderen mit kürzeren, kamen auf den Platz. Zwei uniformierte Bewacher folgten ihnen, aber statt der gewohnten Maschinengewehre trugen sie Seilrollen. Die Belgier waren Arbeiter aus dem Dorf. Der Mann, der die längste Leiter trug, war Marcels Vater (Marcels Vater?). Er trug die Kleidung, in der Jean ihn oft gesehen hatte – einen blauen Arbeitsanzug, Holzschuhe und die blaue Schirmmütze. Monsieur Delizée ging mit der Leiter zur Ostseite des Platzes, wo die Reihenhäuser standen, Geschäfte unten, Wohnungen im oberen Stockwerk. Die Wohnungen hatten alle schmale Balkone mit schmiedeeisernen Gittern – gerade breit genug, um die Wäsche zum Trocknen aufzuhängen, im Sommer Töpfe mit Begonien und Geranien hinauszustellen. Die feingearbeiteten Balkongeländer mit ihren verschlungenen Schnörkeln waren nach Meinung der Leute Prunkstücke ihres Dorfs.

Marcels Vater blieb stehen, die Leiter waagerecht in den Händen. Ein Posten gab einen Befehl, zuerst in Deutsch, dann in Französisch. Mit sichtlichem Widerstreben richtete Marcels Vater die Leiter langsam auf und lehnte sie vorsichtig an das Schmiedeeisen des ersten Balkons. Der Posten sagte etwas zu ihm und übergab ihm eine Seilrolle.

Mit wachsendem Begreifen und Entsetzen sah Jean zu, wie der Vater seines besten Freundes mit der Seilrolle die Leiter hinaufstieg.

»WIR WAREN IN der Nähe vom Bahnübergang, als sie uns gefaßt haben. Wir hatten nichts bei uns. Zwanzig Minuten vorher hatte Antoine einen Packen Flugblätter abgeliefert, bei – aber das brauchst du nicht zu wissen. Sie waren vor allem hinter Léon her, und er hat es auch gewußt. Wir haben es auch gewußt. Ich glaube, sie hatten schon eine ganze Weile den Verdacht, daß er, du weißt schon, Dinge weitergegeben hat, die er im Hotel gehört hatte. Sie haben uns in einen Lastwagen verfrachtet. Wir kannten die Kerle – wir alle drei. Zu mir und Antoine waren sie ganz anständig, wahrscheinlich weil wir das Vieh haben und sie von uns ihr Fleisch bezogen haben. Vielleicht dachten sie, da ließe sich irgendwo noch was rausschlagen. Aber Léon hat natürlich gar nichts zu bieten. Er hat gehustet wie ein Verrückter, du weißt ja, daß er das immer tut, wenn er nervös ist, und außerdem geht's ihm schon eine ganze Zeit lang nicht gut. Antoine und ich haben uns nur angesehen, und ich wußte, daß er das gleiche dachte wie ich. Daß Léon da nicht lebend wieder rauskommen würde.

Kurz und gut, sie haben uns zur Schule gefahren. Drinnen war es – es war ... ach Gott, an den Wänden in den Klassenzimmern hingen die Zeichnungen und die Stundenpläne der Kinder, und auf dem Boden und den Bänken war Blut, alles war vollgespritzt. Genau wie wenn man ein Kalb niederschlägt, bevor man ihm die Kehle durchschneidet. In manchen Zimmern saßen alte Frauen mit ihren Männern, Monsieur Claussin und Monsieur Clouet. Ich hab Risa mit ihrem Baby gesehen. Ich hab sie alle nur flüchtig gesehen, weil sie uns in ein anderes Zimmer getrieben haben – aber hören konnte man genug. Grausig.

Dann kam ein Offizier, Léon und Antoine kannten ihn, ich nicht, und während er uns seinen Namen sagte, hat ein Posten Léon von hinten niedergeschlagen, mit seinem Gummiknüppel. Léon ist umgekippt, ohne einen Laut, und eines von seinen Brillengläsern war in tausend Scherben. Ich hab mich zu ihm rübergebeugt, weil ich ihn halten wollte, und da hat der Kerl mir auch eins übergezogen, aber weil ich mich gebückt habe, hat der Knüppel nur seitlich mein Gesicht gestreift, und ich bin nicht zusammengeklappt. Dann haben sie sich Léon vorgenommen. Er war von uns dreien der Schwächste, und sie glaubten wahrscheinlich, daß er zuerst einknicken würde. Sie sagten, sie wüßten, daß er mit dem Maquis zusammenarbeitet. Sie wollten wissen, was wir am Bahnübergang getan hatten, wo wir gewesen waren, wohin wir wollten und so weiter und so fort, und Léon, der da in dieser kleinen Schulbank saß, setzte die Brille mit dem zerbrochenen Glas wieder auf und schaute nach vorn. Ich werde das nie vergessen. Er fing an, von den Schildern abzulesen, die der Lehrer für die Kinder an die Wand geheftet hatte. ›Jean ißt einen Apfel.‹ ›Michelle spielt mit der Katze.‹ Er hat jedes Wort ganz langsam und deutlich ausgesprochen, wie ein kleines Kind, das Lesen lernt. Der Offizier ist wütend geworden. Er hat Léon angeschrien, er soll aufhören, und Léon hat den Mund gehalten. Aber sobald sie ihm wieder eine Frage stellten, fing er wieder an, von den Schildern abzulesen, genauso langsam und bedächtig wie vorher. ›Jean ißt einen Apfel.‹ ›Michelle spielt mit der Katze.‹

Antoine hatte Angst um Léon und sagte, ›Léon!‹. Man kann die Fragen auch beantworten, ohne die Gestapo wütend zu machen. Wir hatten das oft besprochen. Aber Léon hat gewußt, daß er sterben würde, verstehst du, er hat's genauso erkannt wie wir, und er hatte einen solchen Haß auf diese Leute, daß er nicht einmal seinen Namen angegeben hat, den sie natürlich sowieso wußten.

Der Offizier, knallrot war er im Gesicht, hat's am Ende nicht mehr ausgehalten. Es war Selbstmord, was Léon da gemacht hat, aber irgendwie war es auch toll. Der Offizier hat seine Leute angeschrien, sie sollen uns die Hände fesseln und uns in ein anderes Zimmer bringen und dann wiederkommen. Ich glaub jedenfalls, daß er das gesagt hat, er hat deutsch geredet, aber Antoine hat's auch so verstanden. Wir haben genau gewußt, wenn sie uns jetzt rausbringen, dann wird Léon gefoltert und gleich an Ort und Stelle umgebracht. Dann haben die Posten uns die Hände auf den Rücken gebunden. Léon, der immer noch fürchterlich gehustet hat, hat uns nur einmal kurz angesehen und den Kopf geschüttelt, als ob er sagen wollte, macht euch um mich keine Sorgen, denkt nicht an mich.

Und danach haben wir Léon nicht wiedergesehen.

Sie haben uns zur Tür rausgestoßen und durch einen Korridor in ein leeres Zimmer geführt, ein kleineres Klassenzimmer mit größeren Bänken. Als ich noch zur Schule gegangen bin, war es Monsieur Parmentiers Zimmer. Da haben sie uns an den Bänken angebunden und sind wieder gegangen.

Antoine war auf der einen Seite des Zimmers und ich auf der anderen. Er hat gesagt, ›Die bringen Léon um‹, und ich hab gesagt, ›Vielleicht wollen sie ihm nur Angst machen‹. Aber Antoine hat den Kopf geschüttelt. Dann haben wir eine Zeitlang versucht, die Stricke runterzukriegen, wir haben es beide nicht geschafft, aber Antoine, der mit Müh und Not zwischen den Sitz und die Bank paßte, hatte was entdeckt. Wie er da rumgefuhrwerkt hat, um den Strick runterzukriegen, hat er gemerkt, daß zwei von den drei Schrauben, mit denen die Schulbank am Boden verankert war, locker waren. Hinterher hat er gesagt, daß wahrscheinlich irgendein Schüler sie aus reiner Langeweile gelockert hatte. Kurz und gut, er fing an, in der Bank hin und her zu schaukeln, so fest er konnte, er wußte, daß wir höchstens Minuten hatten, und plötzlich ist tatsächlich die dritte Schraube rausgesprungen, und er war frei. Dann ist er mitsamt der Schulbank zu mir rüber geschlurft – es wär zum Kaputtlachen gewesen, wenn es nicht alles so entsetzlich gewesen wäre. Weißt du, ich hatte solche Angst, daß ich beinahe tatsächlich gelacht hätte. Antoine sind fast die Adern geplatzt, und er hat gegrunzt und geschnaubt wie ein Schwein, aber er hat's geschafft, sich im rechten Winkel zu mir zu stellen, und wir haben beide zu gleicher Zeit versucht, dem andern von hinten die Stricke aufzumachen. Als es nicht funktionierte, sagte Antoine, ich soll aufhören, er würde zuerst mich losmachen. Und so haben wir's dann gemacht.

Als wir beide frei waren, hat Antoine die Schulbank wieder an ihren Platz gestellt und die Schrauben reingedreht, und wir haben die Stricke mitgenommen, damit die Kerle nicht gleich merken würden, daß wir abgehauen waren. Antoine meinte, bei dem ganzen Durcheinander wüßte wahrscheinlich die rechte Hand nicht, was die linke tut, und wenn die Wachen zurückkämen, würden sie vielleicht glauben, ihre Kollegen hätten uns in ein anderes Zimmer gebracht. Egal, wir haben das nächste Fenster aufgemacht und sind rausgesprungen. Unten hab ich mich auf Antoines Schultern gestellt und das Fenster wieder zugemacht.«

Henri, der in der Dunkelheit neben ihr im Bett lag, zitterte heftig. Er war nackt, aber das Zittern rührte vom Schock her. Er hatte beinahe ohne jeden Ausdruck gesprochen, doch er hatte immer wieder innehalten müssen, weil ihm vor innerer Kälte die Zähne aufeinanderschlugen. Sie hatte mehrere Decken über ihn gelegt und hielt ihn im Bett umschlungen, aber er hörte nicht auf zu zittern.

Kurz vor Sonnenuntergang war er plötzlich in die Küche getreten. Sie hatte sich mit der Hand auf den Mund geschlagen und aufgeschrien, als sie den dicken roten Striemen in seinem Gesicht gesehen hatte. Er hatte sich nackt ausgezogen und von oben bis unten gewaschen. Als sie nach der Verletzung in seinem Gesicht sehen wollte, hatte er sie abgewehrt. Nackt war er ins Schlafzimmer hinaufgegangen, hatte die Vorhänge zugezogen und sich ins Bett gelegt.

»Ich kann nur ein paar Minuten bleiben«, sagte er, nachdem er ihr seine Geschichte erzählt hatte. Er hatte nie zuvor so viel über die Geschehnisse im Untergrund preisgegeben. »Antoine und ich müssen uns eine Zeitlang verstecken, bis es wieder ruhiger geworden ist. Ich bin nur gekommen, um meine Papiere und etwas Geld zu holen.«

Sie hielt ihn fest und sagte nichts.

»Sie holen auch die Frauen ab«, sagte er. »Sie haben Emilie und Thérèse festgenommen. Und sogar Madame Bossart.«

»Mach dir keine Sorgen«, sagte sie. »Mich werden sie schon nicht holen.«

»Claire ...«

Ein schreckliches Geräusch drang plötzlich aus Henris Mund, ein abgrundtiefes, heiseres Röcheln, so erschrekkend, daß Claire Angst bekam und sich im Bett aufsetzte. Sie glaubte, ihr Mann würde sich übergeben. Henri hustete ins Kissen, um die erschütternden Geräusche seines Weinens zu dämpfen. Claire, die ihren Mann nie weinen gehört hatte, legte sich wieder nieder. Sie nahm ihn noch fester in die Arme und dachte an den Piloten, der ihnen so nahe war, gleich auf der anderen Seite der Wand. Er wird das alles hören, dachte sie.

»Ist ja gut, Henri«, sagte sie leise. »Ist ja gut.«

»Nein«, entgegnete er und hörte beinahe so plötzlich wieder zu weinen auf, wie er angefangen hatte. Er wischte sich die Nase am Kissenbezug. »Nichts ist gut.« Seine Stimme war heiser, voll unterdrückter Tränen.

Er tastete mit der Hand nach dem Saum ihres Rocks und schob ihn unter der Steppdecke hoch, um seine Finger zwischen ihre Schenkel zu schieben. Ohne auf ein Zeichen von ihr zu warten, löste er ihre Strumpfbänder und rollte mit seiner freien Hand ihre Strümpfe bis zu ihren Füßen hinunter. Er zog an ihrem Schlüpfer, bis er auch den hinuntergeschoben hatte. Sie versuchte, sein Gesicht zu sehen, als es sich über sie neigte, aber es war so dunkel im Zimmer, daß sie seine Züge kaum erkennen konnte. Er drückte seinen Kopf an ihren Hals und umfaßte ihre Haut leicht mit seinen Zähnen.

Als sie spürte, daß er kam, entzog sie sich ihm mit einer kurzen, ruckartigen Bewegung ihrer Hüften. Er ergoß sich auf ihren Oberschenkel.

Er bewegte sich nicht und fragte nicht warum.

Sie dachte an den Piloten auf der anderen Seite der Wand. Er wird das alles hören, dachte sie wieder.

ZEHN STRICKE HINGEN von den Balkonen herab, zehn Leitern standen unter ihnen. Jean sah zu, wie Marcels Vater den Strick zwischen den Schnörkeln des Schmiedeeisens hindurchführte und die Schlingen mit einer Geschicklichkeit knüpfte, als wäre dies und nicht die Schreinerei sein Geschäft. Die Dorfbewohner, die man in der Schule festgehalten hatte, wurden auf den Platz hinausgeführt, als Zeugen des Geschehens. Aus versteckten Ecken und Türnischen gesellten sich einige andere Leute neugierig zum Kreis der Zeugen, so daß etwa fünfzig Männer und Frauen auf dem Platz versammelt waren, als der deutsche Offizier aus dem Schulhaus trat. Leises, ängstliches Gemurmel war aus den Reihen der Dorfbewohner zu hören. Man wußte noch nicht, wer hingerichtet werden würde – aber einige der Frauen, die man festgenommen und wieder freigelassen hatte und die jetzt ihre Söhne oder Ehemänner nicht finden konnten, begannen in Panik zu geraten und schoben sich hastig durch die Menge, stellten Fragen, die rundherum nur mit verlegenem Kopfschütteln beantwortet wurden.

Der Offizier, dessen Name Jean nicht wußte, stieg auf die niedrige Steinmauer, die den Brunnen in der Mitte des Platzes umgab. Auf Wallonisch (denn was für einen Sinn hatten Vergeltungsmaßnahmen, wenn die Leute die Gründe dafür nicht verstanden?) las er die Namen derer, die zur Strafe für die Ermordung von drei deutschen Soldaten hingerichtet werden sollten. Jean war fassungslos, als er unter den verlesenen Namen die des Bürgermeisters, Jauquet, und Emilie Boccarts hörte. Mehrere Frauen in der Menge schrien laut auf und wollten vorstürzen, aber sie wurden von ihren Nachbarn zurückgehalten, die wußten, daß eine Konfrontation mit der Gestapo nur in den sicheren Tod führen würde. Jean beobachtete, wie zwei Belgier eilig eine alte Frau, die völlig außer sich zu sein schien, vom Platz führten.

Dann wurden die zehn Gefangenen herausgeführt, mit unbedeckten Köpfen und ohne Mäntel, die Hände auf dem Rücken gefesselt. Die meisten von ihnen waren geschlagen worden, auf den Kleidern von einigen waren Blutflecken. Das Licht der untergehenden Sonne, das schräg in den Platz einfiel und die zum Tode Verurteilten blendete, beleuchtete grell die dunklen Schwellungen in den Gesichtern. Monsieur Balle, der fremd und irgendwie nackt aussah ohne seine Brille und seine Baskenmütze, mußte von zwei Wachen unter den Armen gestützt werden. Die Mutter eines der Männer stürzte schreiend vorwärts, um ihren Sohn zu umarmen. Ein Posten scheuchte sie mit einem Schlag seines Maschinengewehrs zurück. Sie umklammerte den Arm einer anderen Frau und stürzte dann taumelnd zu Boden.

Jean ergriff seinen Bleistift und versuchte, die Namen der zehn verurteilten Gefangenen in sein Heft zu schreiben: Sylvain Jacquemart, Emilie Boccart, Philippe Jauquet, Léon Balle, Roger Doumont ... dann begann seine Hand so heftig zu zittern, daß seine Schrift beinahe unleserlich wurde. Beim Blick auf diese bebende Hand bekam der Junge plötzlich Angst, er könnte den Bleistift fallen lassen und dieser würde zwischen den Säulen der Balustrade hindurch scheppernd auf das Kopfsteinpflaster hinunterfallen. Dann wäre er verraten, und mindestens eine der zwei Dutzend Wachen, die die Menschenmenge mit ihren Maschinengewehren im Anschlag in Schach hielten, würde ihn hier oben entdecken. Sehr vorsichtig legte er Bleistift und Heft nieder, ehe er sich langsam aufrichtete, um wieder hinter der Mauer hervorzusehen.

Die zehn Verurteilten wurden zu den Leitern geführt. Man befahl ihnen, hinaufzusteigen. Aber mit Monsieur Balle gab es Schwierigkeiten, er konnte aus eigener Kraft nicht stehen. Von einem ärgerlichen Posten, der ihn festhielt wie eine Puppe, wurde er die Leiter hochgehievt. Jean riß ungläubig die Augen auf, als er sah, daß Jacquemart, eine schreckliche Laune des Schicksals, von seinem eigenen Balkon gehängt werden würde.

Das Gesicht von der breiten Krempe seines schwarzen Huts beschattet, trat Pater Guillaume in der langen Soutane, die über die Kopfsteine schleifte, vor jeden einzelnen Verurteilten hin und schlug das Kreuz. Nur Balle, der nicht einmal stehen konnte, brachte die Kraft auf, diesen scheinheiligen Segen zu verschmähen, und spie nach dem Priester.

Auf ein Zeichen des kommandierenden Offiziers kletterten die Wachposten die Leitern hinauf, um die Schlingen um die Hälse der Gefangenen zu legen. Danach stiegen sie wieder herunter und hoben die abgelegten Maschinengewehre auf. Jacquemart suchte in der Menge nach seiner Frau und rief ihren Namen; Doumont und Jauquet hielten die Köpfe gesenkt. Léon Balle wurde nur von der Schlinge gehalten. Er schien schon das Bewußtsein verloren zu haben. Emilie Boccart rief plötzlich zur Erschütterung der Menge mit ihrer rauchigen Stimme laut *»Vive la Belgique!«*. Der Offizier gab ein Kommando, und die Wachen rissen die Leitern unter den Verurteilten weg. Schreie und Klagen stiegen aus der Menge auf.

Jean sah, daß mehrere der Gehängten zuckten und strampelten. Aus Jacquemarts Hosenbein rann Kot und blieb an Socke und Schuh hängen. Jean war schwindlig, er war sicher, daß er sich gleich übergeben würde. Die Gehängten, die noch zuckten, wurden von den Posten mit Maschinengewehren geschlagen. Einer von ihnen, erbost über Jauquets Zählebigkeit, durchsiebte den Körper des Bürgermeisters mit Kugeln.

Jean Benoîts Welt, die immer schon von Treulosigkeit und Verrat erschüttert worden war, geriet aus den Fugen. Ohnmächtig schlug er auf den kalten Steinboden des Wandelgangs und riß dabei einen kleinen Ziegelstein mit, der unten auf das Pflaster fiel und zersprang.

TIEFES SCHWEIGEN HATTE sich über das Haus gesenkt und vielleicht, dachte sie, über das ganze Dorf. Es war eine Stille, wie sie sie als Kind in den Ardennen manchmal bei dichtem Schneefall erlebt hatte. Einmal, in den Ferien, hatte ihr Vater zwei Paar Skier ausgeliehen, und sie hatten lange Spuren durch die schneebedeckten Wälder gezogen.

Die Hülle des Schweigens war so dicht, daß nicht einmal die gewohnten Geister sich in dieser Nacht rührten: die Stimmen der jungen Männer und alten Frauen, die in ihrer Dachkammer gewohnt hatten, blieben stumm. Sie konnte die Rufe Madame Rosenthals nach ihrem verlorenen Mann nicht mehr hören.

Henri war fort. Wie lange schon? Acht, neun Stunden? Wie spät war es überhaupt? Zwei Uhr morgens, drei Uhr? Sie hatte keine Ahnung. Hinter dem Fenster leuchtete noch der Mond, aber das sagte ihr nichts. War es möglich, fragte sie sich, daß sie Henri nie wiedersehen würde? Sie versuchte, sich das vorzustellen, es zu fühlen, aber die dumpfe Stille erstickte alle Empfindungen.

Früher am Abend, kurz nachdem Henri das Haus verlassen hatte, war Claire aufgestanden, hatte sich gewaschen und frisch angezogen und das Abendessen für den Piloten vorbereitet. Es war das gleiche wie immer, Brot und Käse und scheußlicher Kaffee, und sie gierte plötzlich nach einem Stück Obst, einem Apfel oder einer Birne oder, exotischer, einer Orange oder Banane. Als sie das Tablett nach oben brachte, wich der Pilot, zum erstenmal, seit er aus seiner Bewußtlosigkeit erwacht war, ihrem Blick beharrlich aus und erklärte, er würde die Mahlzeit in der Küche einnehmen – gleich, ob sie es ihm erlaubte oder nicht. Unter normalen Umständen hätte sie protestiert: es hätte keinen gefährlicheren Moment geben können, sich aus dem Versteck zu wagen. Aber es fehlte ihr an Kraft und Willen, sich ihm zu widersetzen.

Er folgte ihr aus der Kammer und stützte sich im Schlafzimmer auf den Schrank und ihre Schulter, um sich aufzurichten. Er tat es vorsichtig, wie ein alter Mann, der aus seinem Sessel aufsteht. Sein Kopf stieß an die schräge Decke, sie selbst reichte ihm gerade bis zum Hemdkragen.

Seine Gesichtszüge hatten sich verändert, seit sie ihn zuletzt gesehen hatte – oder genauer gesagt, ihre Wahrnehmung hatte sich verändert, dachte sie. Seine Augen lagen tiefer, als sie zuvor bemerkt hatte, die Form seines Mundes war klarer gezeichnet, deutlicher ausgeprägt: die gerade Unterlippe, die volle, geschwungene Oberlippe. Sein Gesicht war bärtig, das allzu lange Haar ungewaschen und nur mit den Fingern hinter die Ohren gekämmt. In seinen schlecht sitzenden Kleidern sah er nicht wie ein amerikanischer Flieger aus, sondern eher wie ein Arbeiter. Sein rechtes Bein war schwach und dünn, so daß er es kaum belasten konnte. Mühsam humpelte er zur Treppe und sprang, auf das Geländer gestützt, die erste Stufe hinunter. Sie sah, welchen Abstand er schon zwischen ihnen hergestellt hatte: Er wollte ihre Hilfe nicht.

Sie folgte ihm die Treppe hinunter, die er Stufe um Stufe hinunterhüpfte. In der Küche holte sie ein Handtuch und Henris Rasierapparat, legte beides neben dem Herd zurecht und stellte eine Schüssel dazu. Sie setzte Wasser auf und zog aus der Tiefe einer Schublade im Schrank ein Paket: saubere neue Kleider, die eigens für seine Flucht besorgt worden waren. Sie legte sie auf den Tisch.

Danach ließ sie ihn allein und ging ins Schlafzimmer hinauf. Sie zog das Bett in der Dachkammer ab, wischte Staub und fegte aus, holte frisches Bettzeug, legte die Fotografie der Verlobten des Piloten und den englischen Gedichtband wieder an ihren Platz auf dem Boden. Sie ließ die Tür zur Dachkammer offen und öffnete die beiden Fenster in ihrem Schlafzimmer. Es füllte sich augenblicklich mit kalter, frischer Luft, die, so hoffte sie, auch die abgestandene Luft in der Kammer vertreiben würde.

Als das alles getan war und sie meinte, dem Amerikaner genug Zeit gegeben zu haben, trug sie das alte Bettzeug in die Küche hinunter. Der Pilot saß am Küchentisch, das Haar noch feucht, das Gesicht frisch rasiert. Die neue

Hose verbarg den Verband um sein Bein beinahe ganz. Das Baumwollhemd, noch kragenlos, war ein Stück geöffnet. Mit übergeschlagenen Beinen saß er da, einen Ellbogen auf den Tisch gestützt. Sie blieb an der Tür stehen. Er sah nicht mehr aus wie ein Arbeiter. Mit dem Daumennagel zeichnete er die Kerben in dem alten Eichentisch nach.

Als er sie hörte, sah er auf. Zum erstenmal an diesem Abend blickte er ihr in die Augen.

»Was ist mit Ihrem Mann?« fragte er. »Alles in Ordnung?«

Sie warf das Bettzeug in den Wäschekorb. »Er ist fort. Er muß sich verstecken«, sagte sie.

Sie blieb am Ende des Tisches stehen, und ein langes Schweigen trat ein.

»Und wenn ich nicht wäre, wären Sie mit ihm gegangen«, sagte er schließlich.

»Nein. Ich bin hier sicherer. Wenn ich mit ihm gegangen wäre, dann wäre ich nur eine Last.«

»Das bezweifle ich«, widersprach er und wandte sich ab. »Ich werde auf jeden Fall morgen gehen. Ich brauche einen warmen Mantel, wenn Sie einen auftreiben können.«

»Nein«, sagte sie schnell. »Sie können von hier nicht fortgehen, solange nicht alles für die Flucht vorbereitet ist. Und das wird nicht morgen sein und auch nicht übermorgen. Sie müssen hierbleiben, auch, um nicht mich in Gefahr zu bringen.«

»Na schön, wir werden sehen«, sagte er ruhig.

»Ihr Essen ist oben und wird alt.«

»Ich bin nicht hungrig.« Er wandte sich ihr wieder zu. Er lächelte ein wenig. »Aber eine Zigarette hätte ich gern.«

Sie seufzte. »Meine Zigaretten sind zu Ende.«

Sie überlegte einen Moment, dann nahm sie ihren Mantel vom Haken.

»Wohin wollen Sie?« fragte er.

»Ich habe etwas«, sagte sie.

Die Nachtluft war eisig, aber sie war froh, dem Blick des Amerikaners entronnen zu sein. Sie hatte gemerkt, wie gehemmt sie ihm gegenüber plötzlich war, und ärgerte sich darüber. Es war klar, daß der Pilot Henri im Schlafzimmer gehört hatte, das schreckliche, röchelnde Weinen, vielleicht auch die rauhen Laute beim Liebesakt. Aber nein, das war nicht das Wort für das, was sich im Schlafzimmer zwischen ihr und Henri zugetragen hatte. Von ihrer Seite vielleicht war es ein Akt der Liebe gewesen, oder, genauer gesagt, ein Akt der Großherzigkeit, für Henri jedoch war diese Umarmung ein Akt der Verzweiflung gewesen, in dem er Vergessen gesucht hatte. Sie mußte an ein Tier denken, das ein anderes packt und beutelt, an eine Katze, die in einem plötzlichen Anfall von Raserei blitzschnell einen Baum hinaufklettert.

Das Mondlicht war hell. Ihr Vater hatte oft gesagt, bei gewissen Monden könne man um Mitternacht noch die Zeitung lesen. Als sie den Stall erreichte, ließ sie das Tor weit offen, um drinnen sehen zu können. Sie fand die braunen Glasflaschen in den Holzkisten. Sie nahm drei von ihnen – mehr konnte sie bequem nicht tragen.

Auf dem Rückweg erschreckten sie die schmalen Lichtstreifen an den Rändern der Verdunkelungsvorhänge. Sobald sie drinnen war, ihren Mantel abgelegt und die Flaschen niedergestellt hatte, machte sie das Licht aus, ging zum Fenster und zog die Vorhänge auf. Ein Rechteck bläulichen Lichts fiel über Boden und Tisch.

»Wir sind sicherer, wenn ich mache das Licht aus«, erklärte sie. »Der Mond ist sehr hell heute, und wir können sehen genug.«

Sie reichte ihm eine Flasche.

»Das ist Bier, das mein Mann gemacht hat. Für mich ...«, sie machte eine Handbewegung, »es ist sehr stark. Es ist besser zu essen Käse und Brot dazu.«

Sie ging nach oben, um das Tablett zu holen, und als sie

zurückkam, hatte der Amerikaner zwei der Flaschen schon geöffnet, den Draht aufgedreht und die Korken herausgezogen. Nachdem sie Brot und Käse zum Tisch gebracht hatte, riß sie das Brot in vier Teile und schnitt den Käse in Scheiben. Ihr war jetzt wohler, sie fühlte sich sicherer und entspannter in der dämmrigen Dunkelheit der Küche, den Blicken des Mannes nicht mehr so offen ausgesetzt. Sie stellte zwei Gläser auf den Tisch, aber er ließ das seine stehen und trank direkt aus der Flasche. Sie goß sich selbst ein Glas ein und wartete, bis der Schaum sich setzte.

»Sehr gut«, sagte er und hielt die Flasche in die Höhe.

»Ja.«

Er nahm sich vom Käse und vom Brot. Im Mondschein wirkte seine Haut bläulich, durchscheinend. Sie war selbst hungrig, nahm sich vom Tablett und trank einen Schluck Bier.

»Sie haben doch ein Radio hier, nicht wahr?«

Die Frage überraschte sie. Vielleicht hatte er das Radio an anderen Abenden durch die Decke gehört.

»Ja, das ist wahr«, sagte sie.

»Können wir es anmachen?«

Sie überlegte. Er hatte eine volle Stimme und eine ungezwungene Art zu sprechen, weich und angenehm. Obwohl der Akzent ein anderer war, erinnerte er sie an den eines walisischen Fliegers, den sie einmal in ihrem Haus aufgenommen hatte. Es war gefährlich, gerade jetzt, da die Gestapo im Dorf war, Radio zu hören. Aber vielleicht konnten sie es riskieren, wenn sie die Lautstärke weit herunterdrehten; nur ein, zwei Minuten vielleicht.

Sie stand vom Tisch auf und holte das große, schwere Radio aus seinem Versteck hinter den Ziegelsteinen. Sie stellte es auf den Tisch, wickelte das dicke braune Kabel ab und steckte es ein. Das plötzliche laute Rauschen, als sie das Radio einschaltete, erschreckte sie, und sie drehte es hastig leiser. Da sie im Mondlicht die Skala nicht lesen konnte, suchte sie blind, von Sprache zu Sprache wandernd: Pariser Französisch, wallonisches Französisch – ihre eigene Sprache –, Flämisch, Holländisch, Deutsch, Dänisch. Dann Englisch, BBC. Sie setzte sich und neigte ihren Kopf zum Radio.

Angespannt lauschten sie den Meldungen. Die Deutschen, bei Stalingrad umzingelt, hatten einen Aufruf zur Kapitulation ignoriert. Ein Bus voller Kinder, die wegen der Bombenangriffe aus London aufs Land gebracht wurden, war kurz vor Oxford in einen Graben gestürzt. Dann, ganz ohne Zusammenhang, wie es schien, berichtete der Sprecher von einem Mann, der seinen Gastgebern danken wollte, die ihm einen köstlichen Hasenbraten in Rotweinsoße aufgetischt hatten.

»Da!« sagte sie. »Das ist der Code.«

»Der Code?«

»Ja. Manchmal ich zuhöre und schreibe das auf für … für andere. Wenn die Flieger, ich will sagen, die Flieger, die hier abgestürzt oder abgesprungen sind, wenn sie aus Belgien nach England zurückkommen, dann sagen sie ihren – Vorgesetzten, ja? – was sie zuletzt gegessen haben bei den Leuten, die ihnen geholfen haben, und das wird dem BBC gemeldet und dann über Radio bekanntgegeben – ›Der Hasenbraten in Wein hat gut geschmeckt‹. So erfährt der Maquis, daß die Flieger gut angekommen sind zu Hause.«

Der Pilot ließ sich das durch den Kopf gehen. »Wenn ich also morgen verschwinden würde und ich mich bis nach England durchschlagen könnte, würden Sie eines Tages im Radio hören, ›Das Bier war stark und gut‹.«

Sie lächelte.

Die Nachrichten waren zu Ende. Musik setzte ein.

»Glenn Miller«, sagte der Pilot.

Sie lauschten schweigend. Er hatte sich auf seinem Stuhl zurückgelehnt, so daß sein Gesicht jenseits des Mondlichts im Dunklen war. Er trank zwei Flaschen von dem Bier. Sie trank eine halbe. Sie hörten Aaron Copland und Irving Berlin. Jedesmal sagte er ihr noch vor dem Radiosprecher den Namen des Stücks und des Komponisten.

»Tanzen Sie gern?« fragte er.

»Ich habe lange nicht getanzt.«

»Und vor dem Krieg, sind Sie da tanzen gegangen?«

»Nicht sehr oft. Einmal, in Charleroi, mein Mann ist mit mir tanzen gegangen. Aber hier, in Delahaut? Wir tanzen nur bei Hochzeiten oder bei den Dorffesten. Und bei Ihnen? Gibt es da Tanzfeste?«

»In der Schule«, sagte er. »Und auf den Stützpunkten in England gab's hin und wieder solche Veranstaltungen. Eine war kurz vor Weihnachten. Und für Silvester war natürlich ein Fest geplant, den Tag nach unserem Absturz.«

»Sie vermissen Ihr Flugzeug?«

»Das Flugzeug? Nein.«

»Nein, ich will sagen, vermissen Sie das Fliegen?«

Er trank einen Schluck Bier und stellte die Flasche auf den Tisch. »Ja, ich glaube schon. Fliegen macht mir Spaß. Aber das, was wir da oben getan haben ...« Er hob den Arm zur Decke, »das hatte mit Fliegen nichts zu tun, jedenfalls in meinen Augen nicht. Es war eher, ich weiß auch nicht, eine technische Aufgabe. Eine technische Aufgabe unter ziemlich widrigen Bedingungen.«

»Ja.«

»Wenn ich zurückkomme, stecken sie mich wahrscheinlich in den nächsten Bomber. Vielleicht werde ich eines Tages wieder über Ihr Dorf fliegen.«

»Und nicht abstürzen.«

»Nein, und nicht abstürzen.«

»Ich denke, Sie müssen sich vorbereiten auf eine lange Wartezeit. Es kann sein, daß die Flucht lange nicht möglich ist. Mein Mann hat mir das gesagt. In Delahaut ist jetzt jeder Fremde in großer Gefahr.«

»Sagen Sie mir etwas über diese Vergeltungsmaßnahmen«, bat er. »Was geschieht mit den Dorfbewohnern, die festgenommen worden sind?«

»Das weiß ich nicht. Normalerweise …« Sie sprach nicht weiter.

»Sagen Sie es mir.«

»Normalerweise gibt es Exekutionen.«

Er zog mit der Flasche kleine Kreise auf der Tischplatte. »Hat es hier schon früher einmal solche Vergeltungsmaßnahmen gegeben?«

»Nein, nicht in unserem Dorf, aber in anderen Dörfern.«

»Vielleicht wird es diesmal keine Exekutionen geben«, sagte er.

Sie schwieg.

Er hob die Flasche, hielt sie einen Moment in der Hand und stellte sie so hart auf den Tisch, daß sie fürchtete, sie würde zerspringen.

Er sah, daß sie ihn beobachtete, und entspannte sich ein wenig.

»Wollten Sie keine Kinder?« fragte er, das Thema wechselnd. »Ach, entschuldigen Sie, das geht mich wirklich nichts an.«

»Nein, macht nichts. Nein, ich will keine Kinder. Nicht solange Krieg ist.«

»Und später?«

»Ich weiß es nicht.«

Ein verlegenes Schweigen hing zwischen ihnen.

»Und Sie?« fragte sie schließlich. »Nach dem Krieg heiraten Sie die Frau auf dem Bild?«

Er beugte sich vor, kam wieder ins Licht. »Ja, vermutlich. So hatten wir's geplant. Es scheint ewig her zu sein. Es quält mich, daß zu Hause niemand weiß, was geschehen ist. Ich will nicht, daß sie sich Sorgen machen.«

»Wenn es nicht mehr gefährlich ist, schreibe ich an Ihre Verlobte.«

»Ja, danke. Eigentlich wäre es mir lieber, Sie schrieben an meine Schwester.«

»An Ihre Schwester?«

»Frances, ja. Sie hat mich großgezogen, ich meine, sie hat meine Mutter für mich vertreten. Ich glaube, sie macht sich die größten Sorgen.«

»Gut, das werde ich tun«, sagte sie. »Ich werde schreiben an Frances. Bevor Sie gehen, Sie mir geben die Adresse, ja?«

»Ja, natürlich.«

»Und wenn Sie wieder zu Hause sind, müssen Sie mir schreiben, ja? Aber vielleicht erst, wenn der Krieg vorbei ist. Zur Sicherheit.«

Er nickte.

Sie stand auf und schaltete das Radio aus, wickelte die Schnur wieder auf. Einen Moment lauschte sie nach draußen, hörte nichts. Sie trug das Radio wieder zu seinem Versteck und schob sorgfältig die Ziegelsteine in die Öffnung.

»Sie sind fertig?« fragte sie neben ihm.

»Ich liebe Ihre Stimme«, sagte er. »Sie ist sehr tief für eine Frau, aber sehr schön.«

Sie hielt die Flasche in ihren Armen. Die Sprache, dachte sie, spielte keine Rolle, es gab eine Grenze, die man nicht überschreiten durfte, und er hatte sich zu nah herangewagt. Es gab nichts zu erwidern auf seine Worte. Sie trug die drei leeren Flaschen in die Speisekammer.

»Der Name Ihres Flugzeugs …«, sagte sie von draußen.

»Woman's Home Companion«, rief er ihr zu.

»Auf der Seite des Flugzeugs«, sagte sie, »ist ein Bild, über das die Männer gelacht haben. Aber sie haben mir nicht gesagt, was es ist, als ich gefragt habe.«

Sie sah das Lächeln auf seinem Gesicht, als sie wieder in die Küche trat. »Ich werde es Ihnen eines Tages verraten«, sagte er. »Aber nicht heute abend.«

»Bevor Sie fortgehen?«

»Ja, gut.«

Sie räumte den Tisch ab, machte ihn sauber, stellte alles weg, legte den Rasierapparat und die Seife in eine Schublade und versteckte die schmutzigen Kleider und das Handtuch unter dem Bettzeug im Wäschekorb. Nachdem sie die restlichen Kohlen im Herd verteilt hatte, nahm sie ihren Mantel vom Haken und zog die Vorhänge zu.

»Räumen Sie jeden Abend so gründlich auf?« fragte er in der Dunkelheit.

»Ich bin immer vorsichtig, aber heute abend bin ich besonders vorsichtig. Mein Mann hat es mir geraten.«

»Und den Mantel . . .«

»Ich nehme den Mantel, damit sie glauben, ich bin fort.«

»Und darum schließen Sie auch die Tür nicht ab?«

»Ja.«

»Und wenn sie kommen?«

»Sie kommen nicht.«

»Aber warum . . .?«

»Die Gewohnheit.«

In der Finsternis trat sie neben ihn.

»Ich lege hier meine Hand«, sagte sie und berührte ihn leicht am Ellbogen. »Ich kenne das Haus auch im Dunklen.«

Sie führte ihn zur Treppe, und er zog sich am Geländer nach oben, ließ sich von ihr ins Schlafzimmer helfen. Jetzt spendete der Mond, der durch das offene Fenster schien, etwas Licht.

»Kalt hier drinnen«, sagte er.

»Ich habe die Fenster aufgemacht. Für frische Luft.«

Er stand dicht vor ihr, eine große dunkle Gestalt in dem kleinen Zimmer. Mit einem Arm stützte er sich an die schräge Decke.

»Claire . . .«

Sie trat instinktiv zurück und suchte mit der Hand den Pfosten am Fußende des Betts. Die Nähe des Betts erfüllte sie jetzt mit peinlicher Verlegenheit. Zu frisch noch war die Erinnerung an die Momente der Intimität mit Henri, deren Zeuge der Amerikaner drüben hinter seiner Wand geworden war.

»Claire, Sie sollten sich nicht für mich in Gefahr bringen«, sagte er.

Sie schüttelte nur den Kopf und wandte sich ab.

»Ich habe das oft getan«, erwiderte sie und faltete den Mantel, um ihn über das Fußbrett zu legen. »Es ist nichts.«

Sie sah, wie er sich umdrehte, die Kleiderbügel auseinanderschob und die Rückwand des Schranks öffnete.

Als sie gewiß war, daß die kleine Tür zur Kammer geschlossen war, trat sie zum Schrank und lehnte sich dagegen.

Das Bier hatte sie nicht schläfrig gemacht, eher unruhig. Wenn sie in den Minuten oder Stunden, seit sie sich ausgekleidet und niedergelegt hatte, überhaupt Schlaf fand, so war er von Träumen geplagt, die entflohen, bevor sie sie einfangen konnte.

Vielleicht hatte sie Angst. Allein in diesem Haus. Sie fragte sich, wo Henri in diesem Moment war. Fror er? Hatte er etwas gegessen? Hatte er ein Bett, in dem er schlafen konnte, oder war auch er irgendwo in einer Dachkammer versteckt? Hätte sie mit ihm gehen sollen? Aber wäre sie nicht nur eine Belastung für ihn gewesen, die die Gefahr vergrößerte?

Sie zog die Decken über ihren nackten Schultern hoch. Henri verströmte Wärme. Wenn er nicht bei ihr im Bett war, brauchte sie zusätzliche Decken. Sie dachte an Léon, dem sie die Brille zerschlagen hatten. War er jetzt schon tot? Hatten sie ihn zu Tode geprügelt und weggeschafft? Wie war das eigentlich, wenn man zu Tode geprügelt wurde? Welcher Schlag führte den Tod herbei? Oder war es so, daß der ganze Körper in einem bestimmten Moment einfach aufgab? Und was war mit Thérèse und Emilie?

Würde man sie nach Ravensbrück schicken? Es hieß ja, daß sie die Frauen dorthin deportierten. Aber im Grunde wußte niemand etwas mit Sicherheit. Wenn jemand aus dem Dorf abgeholt wurde, erfuhr man nie, wohin er oder sie gebracht worden war. Und Claire hatte noch nie von jemandem gehört, der aus den Konzentrationslagern zurückgekehrt war. Allerdings, wenn wirklich nie jemand wieder herauskam, woher wußte man dann, daß es sie gab, außer aus den Geschichten, die durchsickerten? Es gab zweifellos amtliche Unterlagen, aber diese Unterlagen erzählten gewiß nicht die Geschichten, die sie gehört hatte – grauenvolle Geschichten, die man kaum glauben konnte. Nach Deutschland deportiert werden, hieß in einem Nebel verschwinden, aus dem, so schien es, keiner wieder herausfand.

Motorengeräusch und das Knirschen des Kieses unter schweren Rädern trieben sie in die Höhe. Das Herz klopfte ihr bis zum Hals. Sie hörte, wie vier Türen geöffnet wurden, eine nach der anderen, dann zwei zugeschlagen wurden.

Beim ersten deutschen Wort sprang sie aus dem Bett, zog mit einer schnellen Bewegung die Decke über das Kopfkissen und lief zum Schrank. Mit einem unterdrückten Aufschrei der Angst riß sie die Tür auf, schob die Kleider auseinander, öffnete die Geheimtür. Der Amerikaner setzte sich auf, als sie plötzlich in der Kammer stand. Sie legte einen Finger auf ihre Lippen. Sein Gesicht verriet seine Verwirrung, vielleicht glaubte er zu träumen.

Sie hörte Schritte auf dem Kies, ein Klopfen, einen deutschen Ruf. Mit Entsetzen fiel ihr ein, daß ihr Mantel noch sauber gefaltet über dem Fußbrett des Betts hing. Über ihr Nachthemd stolpernd kroch sie durch den Kleiderschrank ins Schlafzimmer, packte den Mantel, zog ihn mit sich und warf ihn in die Kammer hinüber. Er zog die Schranktür zu und verteilte die aufgehängten Kleider wieder gleichmäßig. Jetzt waren sie unten in der Küche – sie hörte Schritte, Stimmengemurmel, Befehle.

Er kehrte in die Dachkammer zurück und schloß leise die Geheimtür. Dann legte er sich aufs Bett. Claire hockte zusammengekauert an der Wand, die Faust auf den Mund gedrückt. Sie sah einander unverwandt in die Augen, während sie den Geräuschen draußen im Haus lauschten.

Sie schloß nur einmal kurz die Augen, als sie die ersten Schritte auf der Treppe hörte. Die Gestapoleute versuchten gar nicht, ihre Anwesenheit geheimzuhalten – ihre Stiefel polterten wie in schnellem Lauf die Treppe hinauf. Sie hörte erst einen Mann, dann noch einen im Schlafzimmer. Ein dumpfes Krachen, als irgend etwas Hartes aufs Bett geschlagen wurde. Ein Rascheln, als Steppdecken und Laken zurückgeworfen wurden. Wenn sie das Laken abtasteten und die Wärme spürten, dachte sie, würden sie Bescheid wissen. Eine Schublade wurde aufgerissen. Kleider wurden auf den Boden geworfen. Sie hörte das Klirren ihrer Rosenkranzperlen. Einen Mann, der auf Knien kroch – unter das Bett schaute? Dann trat einer zum Schrank, seine Stiefel keinen Meter von der Kammer entfernt. Claire hörte, wie die Tür geöffnet, Wäsche und Kleidungsstücke zu Boden gefegt wurden, wie Metall prüfend auf Holz klopfte. Wenn der Mann im Dunkel des Schranks die Umrisse der Geheimtür entdeckte, würden Claire und der Amerikaner innerhalb von Sekunden gefunden werden.

Eine müde Stimme. Die andere mit einem Unterton der Verdrossenheit. Die beiden Stimmen klangen überraschend jung, keine Knaben, aber doch eindeutig sehr junge Männer. Sie hörte das Quietschen der Sprungfedern, als hätte einer der Männer sich gerade aufs Bett fallen lassen. Ein Witz über süße Träume. Eine barsche Frage von unten. Eine schnelle, devote Antwort. Wieder das Quietschen des Betts, als der Mann aufstand. Schritte, die sich entfernten.

Sie wartete. Die Schritte nur eines Mannes auf der Treppe. Warum ging der andere nicht auch hinunter? Suchte er noch etwas? Konnte er vom Flur aus in die Ritze hinter dem Schrank sehen, die Geheimtür erkennen? Sie hörte ihn ins Schlafzimmer zurückkehren und grub ihre Zähne in die gekrümmten Finger, um nicht aufzuschreien. Der Mann hob irgend etwas vom Boden auf. Sie hörte das feine Rascheln von Stoff – weich und seidig. Vielleicht ein Schlüpfer, dachte sie, oder ihr Morgenrock. Sie hörte das Kleidungsstück nicht zu Boden fallen. Endlich Schritte auf der Treppe.

Der Amerikaner hob ein klein wenig den Kopf. Sie legte wieder den Finger auf die Lippen. Er sah ihr forschend ins Gesicht. In der Küche wurde ein Stuhl über den Boden gezogen. Wasser rauschte. Das Knallen von Stiefelabsätzen auf Stein. Sie hörte ganz deutlich, wie einer der Männer in einen Metalleimer urinierte. Dann das Scheppern der Glasscheibe in der Küchentür, als diese geschlossen wurde. Sie zählte genau. Zwei Autotüren wurden geöffnet; vier zugeschlagen. Sie hatten niemanden zurückgelassen. Es sei denn, sie wollten sie hereinzulegen.

Der Kies knirschte unter den Reifen des Wagens.

Sie senkte den Kopf auf ihre Knie, umschlang mit beiden Armen ihre hochgezogenen Beine.

»Sie waren zu viert?«

»Ja.«

»Und jetzt sind sie weg?«

»Ja.«

»Sie sind sicher?«

»Nein.«

»Waren sie von der Gestapo?«

»Ja.«

»Woher wissen Sie das?«

»Nur die Deutschen haben Autos.«

»Was haben sie gesagt?«

»Ich habe nicht alles gehört.«
»Und was haben Sie gehört?«
»Sie sagten, ich mich vielleicht mit Henri versteckt hätte.«
»Und was noch?«
»Einer sagte, er möchte sich in mein Bett legen.«
»Das war wohl da, als sie gelacht haben?«
»Ja.«
»Glauben Sie, sie kommen wieder?«
»Es ist möglich.«
»Sollten wir nicht lieber verschwinden?«
»Nein.«
»Warum nicht?«
»Hier sind wir sicherer.«
»Wie fühlen Sie sich?«
»Es geht.«
»Sie zittern.«
»Die Kälte.«
»Hier, ziehen Sie Ihren Mantel an.«

Sie hob den Kopf. Er hatte sich aufgesetzt und hielt ihr den Mantel hin. Sie schob einen Arm in einen kühlen Ärmel, zog den Mantel über ihr Nachthemd, schlüpfte in den anderen Ärmel. Sie zog ihr Haar unter dem Kragen heraus. Sein Gesicht war dem ihren sehr nahe.

»Bleiben Sie hier«, sagte er und legte ihr die Hand auf die Schulter. »Schlafen Sie hier. Es kann ja sein, daß sie wiederkommen.«

»Nein, das kann ich nicht. Das ist nicht richtig.«

»Richtig ist, daß Sie jetzt sehr vorsichtig sein müssen. Hören Sie auf mich. Das nächstemal haben Sie vielleicht nicht so viel Glück.«

Das gab ihr zu denken. Wenn sie nicht schon wach gewesen wäre, hätte sie dann den Wagen überhaupt gehört? Hätte sie so schnell reagieren können?

»Ich bleibe eine Weile hier sitzen. Aber Sie schlafen.«

»Vielleicht sollten wir abwechselnd schlafen.«

Sie neigte den Kopf zur Seite. »Ich verstehe Sie nicht.«

»Abwechselnd. Ich schlafe eine Weile, und dann schlafen Sie eine Weile.«

Sie dachte darüber nach. »Ja, gut. Sie schlafen zuerst.«

Er schüttelte den Kopf. »Claire, ich habe seit Tagen *nur* geschlafen. Kommen Sie, tauschen wir die Plätze. Sie legen sich hin, und ich halte Wache. Wenn ich etwas höre, wecke ich Sie.«

Sie sah ihn lange an. Als er zu Bett gegangen war, hatte er die Hose ausgezogen und sie gefaltet in die Ecke gelegt. Jetzt griff er nach ihr, schob ungeschickt erst den einen Fuß hinein, dann den anderen, zog die Hose hoch und knöpfte sie zu. Er trat näher an die Wand und deutete auf das Bett, zum Zeichen, daß sie sich niederlegen sollte. Als sie zögerte, schob er ihr die Hand unter den Ellbogen, um sie zu führen.

Wortlos legte sie sich nieder. Das Bett war noch warm von ihm. Er zog die Steppdecke über ihr hoch. Allmählich wurde ihr warm, und das Frösteln ließ nach. Die Leintücher rochen wunderbar frisch. Er stand noch einmal auf, öffnete die Kammertür und dann auch die Schranktür einen Spalt.

»Was soll das?« fragte sie.

»Ich lehn die Tür immer an, damit ein bißchen Luft hereinkommt«, sagte er.

Seine Worte gingen ihr im Kopf herum. »Dann hören Sie mich drüben im Schlafzimmer«, flüsterte sie.

Er antwortete ihr nicht.

Sie fiel beinahe augenblicklich in einen traumlosen Schlaf.

SIE HATTE ETWAS sehr Friedliches im Schlaf. Er empfand es als eine Art Unschuld. Seit Stunden saß er und sah sie an. Mit dem Untergehen des Mondes hatten ihre Gesichtszüge sich verwischt, waren ihm verlorengegangen. Jetzt, da der Morgen kam, sickerte langsam das erste graue Licht in die Kammer. Ihr Gesicht und ihr Mund wurden wieder sichtbar.

Sie lag mit leicht gekrümmtem Körper und hielt die eingeschlagenen Hände am Ansatz ihres Halses. Er saß an die Wand gelehnt, das verletzte Bein ausgestreckt, das gesunde hochgezogen, den Unterarm auf den abgewinkelten Knie.

Diesen Hauch der Unschuld hatte er schon wahrgenommen, bevor er sie im Schlaf gesehen hatte. Er entströmte von Anfang an ihrer Sprache – dieser kehligen Sprache mit den stockenden Worten, den ungrammatischen Sätzen, die in ihrer Fehlerhaftigkeit voll Poesie waren. Und dennoch wußte er, daß ihre Sprache täuschte, das war nicht Unschuld, sie war Fassade der Unschuld. Würde er versuchen, ihre Sprache – französisch – zu sprechen, so würde man ihn für weniger als unschuldig halten – für einen Schwachkopf. Und nur er allein wußte, daß er seine Unschuld lange verloren hatte.

Genau wie sie. Er brauchte nur daran zu denken, was sie erlebt hatte, was sie hatte mitansehen müssen. Er brauchte nur an ihre Klugheit zu denken, diese Gewitztheit, die notwendige Voraussetzung zum Überleben war. Kein Mensch in diesem Land, in ganz Europa vielleicht, außer den kleinsten Kindern, konnte zu den Unschuldigen gezählt werden, dachte er. Erfahren zu haben, was sie hatten erfahren müssen, bedeutete schon den Verlust der Unschuld.

Er dachte an den Jungen. Den Mut dieses einen Kindes. Hätte er selbst als Zehn- oder Zwölfjähriger eine solche Tat vollbringen können, hätte er einen solchen Rettungsversuch überhaupt gewagt? Er hätte gern gewußt, wie es dem Jungen seither ergangen war. Hatte auch seine Familie unter den Vergeltungsmaßnahmen der Deutschen leiden müssen? »Exekutionen« hatte sie gesagt, fehlerlos, kein Hauch von Poesie in diesem Wort. Sie hatte von Beginn an alles gewußt, aber ihn hatte sie nur zögernd eingeweiht.

Er betrachtete ihr schlafendes Gesicht. Das Haar war ihr in die Stirn gefallen. Ihr Mund war leicht geöffnet. Er begehrte sie seit dem ersten Abend, als sie ihn in ihr Haus gebracht hatte, aber er verstand es nicht ganz. Warum diese Frau und nicht eine andere? Die Antwort konnte nicht einfach lauten, daß sie und keine andere hier war. In England gab es andere Frauen genug, aber solches Begehren hatte er nie verspürt, nicht in diesem Maß wie jetzt. Er wußte nur, daß sie auf einer starken körperlichen Anziehung beruhte, die nicht allein sexueller Natur war, einem Verlangen, ihr verbunden zu sein, sie zu berühren. Er begehrte diese Frau, auch jenen Teil von ihr, den er noch nicht kennengelernt hatte. Es war nicht nur ihr Gesicht, wenn er auch jetzt schon wußte, daß er ihres Mundes niemals müde werden würde, es war auch nicht nur ihr Körper, den er vor wenigen Stunden im Mondlicht unter dem dünnen Nachthemd gesehen, bevor er ihr in den Mantel geholfen hatte. Ebensowenig war es nur das Timbre ihrer Stimme, dieser dunklen, kehligen Stimme, die manchmal beinahe hypnotisierend auf ihn wirkte und die er selbst jetzt in Gedanken hören konnte. Und es konnte auch nicht lediglich eine Kombination dieser körperlichen Eigenschaften sein. (Oder doch? Gab es das, daß eine besondere Konstellation körperlicher Eigenschaften einen anderen Menschen unwiderstehlich anzog?) Aber sein Verlangen ging über das Körperliche hinaus – das wußte er schon. Es schloß ein, was sie ihm noch nicht gegeben hatte. Er wollte mehr als die stockenden Worte. Es war, als übte das Geheimnis ihrer Sprache, eben diese Barriere, einen Reiz auf ihn aus, der ihn dazu verdammte, nach der Verbindung mit einer Frau zu streben, die niemals ganz gekannt werden konnte und daher auf immer begehrenswert bleiben würde.

Wie die Emulsion langsam das fotografische Bild zum Vorschein bringt, enthüllte das zunehmende Licht allmählich Stellas Gesicht auf dem abgegriffenen Foto, das neben ihm auf dem Boden lag. Er hatte sie schon verraten, obwohl er die Frau auf dem Bett an seiner Seite nicht angerührt hatte. Allein das Eingeständnis seines Begehrens war Verrat an Stella.

Doch er mußte jetzt an Stella denken, die wirklich unschuldig war, und ebenso an Henri Daussois. Und er konnte nicht an Henri denken, ohne wieder die erschütternden Laute zu hören, die er vor Stunden erst, wie viele waren es? zwölf?, als Henri und seine Frau miteinander im Bett gewesen waren, durch die Wand belauscht hatte. Was Henri erzählte, hatte er nicht verstanden, aber das erstickte Röcheln und das Husten waren so unmißverständlich gewesen wie die anderen Geräusche, die danach folgten und die er am liebsten vergessen hätte.

Die Vorstellung, Stella zu betrügen, war schlimm genug, weit schlimmer aber wäre es, Henri zu betrügen. Mochte Ted auch wünschen, Claires Mann würde einfach verschwinden, er kam nicht an der Tatsache vorbei, daß Henri Daussois dabei geholfen hatte, sein Leben und das anderer Flieger zu retten, und vielleicht in diesem Moment sein eigenes Leben aufs Spiel setzte, um Ted nicht zu verraten. Claire anzurühren, ihr auch nur Dinge zu sagen, wie er das in der Küche getan hatte, als er von ihrer schönen Stimme gesprochen hatte, wäre Verrat an ihrem Mann und an all den Menschen, die sich unter Gefahren zusammengetan hatten, um ihn zu retten.

Er sah sich in dem kleinen Raum um, in dem er nun seit neunzehn Tagen versteckt war. Er hörte wieder die Stimmen der Deutschen, die schweren Schritte dicht an der Wand, hinter der er gelegen hatte. In diesem Moment war die Dachkammer die einzige Welt, die existierte, eine Welt, in der für immer zu bleiben er vielleicht zufrieden gewesen wäre. Sie hatte gesagt, »Im Krieg gelten keine Abmachungen«, und er hatte selbst erfahren, daß der Krieg alle Regeln umgestoßen hatte.

Er streckte sein Bein aus und verlagerte ein wenig sein Gewicht. Er hob Stellas Foto vom Boden auf, schob es zwischen die Seiten des Gedichtbands und schloß das Buch. Auf den Unterarm gestützt, drehte er sich auf die Seite. Sein Gesicht war nur Zentimeter von dem Claires entfernt. Er musterte ihre Züge, die Form ihres Kopfes. Mit dem Finger zeichnete er die Linie ihres Mundes nach. Die Berührung weckte sie, und sie öffnete die Augen. Er legte seinen Finger auf ihre Lippen.

Sie sah ihn an, ohne sich zu rühren.

»Verstehst du?« fragte er

Sie zögerte, dann nickte sie leicht.

Er beugte sich über sie und legte seine Lippen auf ihren Hals. Sein Gesicht auf ihre Schulter gebettet, atmete er ihren Duft ein. Mit einer Hand griff er in ihr Haar, dieses schwere, dunkelblonde Haar, und vergrub, wie er das schon so lange hatte tun wollen, die Finger in seiner Fülle. Nach einer Weile nahm er eine schwache Bewegung wahr, dann spürte er ihre Hand in seinem Nacken.

Er setzte sich auf und öffnete ihren Mantel. Er streifte einen Träger ihres Nachthemdes von ihrer Haut und verspürte dabei eine seltsame Mischung aus Frieden und Erregung. Ein Bild kehrte wieder: Er lag auf den Knien und entschleierte eine Frau.

8. Februar 1944

ER BLICKTE DURCH das Glas, hob die Metallstange an und öffnete das Fenster. Obwohl die Luft noch kühl war, konnte er die Erde riechen. Er dachte an den Frühling in Ohio, wenn die Bauern nach einem langen Winter hinausfuhren, um den Boden zu bestellen, und eine steinige, graue Wüste in eine fruchtbare, von braunen Furchen gewellte Landschaft verwandelten. Aber das hier war ein falscher Frühling, Trug. Es war erst Februar.

Er drehte seine fünfzigste Runde – an der Tür vorbei, um den Tisch herum, am Herd und am Spülstein entlang, vorüber am Küchenbuffet und an den Mantelhaken, auf der anderen Seite um den Tisch herum und zurück zur Tür. Insgesamt ungefähr achteinhalb Meter, schätzte er. Mal hundert, grob gerechnet eine halbe Meile. Wenn sie nicht bald zurückkam, würde er sich die Treppe vornehmen.

Er war jetzt länger als einen Monat hier. Zwanzig Tage waren vergangen, seit die Gestapo das Haus durchsucht hatte. Zwanzig Tage, seit Henri in ein Versteck des Maquis geflohen war. Zwanzig Tage, seit Ted und Claire sich das erstemal geliebt hatten. In seiner Runde innehaltend, wie er innerlich jedesmal innehielt, wenn er an sie und sich zusammen dachte, meinte er, sich jedes einzelnen dieser zwanzig Tage, jeder Umarmung genau erinnern zu können.

Die erste war die zaghafteste gewesen, die keuscheste, da sie beide kaum etwas voneinander wußten. Sie waren getrieben gewesen, als wäre ihnen nur dieses eine Mal gegönnt, als könnten sie jeden Moment in ihrem Versteck gefunden werden. Er erinnerte sich, daß er sie die ganze Nacht angesehen und sie schließlich mit der Berührung seines Fingers, der ihren Mund nachzeichnete, geweckt hatte. Sie schien da schon zu wissen, was geschehen würde. Sie zog seinen Hals näher, und diese eine Geste verriet ihm, daß sie miteinander schlafen würden.

Unter dem Mantel trug sie das Nachthemd, dessen Farbe ihn an vergilbtes Elfenbein erinnerte. Er streifte ihr die schmalen Träger von den Schultern und entblößte ihre Brüste. Sie rührte seine Kleider nicht an (weil sie einmal jemandem gehört hatten, den sie kannte?), sondern wartete, bis er selbst sich entkleidete. Er erinnerte sich, daß nichts an ihrem Verhalten schamhaft oder gehemmt gewesen war. Er küßte sie und wußte, daß er das Gefühl der Erlösung bei diesem ersten Kuß niemals vergessen würde. Ihre Haut war weich, er dachte an frischgeschlagene Butter, und er fühlte unter dem Nachthemd, das jetzt zu ihren Hüften hochgeschoben war, die wunderbare geschwungene Linie ihres seitlich liegenden Körpers von ihrem Brustkorb bis zu ihren Beinen. Sie sprach kein Wort. Er war lange nicht mehr mit einer Frau zusammengewesen und hatte Angst, er könnte sie um den Genuß bringen, doch sie hatten einander gefunden. Er erinnerte sich an das köstliche Gefühl, das sich aus Furcht und Beglückung mischte, ein Gefühl, das ihm ganz neu war. Nur wenige Stunden zuvor wären sie beinahe von der Gestapo gefunden worden. Nie war er sich der Zeit so klar bewußt gewesen wie in dieser Nacht, jeder Minute und Sekunde dessen, was in diesen Zeitabschnitten vorging.

Hinterher wollte er nicht schlafen. Ihm war, als würde er dann etwas Wichtiges versäumen. Er hüllte sie wieder in ihren Mantel. Ihr Haar war wirr, und ihre nackten Füße sahen unter dem Saum ihres Nachthemds hervor. Er hielt sie in den Armen, während sie schlief. Und als sie später die Augen öffnete und ihn neben sich sah, lächelte sie. Daran erinnerte er sich ganz deutlich. Bevor er etwas sagen konnte, ergriff sie seine Hand und legte unerwartet und erregend seine Finger auf ihren Mund. Es war eine Geste so starker Erotik, wie er sie noch nie erlebt hatte, und nie konnte er an diesen Moment denken, ohne augenblicklich danach zu verlangen, mit ihr zu schlafen. Wie er das in jener Nacht noch einmal getan hatte, ehe er endlich eingeschlafen war.

Er besaß jetzt Erinnerungen, Hunderte von Erinnerungen in zwanzig Tagen. Die glücklichsten Tage seines Lebens in diesem Haus, in diesem Krieg. Er hielt es für möglich, daß es auch für Claire die glücklichsten Tage gewesen waren. Er wußte, daß er sie glücklich machte. Sie sprach selten mit ihm über das, was zwischen ihnen war, aber sie pflegte eine Bewegung satten Wohlbehagens zu machen, bei der sie ihren Rücken durchdrückte und mit beiden Händen von hinten ihr Haar in die Höhe schob. Manchmal sah sie ihn dabei an und lächelte. Er liebte es, sie das tun zu sehen, wenn sie nackt war und ihre Brüste sich mit ihren Armen hoben.

Nach dem nächtlichen Überfall der Gestapo hielten sie sich zwei Tage lang in der Dachkammer versteckt und verließen diese nur, wenn es unbedingt nötig war. Die meiste Zeit lagen sie auf dem Bett, und er hielt sie unter der Decke in den Armen. Sie schien ein großes Bedürfnis nach Schlaf zu haben. Sie sprachen wenig, spürten vielleicht, wie sehr zwischen ihnen alles in der Schwebe hing, wie leicht das durch ein falsches Wort, eine falsche Erinnerung zerstört werden konnte.

Am dritten Tag, nachdem sie vierundzwanzig Stunden lang nichts gegessen hatten, bemerkte er, daß Claire sehr schwach war. Sie schwankte beinahe unmerklich, als sie aufstand, um sich anzukleiden. Er hielt sie am Arm fest und sagte, er würde gehen, um Wasser und etwas zu essen zu besorgen. Sie schüttelte den Kopf. Bist du verrückt? fragte sie und beharrte darauf, selbst die Besorgungen zu machen. Immer noch behindert durch sein Bein, hatte er dem nichts entgegenzusetzen. Die Stunden ihrer Abwesenheit waren eine Qual. Jedes ungewohnte Geräusch, jedes Knacken in dem alten Haus ließ ihn fürchten, sie hätten sie gefaßt.

Auf dem Waldweg, dem sie schon früher vertraut hatte, war sie zu Omloops Laden gegangen und schließlich mit mageren Vorräten und schrecklichen Neuigkeiten heimgekehrt: zehn Dorfbewohner waren gehängt worden; siebenunddreißig in Gefangenenlager im Osten deportiert worden. Viele waren geprügelt worden, auch Jean Benoît, der Junge, der Ted im Wald gefunden hatte.

Ted hielt sie in den Armen, während sie weinte.

»Ich habe gekannt diese Leute, die sie haben gehängt«, sagte sie. »Ich sie habe gekannt mein ganzes Leben.«

Er legte seine Hand an ihren Hinterkopf und drückte ihr Gesicht an seine Schulter. Er war selbst so außer sich, daß er kaum atmen konnte. Er hatte die Nazis gehaßt, hatte in der Luft manchmal Todesangst vor ihnen gehabt. Aber selbst da hatte er die ganze schreckliche Unmenschlichkeit dieses Krieges nicht begriffen. Er war, abgesehen von einem kurzen Blick in ein Cockpit, nie gezwungen gewesen, dem Feind ins Gesicht zu sehen. Die Flugzeuge wirkten als eine Art Puffer. Man saß abgeschirmt in seinem Gehäuse und ließ sich von dem Eindruck täuschen, der Krieg sei ein Spiel – ein Spiel, bei dem es um Witz und Geschicklichkeit ging. Er kannte Piloten, die beinahe mit Hochachtung von den deutschen Fliegern sprachen, mit denen sie aneinandergeraten waren. In der Luft war es leicht, sich in dem Glauben zu wiegen, man hätte es mit Männern gleicher Denkungsart zu tun. Hier jedoch, auf belgischem Boden, in einem Dorf, wo zehn unschuldige Geiseln gehängt worden waren, gab es keinen Puffer, keine Illusion.

»Ich finde, wir sollten hier so schnell wie möglich verschwinden«, sagte er. »Wir sollten versuchen, über die Grenze zu kommen.«

Sie trat von ihm weg und sagte, ohne ihn anzusehen:

»Nein. Das ist nicht mehr möglich jetzt.« Sie wischte sich die Wangen mit den Fingern und schüttelte ihr Haar. »Außerdem«, fügte sie hinzu und räusperte sich, »habe ich gehört, daß die Gestapo nicht gesucht hat *mich*. Nur Henri. Es ist besser für uns, wenn wir bleiben hier ganz still.«

Sie ließ sich nicht von ihm überreden, und zwingen konnte er sie nicht. Dennoch vergingen fünf Tage, ehe sie sich wieder aus dem Haus wagte. In dieser Zeit sprachen sie viel miteinander.

»Hast du Verwandte in Delahaut?« fragte er sie eines Morgens.

»Sie sind nach Charleroi gezogen vor dem Krieg. Meine Mutter ist sehr gebrechlich jetzt. Ich bin das jüngste von elf Kindern.«

»Elf Kinder? Wir waren nur drei Geschwister, und schon da war manchmal der Teufel los.«

»Ja, wir haben nie genug Platz gehabt, als ich war klein. Aber einige meiner Geschwister sind viel älter als ich und hatten eigene Kinder schon damals. Ich habe – wie sagt man? – Nichten und Neffen die sind älter als ich.«

»Sehr kompliziert.«

»Bei uns die Familie ist ... äh ... alles? Ja? Die Familie ist das Wichtigste. Und hier, in Delahaut, viele von uns sind miteinander verwandt. Ich bin eine Cousine von Henri.«

Ted, der ausgestreckt neben ihr gelegen hatte, richtete sich auf. »Du bist seine Cousine? Ist da die Heirat denn erlaubt?«

»Sehr entfernte Cousine, dann es macht nichts.« Sie sah von ihm weg. Mit einem Finger strich er an ihrem Haaransatz entlang bis zu ihrer Schläfe und überlegte, wie er seine nächste Frage stellen sollte. Er küßte ihr Ohr. Und am Ende fragte er einfach.

»Hast du Henri aus Liebe geheiratet? Liebst du ihn jetzt noch?« Er sprach hastiger, als er gewollt hatte.

Sie sah ihn an. Sie hatten nie von Liebe gesprochen. Einmal hatte sie zu ihm gesagt, sie möge sein Gesicht. Aber von Liebe war nie die Rede gewesen.

»Ich wußte schon, daß ich werde heiraten Henri, als ich noch war ein kleines Mädchen. Es war keine Heirat von den Eltern arrangiert, wie in alten Zeiten, aber wir es wußten alle beide. Ich denke, daß Liebe ist nicht so wichtig in so einer Ehe, ja?«

Beinahe hätte er gelächelt. Vielleicht tat er es sogar.

»Eines Tages vielleicht meine Mutter wird hierher kommen, und du sie wirst kennenlernen. Sie ist *marraine de guerre*.«

»Was ist das?«

»Sie ist Patin für Soldaten.«

»Das verstehe ich nicht.«

»Meine Mutter, sie schreibt an belgische Soldaten, die sind in deutschen Gefängnissen und haben niemanden, der ihnen schreibt. Und oft die Soldaten sich verlieben in meine Mutter nach einer Weile und sie ihr schicken Liebesbriefe. Aber sie ist eine alte Frau, dreiundsiebzig Jahre. Ich liebe lesen diese Briefe. Sehr rührend.«

Sie sprachen über ihre Kindheit und über seine, über Frances und über ihre Mutter, über sein Leben in England und ihre Hoffnung, eines Tages zu studieren. Selten sprachen sie vom Krieg, aber manchmal ließ es sich nicht vermeiden.

Und nach den fünf Tagen mußte sie wieder hinaus. Sie hatten kein Wasser mehr und nichts mehr zu essen. Diesmal kehrte sie mit der Nachricht zurück, daß die Gestapo nach St. Laurent abgerückt war, die Verstärkung nach Florennes. Eine seltsame Art der Normalität, sagte sie, sei im Dorf eingekehrt. Selbst die Schule war wieder geöffnet, obwohl sie sich nicht vorstellen konnte, wie die Lehrer es geschafft hatten, die Blutspuren aus den Klassenzimmern zu entfernen.

Er ging wieder in die Küche und hielt durch das offene Fenster nach Claire Ausschau. Er hatte ihr versprochen, das Haus nicht zu verlassen. Manchmal fand sie vor der Haustür Päckchen mit Nahrungsmitteln: Käse, Karotten, Zwiebeln, Wurst, Brot und andere Dinge – ein Stück Seife, ein Paar Socken, einmal sogar eine Packung Zigaretten, die sie, nachdem sie sich vorgenommen hatten, sie streng zu rationieren, gierig an einem einzigen Tag alle rauchten. Diese Gaben, hatte Claire ihm erklärt, kamen von Nachbarn, die, wenn auch nicht selbst Angehörige des Maquis, den Widerstand unterstützten.

»Wissen sie denn, daß ich hier bin?« fragte er. »Daß du mich versteckt hältst?«

»Ja«, sagte sie. »Einige von ihnen.«

»Und du hast keine Angst? Daß dich jemand verraten könnte?«

»Doch«, antwortete sie ruhig. »Ich immer Angst habe vor einer Denunziation. Jeden Tag ich denke daran. Aber diese Leute, die mir hinlegen die Päckchen, ich glaube, sie sind gute Leute und sie uns helfen wollen.«

»Aber warum denn?« fragte er.

»Du verstehst nicht«, sagte sie. »Die Belgier, wir glauben daran, daß die Amerikaner uns retten. Sie sind unsere Retter. Die Franzosen ...«, sie drehte ihre Hand hin und her, »sie sind nicht so sicher vielleicht, aber in Belgien sind wir sicher.«

Diese Erklärung verwirrte ihn. »Aber Claire«, sagte er, »wie kannst du, wie kann überhaupt irgend jemand hier mich für den großen Retter halten, wo ich doch für all diese Toten verantwortlich bin?«

»Du bist nicht verantwortlich.«

»Aber natürlich bin ich das. Es gibt doch bestimmt Leute im Dorf, die den Tag verfluchen, als die Maschine abstürzte. Zehn Menschen gehängt! Siebenunddreißig deportiert!«

»Du hast noch nicht verstanden. Manchmal in Belgien wir bekommen ... manchmal die englischen und amerikanischen Bomben fallen auf belgische Dörfer aus ... Irrtum? Oder Dörfer werden direkt bombardiert, weil es gibt einen deutschen Militärstützpunkt in ihrer Nähe. Aber die Belgier das verstehen. Ohne die Flieger ist Belgien vernichtet für immer.« Sie machte eine wegwerfende Handbewegung.

Manchmal enthielten diese Verpflegungspäckchen Hinweise auf Henri: eine Brückensprengung in Florennes, Saboteure am Damm in St. Laurent. Nie war eine Nachricht von Henri selbst dabei. Ted beobachtete Claire aufmerksam, wenn sie diese Meldungen las. Sie übersetzte sie ihm und erklärte, was sie bedeuteten, sonst aber sprachen sie nie von ihrem Mann. Ted vermutete, daß sie insgeheim ein Abkommen mit sich selbst getroffen hatte, zu welchem Preis, konnte er nur ahnen. Er selbst versuchte, möglichst überhaupt nicht an Henri zu denken.

Der Zustand seines Beins hatte sich in den zwanzig Tagen kontinuierlich gebessert. Zweimal war Claire nachts, als kein Mond am Himmel stand, mit ihm hinausgegangen, und sie hatten einen kurzen Spaziergang zum Stall und wieder zurück gemacht, der nach wochenlanger Gefangenschaft in der Dachkammer befreiend war. Bei dem zweiten Ausflug fand Claire in einer Dose Kakao, einer Kostbarkeit, eine Nachricht, daß Teile des Verbindungsnetzes, über das Verfolgte nach Frankreich geschmuggelt wurden, gesprengt war. Claire war tief erschrocken, doch Ted erfaßte die Botschaft nicht gleich in ihrer ganzen Tragweite. Im ersten Moment empfand er es in seinem Egoismus beinahe als ein Geschenk des Schicksals, daß das Netz gerissen war und er nun würde warten müssen, bis neue Fäden geknüpft waren. Er wäre glücklich gewesen, Monate, Jahre mit dieser Frau zu verbringen, manchmal verstieg er sich sogar dazu, eine solche Zukunft für sich zu erfinden.

Aber als sie ihm erklärte, was so eine aufgedeckte Verbindungslinie bedeutete, Denunziationen, Verhaftungen, Folter, neue Denunziationen, bedauerte er sofort seine egoistischen Überlegungen und bekam Angst um Claire. Wenn Claire und Henri Teile dieses Fluchthilfenetzes waren, bestand da nicht die Gefahr, daß auch sie denunziert werden würde?

Zwei Tage lang bewegten sie sich mit äußerster Vorsicht, horchten auf jedes Geräusch außerhalb des Hauses, jeden Moment bereit, in die Dachkammer zu flüchten, sollte sich eine neuerliche Durchsuchung des Hauses ankündigen. In den folgenden Tagen jedoch wurden sie nachlässiger, saßen oft bis in die Nacht hinein bei Kerzenlicht am Küchentisch und redeten. Jeden Abend hörten sie BBC, was um so gefährlicher war, als es sie daran hinderte, auf Geräusche außerhalb des Hauses zu achten. Einen Abend überredete er sie, mit ihm zu tanzen, obwohl er immer noch stark hinkte und wußte, daß die Vorstellung eher komisch gewirkt hätte, wären andere dagewesen, um sie zu sehen. Aber ihm war es genug, sie einfach in den Armen zu halten und sich vorzustellen, daß sie eines Tages in Paris oder New York miteinander tanzen würden.

»Ich sollte dir Französisch beibringen«, sagte sie.

»Ich lerne andere Dinge«, erwiderte er.

Tagsüber las er ihr manchmal aus dem englischen Gedichtband vor oder erzählte ihr Geschichten aus dem Krieg, wie er ihn in der Luft kennengelernt hatte. Er bemühte sich, spannend oder witzig zu erzählen, um sie zu fesseln oder zum Lachen zu bringen.

Es bewegte ihn, wieviel körperliche Anstrengung ihr Leben ihr abverlangte. Als sie sich nach einer Weile wieder sicherer fühlten und nicht mehr fürchteten, daß der Hof von der Gestapo bewacht wurde, ging er regelmäßig mit ihr in den Stall hinaus und half ihr beim Melken, beim Füttern der kleinen Herde, beim Ausmisten. Allein schon für das Wäschewaschen brauchte sie beinahe einen ganzen Tag. Erst mußte das Wasser in dem großen Zuber heißgemacht werden, dann wurde die eingeweichte Wäsche mit einem Wäschestampfer gründlich durchgearbeitet und noch voller Seifenpulver auf dem Gras zum Bleichen ausgelegt. Danach spülte sie die Stücke und zog sie durch die Holzwalzen der Wringmaschine. Er sah ihr morgens beim Brotbacken zu und war fasziniert, zu beobachten, wie sie die großen runden Laibe aufschnitt, indem sie sie im Arm hielt und das Messer in Richtung zu ihrem Körper durch sie hindurchzog.

Und wenn sie nicht mit der täglichen Arbeit beschäftigt war, wenn sie nicht lasen oder redeten oder Radio hörten, liebten sie sich. Dieses Drängen, mit dem sie beide die Nähe des anderen suchten, erschreckte ihn manchmal. Es war, als wüßten sie, daß es nicht für immer sein würde. Niemals entzog sie sich ihm oder wies ihn zurück, wenn er sie berührte. Sie schien von dem gleichen starken Verlangen getrieben wie er, ein Verlangen, das er längst nicht mehr als ein rein körperliches empfand. Er verstand es vielmehr als die Sehnsucht, erkannt zu werden, die Sehnsucht, sich selbst im anderen zu erkennen und von ihm erkannt zu werden. Manchmal fragte er sich voller Verwunderung, warum dieser eine Mensch ausgerechnet eine Belgierin sein mußte, die mit einem anderen verheiratet war, einem Mann, der sein, Teds, Leben in der Hand hatte, dann wieder gab es Zeiten, da glaubte er fest, daß ihre Liebe Schicksal war, genau wie vielleicht der Flugzeugabsturz Schicksal gewesen war.

Über dem Spülstein hing ein kleiner Spiegel in einem bemalten Rahmen (Henris Rasierspiegel, vermutete er), vor dem er jetzt in seinem rastlosen Umherwandern innehielt, um einen Blick auf sich selbst zu werfen. Er hatte stark abgenommen, und sein Gesicht war zu schmal, beinahe eingefallen. Er sah erheblich älter aus als noch vor zwei Monaten. Als sein Blick auf den ungewohnt geschnittenen Kragen des Baumwollhemdes fiel, schaute er an sich hinunter und musterte die Kleider, die ihm zur Tracht geworden waren. Seine Uniform war verbrannt, seine Erkennungsmarke verscharrt. Es gab jetzt keine Spur mehr von Lieutenant Theodore Aidan Brice, bis auf das zerknitterte Foto von Stella, das immer noch in dem englischen Gedichtband lag. Er hatte es sich seit zwanzig Tagen nicht mehr angesehen. Er hätte gern gewußt, ob es in Belgien oder Frankreich amerikanische Flieger gab, die beschlossen hatten, vermißt zu bleiben, die vielleicht nie wieder auftauchen würden, selbst nicht nach Ende des Krieges. Er dachte an seinen Navigator, Deserteur in einem Hotelzimmer in Cambridge. Wäre es möglich, niemals zurückzukehren? In einem Leben hier unterzutauchen, eine neue Identität anzunehmen, Pierre oder Jacques oder auch Theo? Die Möglichkeit der Anonymität, des Verschwindens in einer ganz anderen Identität, hatte etwas ungeheuer Verlockendes.

Und Stella? Und Frances?

Er hörte ihr Fahrrad auf dem Kies.

Sie war noch kaum zur Tür herein, da war seine Hand schon zwischen ihrem Mantel und ihrer Bluse, hob den Mantel an und schob in ihr von den Schultern. Mit der anderen Hand umfaßte er ihren Nacken und küßte ungeduldig ihren Mund, ihre Ohren, ihr Haar. Die Päckchen, die sie trug, stachen ihn in die Rippen. Er rückte ein wenig von ihr ab, um ihr Gesicht zu sehen, und dabei verlor er die Balance und fiel mit ihr an die Küchentür. Die Glasscheibe klirrte so heftig, daß er glaubte, sie würde brechen.

»Du überrascht mich«, sagte sie atemlos.

Ihr Gesicht war erhitzt, ihr Lippenstift auf der rechten Seite ihres Mundes verschmiert. Er schob seine beiden Hände unter ihr schweres Haar und hob es hinter ihrem Kopf in die Höhe.

»Ich habe jedesmal Angst um dich, wenn du weg bist«, sagte er.

Sie senkte den Blick, und er bedauerte augenblicklich, was er gesagt hatte, er hatte damit genau das heraufbeschworen, was er immer fernzuhalten suchte: Furcht oder Reue, die sich in ihre Gedanken drängten und ihre Gesichtszüge veränderten, die Freude erstickten, die er ihr vorübergehend bereitet hatte. Mit den Päckchen im Arm machte sie eine kleine Bewegung und schlüpfte ihm unter den Händen davon.

Er kannte den Weg, den Claire zu Omloops Laden genommen hatte, konnte ihn sich deutlich vorstellen, obwohl er nie dort gewesen war und das Dorf, außer flüchtig aus der Luft, nie gesehen hatte. Der lange, holprige Trampelpfad durch den Wald bis zum Rand des Dorfes, die hohe Friedhofsmauer und die mit Kopfsteinen gepflasterten Gassen, der Dorfplatz mit dem Brunnen, der Laden, in dem Claire mit ihren Marken einkaufte, manchmal Nachrichten in Empfang nahm.

Er beobachtete sie von hinten, während sie die Päckchen aus dem Einkaufsnetz nahm.

Irgend etwas war geschehen.

Er sah es so deutlich an ihren ungewohnt steifen Bewegungen, wie er im Geräusch eines Motors die kleinste Unregelmäßigkeit hören konnte.

»Was war los im Dorf?« fragte er so beiläufig wie möglich.

»Es ist sehr ...« Sie schien nach einem Wort zu suchen. »... sehr ruhig.«

»Es ist etwas passiert«, sagte er rasch.

Sie schwieg, während sie fortfuhr, ihre Einkäufe aus dem Netz zu nehmen und auszupacken.

»Claire ...«

Sie antwortete ihm immer noch nicht. Einmal, nachdem sie ihren Mantel ausgezogen hatte, drehte sie sich herum, ohne ihn anzusehen, und hängte den Mantel an den Haken. Sie bückte sich, um den Käse und die Wurst in den Kühlschrank zu legen. Sie nahm eine Birne, eine einzige Birne, vom Tisch und hielt sie hoch.

»Das ist eine ... *poire* ...«

»Birne.«

»Ja.«

»Man sie bekommt nur selten. Von Madame Omloop.«

»Claire!«

»Am Freitag holen sie dich ab.«

Sie hatte sein Lieblingskleid an, aus einem braunen seidenartigen Stoff, so geschnitten, daß es den Blick auf ihre Taille zog. Es hatte Schulterpolster und schmale Ärmel, ein enges Oberteil mit spitzem Ausschnitt und stoffüberzogenen Knöpfen. Auf einer Seite hatte sich ihr Haar gelockert, und die sorgfältig gedrehte Rolle war fast bis zu ihrem Ohr hinuntergerutscht.

Er schloß die Augen.

Freitag. Noch vier Tage.

»Ich gehe nicht«, hörte er sich sagen. Bis zu diesem Moment hatte er nicht gewußt, daß er das sagen würde.

»Sie kommen am Abend, wenn es dunkel ist«, fuhr sie fort, als hätte sie ihn nicht gehört.

»Dann kommst du mit.« Er spürte, wie sein Magen sich zusammenkrampfte vor Entsetzen.

»Das geht nicht.«

»Du mußt aber mitkommen«, beharrte er. Er ging auf sie zu, doch sie hob abwehrend eine Hand.

»Das geht nicht. Ich habe keine Papiere.«

»Dann besorgen wir dir welche. Wenn sie mir ...«

»Nein«, unterbrach sie ihn. »Sie werden mir nicht machen Papiere. Ich bleibe hier und warte auf meinen Mann.« Sie trat einen Schritt zurück und tastete mit den Händen nach dem Küchentisch. »Ich bleibe hier und warte. Wenn ich fortgehe, dann wäre es das gleiche, als würde ich verraten meinen Mann. Er könnte niemals verlassen sein Versteck. Erst wenn der Krieg fertig ist.«

Er stand reglos an der Tür. Im harten Licht konnte er selbst aus dieser Entfernung die feinen Linien ihres Gesichts sehen. Der Gedanke kam ihm plötzlich in den Sinn, daß er sich dieses Gesicht einprägen mußte. Das Drängen, das er verspürt hatte, als sie sich das erstemal geliebt hatten, war nichts im Vergleich zu dem ungeheuren Druck, den er jetzt empfand: vier Tage noch.

»Ich gehe nicht«, sagte er.

Ihr Gesicht war ohne Ausdruck. Sie hatte ihre Argumente bereits vorgebracht. Später, das wußte er, würde sie noch einmal darauf zurückkommen, mit ruhiger Entschiedenheit.

Er ging einen Schritt auf sie zu. »Wenn der Krieg vorbei ist, kannst du Henri verlassen. Dann brauchst du dir nichts vorzuwerfen.«

Sie rührte sich nicht.

»Du liebst ihn doch nicht?«

Sie hob den Kopf und sah weg. Ihr Mund zuckte ein wenig, wurde schmal, als bisse sie sich von innen auf die Unterlippe, als treffe sie eine gewaltsame Entscheidung.

»Es ist Krieg«, sagte sie, als sie sich ihm zuwendete.

Er wollte vor ihr niederknien.

»Bitte, wir davon nicht mehr sprechen«, sagte sie.

Er ging zu ihr und umschlang sie mit beiden Armen. Ein starker Duft stieg aus ihrem Haar auf. Er schloß die Augen. Er strich mit den Händen über ihren Rücken. Er kannte jeden Knochen dort, jeden Wirbel. Er hatte die weiße Haut an der Innenseite ihrer Oberschenkel gesehen. Er hatte sie geschmeckt – das Salz der Haut über ihren Brüsten. Waren sie nicht durch diese Vertrautheit, eine Intimität, wie er sie nie vorher erlebt hatte, untrennbar miteinander verbunden?

Das Wissen, daß ihnen nur noch vier Tage blieben, war das schlimmste, dachte er. Es wäre leichter zu ertragen gewesen, von einem Moment auf den anderen gehen zu müssen, selbst wenn dann zum Abschiednehmen keine Zeit geblieben wäre. Es war wie mit dem Tod. Das schlimmste, meinte er, war das Wissen um das bevorstehende Ende, nicht das Ende selbst. Er dachte an den Schützen, der aus dem Himmel gestürzt war, und hoffte, der Mann war augenblicklich ohnmächtig geworden. Er dachte an die Menschen, die man zur Hinrichtung auf den Dorfplatz gebracht hatte. Diese Minuten der Todesangst. Nur noch ein, zwei Minuten, um alles zu ändern. Und die schreckliche Aussichtslosigkeit, etwas ändern zu können.

Wie jetzt.

Er fragte sich, was aus ihr werden würde, wenn er fort war. Er konnte sich jetzt ihr Leben hier ohne ihn nicht vorstellen. Würde sie andere Flieger in ihrem Haus aufnehmen und sie pflegen, wie sie ihn gepflegt hatte? Würde sie mit Henri in das gemeinsame Bett zurückkehren?

Wenn er sie nur überreden könnte, mit ihm zu fliehen.

Er hörte wieder ihre Worte: »Ich bleibe hier und warte auf meinen Mann.«

Durch das Glas des Fensters gegenüber konnte er die winterfeuchte Wiese sehen, auf der die Sonne lag.

Mit der rechten Hand nahm er ihren Mantel vom Haken und legte ihn ihr um die Schultern. Sie trat zurück, Verwunderung im Gesicht.

SIE DACHTE, ER würde mit ihr bis nach Frankreich gehen wollen. Er nahm sie bei der Hand, führte sie aus der Küche zum Stall, weiter, hinter dem Stall in die Felder. Sie waren ungeschützt, weithin sichtbar. Er hinkte stark, dennoch war sein Bein von Tag zu Tag kräftiger geworden. Sie vermutete, daß er den Rest seines Lebens hinken würde, das eine Bein schien etwas kürzer zu sein als das andere.

Sie gingen langsam, ohne zu sprechen. Sie wußte, es war

Wahnsinn, was sie taten. Jeden Augenblick konnte jemand auf dem Fahrrad die Straße herunterkommen und sie sehen. Groß und hellhaarig, wie er war, würde niemand ihn für einen Belgier halten. Dennoch brachte sie es nicht über sich, ihm diesen Spaziergang zu verweigern, ihm ihre Hand zu entziehen.

Einen Moment lang schloß sie die Augen. Seit sie bei Madame Omloop gewesen war und erfahren hatte, daß die Verbindungslinie zur französischen Grenze wieder aufgebaut war und man den Amerikaner am Freitag abholen wollte, war sie wie in einer Trance. Sie wußte, daß daran nicht zu rütteln war, daß es keinen Aufschub geben würde. Und es überraschte sie, daß sie es so empfand – als ein Todesurteil. Noch vier Tage.

Er würde fortgehen, und sie würde nicht wissen, wie es ihm erging. Man würde ihn über die Grenze bringen, und sie würde in dieser Nacht nicht wissen, wo er schlief. Und innerhalb von Tagen, Stunden vielleicht, würde man einen anderen Flüchtling bei ihr einquartieren. Sie schüttelte hastig den Kopf. Unmöglich, daß ein anderer Mann sich auf dem Bett niederlegte, in dem er geschlafen hatte. In dem sie sich geliebt hatten.

Manchmal, wenn sie mit ihm zusammen war, wünschte sie, Henri würde nicht zurückkommen. Sie wußte, daß ein solcher Wunsch Sünde war, aber sie konnte nicht anders. Ihr ganzes Leben war es ihr nicht in den Sinn gekommen, daß sie eines Tages einen Mann auf die Weise lieben würde, wie sie den Amerikaner liebte. Ted. So ein kurzer, abrupter Name. Ein Kindername. Kein Name für einen erwachsenen Mann. Sie sah die Konturen seines Gesichts vor sich, das in den Tagen, die er mit ihr verbracht hatte, schmal geworden war. Würde einmal eine Zeit kommen, da es ihr nicht gelingen würde, sich an dieses Gesicht zu erinnern?

Sie spürte die trockene, feste Haut seiner Fingerspitzen. Vielleicht würde er wirklich mit ihr bis nach Frankreich gehen, das sie sich früher immer als ein Land der Farben vorgestellt hatte, und sie war jetzt nicht mehr sicher, daß sie ihn bitten könnte anzuhalten, wenn er einfach immer weiterging. Ein aufkommender Wind blies über die Felder. Sie kniff die Augen zusammen.

»Dir ist kalt«, sagte er.

Sein Gesicht war vom Wind leicht gerötet. Er ließ ihre Hand los und strich ihr das Haar aus dem Gesicht. Sie wußte, daß sie ihn selbst, wenn in diesem Moment ein Radfahrer auf der fernen Straße erscheinen sollte, nicht abwehren oder sich von ihm entfernen würde.

Er schob seine Hände unter ihrem Mantel zu ihrem Rücken. Sie ließ sich fallen – was gab es jetzt noch zu verlieren? Er fing ihr Gewicht auf und ließ sie langsam zum Boden hinunter. Spitze welke Halme bohrten sich stechend in ihren Nacken und ihren Hinterkopf. Dicke Kleidung, die behinderte, Unbeholfenheit, ein bitterkalter Wind auf ihren Oberschenkeln. Er legte seinen Mund an ihr Ohr und drückte sie fest. Vielleicht sagte er etwas, aber sie war sich nicht sicher. Er versuchte, sie mit Henris langem Mantel vor dem Wind zu schützen. Wie unter einem Zelt, dachte sie. Sie wünschte, er würde sie unter sich begraben, mit seinem Körper zudecken und so bleiben, tagelang, während die Wolken über ihnen dahinzogen.

AM ENDE RISKIERTE sie es, den Lastwagen zu nehmen. Sie hatten es mit dem Fahrrad versucht, indem er das Pedal mit dem gesunden Fuß durchgetreten und dann mit den Zehen hochgezogen hatte, aber das Vorwärtskommen war langsam und beschwerlich gewesen.

Etwas wie Übermut hatte sie erfaßt, als sie nach Hause zurückgekehrt waren. Er wolle hinaus, hatte er gesagt, nur dies eine Mal, wenn auch für noch so kurze Zeit, mit ihr zusammen unter Menschen sein. Als gäbe es keinen Krieg, und als wären sie ein ganz normales Paar. Sie konnte es ihm nicht abschlagen, seine Stimmung war ansteckend, aber sie würde nicht nach Delahaut fahren, sagte sie. Wenn er unbedingt unter Menschen wolle, würde sie mit ihm durch den Wald in einen Nachbarort fahren, wo sie weniger auffallen würden als in ihrem Heimatdorf.

Henris langer, abgewetzter Mantel, dachte er, war mehr als eine bloße Verkleidung zum Verheimlichen seiner Nationalität, es war der häßliche Mantel der Schuld. Er wünschte, er hätte seine Uniform an. Mit seinem blassen Gesicht und der Baskenmütze, die Claire ihm gegeben hatte, um sein helles Haar zu verbergen, wirkte er Jahre älter, als er war. Wahrscheinlich war es gut so, sagte er sich. Claire saß vorgebeugt auf dem zerschlissenen Ledersitz, aus dessen Rissen das Roßhaar und die nackten Sprungfedern hervordrängten. Er blickte mit einer Mischung aus Rührung und Sehnsucht auf die weiche Innenseite ihres linken Knies, über dem ihr Rock hochgerutscht war. Auf dem Kopf trug sie ein buntes Tuch, das sie sich hastig um das schöne, volle Haar geschlungen hatte.

Der Weg durch den Wald war holprig und voller Tücken. Manchmal kippte der Wagen in den tiefen Furchen heftig hin und her, Ted, der automatisch sein Gewicht auf das kranke Bein verlagerte, zuckte vor Schmerz zusammen. Die Muskeln und Sehnen waren immer noch empfindlich. Obwohl es ein kalter Tag war, kurbelte er das Fenster herunter. Die frische Luft war köstlich.

»In der Nähe von unserem Haus ist auch so ein Wald«, sagte er, als sie tief unter den Bäumen waren. »Als Kind habe ich mich fast immer dort herumgetrieben.«

»Allein?« fragte sie. »Du hast dort gespielt?«

»Ja, meistens war ich allein. Manchmal war auch ein Freund dabei. Ich hatte ein Luftgewehr. Weißt du, was das ist? Damit habe ich Eichhörnchen geschossen und ihnen dann die Haut abgezogen. Scheußlich eigentlich, wenn ich mir das jetzt überlege. Frances fand es furchtbar. Sie hat sich immer wahnsinnig aufgeregt, wenn ich mit den Fellen heimgekommen bin. Ich war damals vielleicht zwölf oder dreizehn.«

»Ich habe auch gespielt in diesem Wald, als ich klein war«, sagte sie. »Viele Stunden war ich allein hier. Aber ich habe nicht gejagt.« Sie lächelte. »Ich habe gespielt ... alte Geschichten?«

»Märchen?« fragte er.

»Ja, Märchen.« Sie lächelte wieder. »Schöne Geschichten von der Prinzessin und den bösen Wölfen. Du kennst diese Geschichten?«

Er liebte ihr Lächeln.

»Weißt du, diese Geschichten«, sagte sie, »ich habe nie gedacht darüber, aber sie sind nicht wahr. Es ist wahr, daß es gibt Wölfe und daß sie aufessen Kinder und Frauen und Männer, aber es gibt kein Happy-End. Wir können jetzt nicht mehr erzählen den Kindern diese Geschichten. Sie sind nicht wahr.«

»Das wissen wir noch nicht«, sagte er leise und sah von ihr weg zum Fenster hinaus.

»Aber ja, wir es wissen. Du weißt, die alte Frau, die sie geschlagen und deportiert haben? Ist das ein gutes Ende für diese Frau?«

Sie hielt den Lastwagen an, ohne den Motor auszuschalten. »Da es war«, sagte sie und wies nach links in den Wald hinein.

»Was war da?« fragte er.

»Da man hat dich gefunden. Der Junge mir es hat erzählt.«

Ted beugte sich zu ihrem Fenster hinüber und versuchte, zwischen den Stämmen der Bäume hindurchzusehen. Etwa fünfzehn Meter entfernt war eine kleine Lichtung, wo es etwas heller zu sein schien.

»Ich habe mich unter einem Busch versteckt«, sagte er.

»Dort hat mich der Junge gefunden. Ich vermute, er ist meiner Spur gefolgt. Ich war im Delirium. Ich erinnere mich, daß ich die Augen aufmachte und sein Gesicht sah. Ich hatte keine Ahnung, wo ich war. Nicht einmal, in welchem Land. Merkwürdig eigentlich, als ich in seinem Alter war, habe ich im Wald oft die Fährten von Tieren verfolgt. Von Rehen. Vielleicht war es für ihn ein Abenteuer. Einen Soldaten aufzuspüren.«

»Ich glaube, daß er hatte Angst«, sagte sie.

»Ja.« Er lehnte sich wieder in seinen Sitz zurück.

Sie ließen den Wald hinter sich. Die Straße war hier besser, Felder lagen zu beiden Seiten, und hier und dort gab es ein Gehöft.

»Wo sind wir?« fragte er.

»Das Dorf, wohin ich fahre, heißt Rance. Es gibt dort jetzt keine Gestapo, aber es ist sehr gefährlich trotzdem. Überall in Belgien es gibt Leute, die helfen den Deutschen, und wir wissen nicht, wer ist gut und wer nicht. Es ist wie in den alten Geschichten, der Wolf im Schafspelz. Du mußt sein sehr vorsichtig. Nicht sprechen.«

»Ich verspreche es«, sagte er mit einem kleinen Lächeln, als wäre er gescholten worden. Er legte seinen Arm auf die Rücklehne und schob seine Hand unter ihren Mantelkragen. Er berührte die Haut ihres Nackens. Das Kopftuch rutschte ihr herunter. Er neigte sich zu ihr und küßte sie auf die Schulter. Mit einer kleinen Bewegung ihres Arms schob sie ihn sanft weg. Dann hielt sie den Lastwagen zum zweiten Mal an und wandte sich ihm zu.

»Wir fahren zurück?« fragte sie.

»Nein.«

»In einer Stunde«, sagte sie stockend, »das Dorf ist leer, keine Leute im Café. Wenn wir machen wollen diese Fahrt, wir müssen sie machen jetzt. Alles andere ist . . .«, sie brach ab und suchte nach einem Wort, ». . . fou.«

»Fou?«

»Wahnsinn«, sagte sie.

Er rückte ein Stück von ihr ab, ließ aber seine Hand auf ihrem Arm. Er brauchte die Berührung.

Als sie um die Ecke bogen und vor ihnen sich der Platz öffnete, kamen Ted die ersten Bedenken. Sie gingen Arm in Arm, als machten sie einen gemächlichen Mittagspaziergang, aber in Wirklichkeit stützte er sich bei jedem Schritt mit dem verletzten Bein schwer auf Claire. Im Schatten der Kirche, die den Platz überblickte, zögerte er und zwang sie, anzuhalten. Er konnte nicht erkennen, ob sie Angst hatte, weder ihr Atem noch ihr Körper verriet etwas.

Der Kirche gegenüber war eine Reihe Läden, auf deren Schaufenstern in schön geschwungenen Lettern französische Wörter standen, die ihm nichts sagten. Links war eine Schule, die Fenster noch mit Schneeflocken aus Papier beklebt, die die Kinder ausgeschnitten hatten. Gleich rechts neben der Ladenzeile war das Café mit mehreren grünen Metalltischen davor. An einigen saßen Leute, hier zwei Frauen, dort ein paar ältere Männer. Es waren keine Paare da, keine jungen Männer. Er versuchte, sich ein Bild davon zu machen, wie das Café früher ausgesehen hatte, aber der Gedanke, der sogleich die Vorstellung einer möglichen Begegnung mit Claire vor dem Krieg, vor ihrer Heirat nach sich zog, tat ihm weh. Ein Tisch mit lauter jungen Leuten vielleicht, beim Rotwein, lärmend und ausgelassen. Vielleicht wäre der Wirt selbst herausgekommen und hätte sich zu ihnen gesetzt. Einer der Jungen hätte vielleicht den Kaspar gespielt, um ein bestimmtes Mädchen auf sich aufmerksam zu machen. Er und Claire hätten mit den anderen zusammengesessen oder auch nicht, zusammen gegessen und getrunken, einander an den Händen gehalten.

Er trat aus dem Schatten der Kirche und wandte sein Gesicht ab, als ein Fremder an ihm vorüberging. Auf dem kurzen Weg von der Gasse über den Platz zum Café fühlte er sich beobachtet. Was war so verräterisch an ihm? fragte er sich. Seine Größe? Am Tisch bedeutete Claire ihm, sich seitlich zu setzen; er sollte sein Gesicht nicht offen zeigen. Er durfte sie nicht berühren, er durfte sie nicht einmal länger ansehen, und sie hatte ihm verboten zu sprechen. Ein Kellner kam an den Tisch, als Ted noch versuchte, es sich auf seinem Stuhl bequem zu machen. Der Kellner sprach in schnellem Französisch mit Claire, die ihm kurz antwortete. Teds Stuhl wackelte auf dem unebenen Pflaster.

Er wagte es, ihr in die wachsamen grauen Augen zu blicken. Ein wunderschönes lichtes Grau, das ihn an den Moment erinnerte, wenn die Sonne durch eine Schicht tiefhängender Wolken brach. Er bemerkte am nächsten Tisch zwei alte Frauen, beide in schwarzen Mänteln, schwarzen Kopftüchern und festen Schuhen. Neben ihnen auf dem Pflaster lagen zwei gefüllte Einkaufsnetze. Eine der Frauen, mit einem großen roten Pickel auf der Nasenspitze, hob den Kopf und fing Teds Blick auf. Die schlaffe Haut ihres Halses fiel in einer Falte über den Mantelkragen. Um sie nicht merken zu lassen, daß ihr Blick ihn erschreckte, ließ er seine Augen ganz langsam weiterwandern zu den Läden gleich rechts vom Café. Als er seinen Blick schließlich wieder Claire zuwandte, bemerkte er, daß die alte Frau ihn immer noch beobachtete. Und daß sie dabei etwas zu ihrer Tischnachbarin sagte.

Ted sah auf den Tisch hinunter.

Der Kellner brachte Claire eine Tasse Kaffee und Ted ein Glas mit dünnem Bier. Er trank durstig einen Schluck und stellte das Glas nieder.

»Ich glaube, wir sind bemerkt worden«, sagte er. »Es tut mir leid. Das war ein idiotischer Einfall.«

Sie machte eine kurze überraschte Handbewegung, ihre Augen jedoch blieben ausdruckslos.

Ted beobachtete, wie die beiden alten Frauen nach ihren Einkaufsnetzen griffen und schwerfällig von ihren Stühlen aufstanden. Zu seinem Entsetzen trat die Frau mit dem Pickel auf der Nase zu Claire.

Sie beugte sich über Claires Schulter und murmelte ihr ein paar Worte zu. Claire hielt ihren Blick auf Ted gerichtet und nickte, erwiderte jedoch nichts. Die alte Frau richtete sich auf und gesellte sich wieder zu ihrer Freundin. Gemeinsam gingen sie langsam über den gepflasterten Platz. Claire wartete, bis sie verschwunden waren.

»Die Frau hat mir gewünscht Glück«, sagte sie schließlich beinahe unhörbar. Ihre Stimme zitterte. »Und dir dankt sie.«

Sie trank von ihrem Kaffee. Es gelang ihr nicht, die Tasse ruhig zu halten. Sein Glas, sah er, war fast leer. Er brauchte dringend noch etwas zu trinken. Wie hatte er nur so schnell entdeckt werden können?

»Wir sollten gehen«, drängte er.

Sie schüttelte den Kopf. »Nein. Wir müssen bleiben ganz ruhig.«

»Was ist an mir so auffallend?« fragte er. »Ich habe die Blicke schon gespürt, als wir über den Platz kamen. Ist es meine Größe?«

»Ja«, antwortete sie nach kurzem Zögern. »Aber auch andere Dinge, die ich sehe hier und die ich nicht bemerkt habe zu Hause. Betrachte dich jetzt, du sitzt schräg am Tisch, und ein Bein ist am Knie über das andere geschlagen. Das ist sehr … elegant? Aber nicht typisch belgisch, ich denke. Und deine Hände.« Sie legte einen Finger auf seine Hand. »Ich liebe deine Hände, aber das sind keine belgischen Hände.« Sie musterte ihn. »Und deine Haltung, wenn du sitzt. Dein Rücken ist gedrückt in den Stuhl.« Sie beschrieb mit der Hand eine Wölbung. »Entspannt, ja?«

»Aber nicht typisch belgisch.«

»Nein, auch nicht englisch. Nur die Amerikaner sitzen so, ich denke. Sogar in dem alten Mantel und mit der

Mütze du aussiehst amerikanisch. Und es sind auch deine Augen. Ich denke, die Leute sehen deine Augen zuerst.«

»Hast du viele Amerikaner gekannt?« fragte er.

»Nur einen«, antwortete sie.

Er verspürte einen Anflug von Eifersucht. »War er auch Soldat? Pilot?«

Sie wandte den Blick von ihm ab. »Die Leute vom Maquis haben gefunden zwei Amerikaner mit ihren Fallschirmen im Norden. Sie mir wurden geschickt, und ich habe vorbereitet alles. Aber dann es ist etwas passiert, und die Amerikaner wurden verraten. Einer wurde von den Deutschen erschossen, und ich ihn nie habe gesehen. Den anderen, ja. Ihn haben sie ins Bein geschossen. Aber nicht wie bei dir. Hier.« Sie klopfte leicht auf ihren Oberschenkel. »Schreckliche Blutungen. Der Amerikaner ist in der Nacht in meinem Haus gestorben.«

Ted nickte langsam.

Er drehte den Kopf und starrte auf die Baguettes, die im Schaufenster aufgereiht lagen. Was, wenn die Frau in Schwarz eine Kollaborateurin war? Er und Claire würden vielleicht jeden Moment festgenommen werden. Ihm wurde beinahe übel bei der Vorstellung, daß man Claire irgendwo einsperren und verhören würde.

»Hast du viele Menschen sterben sehen?« fragte er sie.

Sie trank von ihrem Kaffee und sah ihn über den Tassenrand an. »Einige«, sagte sie, nachdem sie die Tasse niedergestellt hatte.

»Und hättest du das hier vor drei, vier Jahren für möglich gehalten?«

»Was?«

»Das hier.« Mit einer Geste umschloß er den ganzen Platz. »Die Toten. Die Angst. Diese Ungewißheit, ob die Person, die neben einem sitzt, ein Verräter oder ein Freund ist. Daß eine Nachbarin, mit der du am Morgen noch gesprochen hast, am selben Nachmittag schon gehängt werden kann – ohne jeden Grund, außer daß sie in deinem Dorf lebte.«

»Wir haben viele Jahre gewußt, daß dieser Krieg kommen wird«, sagte sie.

»Das Undenkbare wird denkbar.«

»Pardon?«

»Eines Tages ist es gar nicht mehr so grauenhaft, in einer B-17 beschossen zu werden oder einen Freund sterben zu sehen oder nichts zu essen zu haben. In gewisser Weise bekommt es sogar etwas Romantisches.«

»Nein.« Sie schüttelte heftig den Kopf. »Es ist nie romantisch. Wir vergessen nicht für einen Moment, um was es geht. Ihr vielleicht, ihr kommt von so weit, und in Amerika gibt es keinen Krieg, da ist es schwer zu verstehen, warum wir hier kämpfen.«

Nein, dachte er, in Amerika selbst gab es keinen Krieg, dennoch starben Amerikaner in diesem Krieg. Er mußte an seinen Bordschützen denken – an diese grauenhafte klaffende Wunde. Ein Mensch in Fetzen gerissen. Wie sollte einen so eine Erinnerung je wieder loslassen? Und wenn man die Frau oder Geliebte dieses Mannes war und sich an seinen Körper erinnerte, wie sollte man das aushalten?

Aber die Frau würde natürlich nie erfahren, wie ihr Mann umgekommen war. Ihr würde man nur mitteilen, daß es schnell gegangen war und er nicht gelitten hatte. Wenn Ted jetzt in England wäre, würde er selbst diesen Brief schreiben.

Einen von Tausenden.

»Ich möchte dich etwas fragen«, sagte er. »Es ist so eine Art Test, den wir beim Flugtraining ablegen mußten.« Ihr Gesicht, dachte er, als sie den Kopf leicht schräg legte, war intelligent, ja, schlau sogar, und trotzdem voll Vertrauen.

»Du fährst in einem Jeep auf einer Küstenstraße. Du mußt deine Besatzung zu einem anderen Stützpunkt bringen, um einen Einsatz zu fliegen. Die Straße ist sehr schmal, nicht breit genug für zwei Fahrzeuge nebeneinander. Auf der einen Seite ist ein steiler Abgrund. Auf der anderen eine Felsmauer.«

Sie nickte.

»Du biegst um eine Kurve und plötzlich siehst du einen Schulbus voller Kinder direkt auf dich zukommen. Zum Anhalten bleibt keine Zeit mehr, und der Bus kann nicht an dir vorbei. Einer muß in den Abgrund hinunter.«

Sie nickte wieder.

»Was tust du in dieser Situation?« fragte er.

Sie stützte das Kinn in die Hand. Sie schien auf einen Punkt unmittelbar hinter seiner linken Schulter zu starren. Er wußte nicht, ob sie die Frage verstanden hatte, aber gerade als er sie wiederholen wollte, antwortete sie ihm.

»Das ist eine schreckliche Frage«, sagte sie kopfschüttelnd. »Und die Antwort ist ebenso schrecklich. Aber ich weiß, wie die Antwort sein muß im Krieg. Der Bus stürzt in den Abgrund, nicht wahr?«

»Du würdest die Kinder in den Abgrund stürzen lassen?« fragte er, erschrocken über ihre Antwort.

»Die Besatzung wird gebraucht für den Krieg. Um zu fliegen. Und es ist deine Aufgabe, zu bringen die Besatzung zum Flugzeug.«

»Aber was für einen Sinn hat es denn, eine Besatzung zu einer Maschine zu bringen, die aufsteigen soll, um theoretisch in einem anderen Land Menschenleben zu retten, wenn man dafür zwanzig Kinder töten muß?«

»Das ist die Pflicht«, antwortete sie. »Im Krieg es gibt keine Wahl.«

Er schüttelte langsam den Kopf und wollte ihr Argument nicht anerkennen – obwohl er wußte, daß auch sie Teil eines militärischen Unternehmens war, auch wenn dieses vielleicht mit anderem Material und anderem Personal arbeitete.

»Ich habe es nicht getan«, sagte er. »Ich konnte nicht. Ich

hatte Anweisung, eine Wasserlandung auf dem Kanal zu versuchen, wenn auch nur die geringste Aussicht auf Erfolg bestünde. Aber ich hatte zwei Verwundete an Bord und konnte mich nicht entschließen, ihren Tod in Kauf zu nehmen. Nun sind sie trotzdem gestorben. Und viele andere außer ihnen.«

»Man muß wählen zwischen zwei Übeln«, sagte sie leise. »Ich auch muß das manchmal tun.«

Als er den Kopf hob, um sie anzusehen, fiel ihm auf der anderen Seite des Platzes ein Junge auf einem Fahrrad ins Auge. Im ersten Moment nahm er ihn gar nicht bewußt wahr, dann aber veranlaßte ihn irgend etwas, vielleicht die Wollmütze, genauer hinzusehen. Der Junge schien die Bewegung zu bemerken. Er sah Ted an, und ein Ausdruck, in dem sich Überraschung und Wiedererkennen mischten, flog über sein Gesicht. Möglich, daß er die Hand vom Lenker hob. Das Vorderrad seines Fahrrads prallte gegen einen hervorspringenden Pflasterstein. Die Fahrt wurde plötzlich scharf abgebremst, und der Junge flog über den Lenker auf das Pflaster.

Ted wollte aufspringen. Claire hielt ihn mit kurzem Druck ihrer Hand auf seinem Arm zurück. Er sah ihr nach, als sie zu dem Jungen lief. Als sich sein Kopf hob, konnte Ted eine blutige Schramme auf der Stirn erkennen – aber der Junge war bei Bewußtsein und konnte sprechen.

Mehrere andere Leute gesellten sich zu Claire und dem Jungen. Ted, der sich jetzt unbeachtet wußte, stand auf, lief hinkend an der Häuserfassade neben dem Café entlang und bog in eine dunkle Gasse ein. Über ihm war ein schmaler Streifen Himmel, aus dem etwas Licht herabfiel.

Von irgendwoher konnte er das Brummen eines Flugzeugs hören. Einer der Motoren schien ihm nicht rund zu laufen. Er wartete darauf, daß die Maschine an dem schmalen Himmelstreifen über ihm erscheinen würde. Der Motor mußte einen Schaden haben, sagte er sich, während er dem Stottergeräusch lauschte. Ein Bomber. Aber die Maschine flog nicht über ihn hinweg, und sehr bald hörte er sie auch nicht mehr. Irgendein armer Kerl, der sich verflogen hatte und runter mußte? Der versuchte, es zum Kanal zu schaffen?

Er wußte, daß er sie verlassen mußte. Jetzt. Er war eine Bedrohung für sie. Zweimal war er in den letzten zehn Minuten erkannt worden, zum Glück von Menschen, die ihnen anscheinend wohlgesonnen waren. Was aber, wenn andere auf dem Platz ihn ebenfalls erkannt hatten? Irgendein Mann vielleicht, den Ted nicht einmal bemerkt hatte?

Sie hatte den Wagen, aber sie würde ihn zuerst im Dorf suchen. Er mußte versuchen, den Weg durch den Wald wiederzufinden und sich dann südwestlich halten, in Richtung Frankreich. Mit etwas Glück würde er von französischen oder belgischen Sympathisanten aufgelesen und rasch über die Grenze gebracht werden.

Die Gewißheit, daß er sie verlassen mußte, zerriß ihm beinahe das Herz. Es hatte nie eine gemeinsame Zukunft für sie gegeben, und sie hatte das von Anfang an gewußt, so wie sie gewußt hatte, daß der Schulbus in den Abgrund stürzen mußte. Es würde sie beide an den Rand des Wahnsinns treiben, bis zum Freitag unaufhörlich dem gnadenlosen Ticken der Uhr lauschen zu müssen. Weit besser, jetzt schnell und ohne Worte zu verschwinden.

Nach einigen Irrwegen durch dunkle Gassen erreichte er den Rand des Dorfs, und dort gab es keine Deckung. Der Wald begann einige hundert Meter entfernt, dazwischen war freies Feld, auf dem nur ein kleines Haus stand. Ein Hund, ein kläffender kleiner Terrier, schoß hinter dem Haus hervor und hängte sich laut bellend an Teds Fersen. Starr vor Schreck wartete Ted darauf, daß ein Fenster oder eine Tür geöffnet werden würde. Aber es geschah nichts. Jetzt lief Ted noch schneller hinkend zum Wald.

Er hatte sich auf seinem Weg vom Stand der Sonne leiten lassen und erkannte bald, daß er die Nacht im Wald würde zubringen müssen. Obwohl der Weg durch Gestrüpp und Unterholz beschwerlich war, hatte er die alte Holzfällerstraße gemieden, weil er wußte, daß sie mit dem Wagen auf der Straße bleiben mußte. Aber als er den alten Pfad hinter den Bäumen liegen sah, beschloß er, wenigstens ein paar Minuten auf ihm weiterzumarschieren, um eine Weile sein Bein zu schonen.

Nach dem Sonnenstand mußte es jetzt etwa drei Uhr sein. Mit einer Hand hielt er den Mantel zusammen und wünschte, er hätte daran gedacht, einen Pullover anzuziehen. Er fror in dem dünnen Hemd mit dem offenen Kragen und Henris fadenscheinigem alten Mantel. Er hatte einen schrecklichen Hunger. Er fragte sich, ob es nun doch so enden würde, wie es anfangs schien: daß er auf der Suche nach Wärme unter einen Busch kroch und dort starb.

Sie würde wissen, warum er gegangen war. Und sie hätte an seiner Stelle das gleiche getan, das wußte er. Mit Sicherheit. Immer, vom ersten Moment an, hatte sie gewußt, daß ihre gemeinsame Geschichte nicht mehr war als ein Zwischenspiel von wenigen Tagen und Nächten in einem großen gewaltigen Drama, das seine eigene Dynamik besaß. Sie würde weiterhin auf ihrem Fahrrad zu Madame Omloops Laden fahren, morgens ihr Brot backen, abends BBC hören. Sie würde am Fenster stehen und rauchen. Und er? Amerika erschien ihm jetzt beinahe als etwas Unbegreifliches, etwas, das er in einer fernen Kindheit erlebt hatte. Vor sechs Monaten war er in Texas gewesen und hatte darauf gewartet, nach Übersee geschickt zu werden. Jetzt war ihm, als lägen alle wichtigen Ereignisse seines Lebens bereits hinter ihm.

Als er um eine Wegbiegung kam, sah er den Lastwagen. Er stand in der Mitte des alten Holzfällerpfads. Der Motor war abgestellt. Im Führerhaus saß niemand. Wo konnte sie sein?

Er lief so schnell, wie es das angeschlagene Bein zuließ. Er rief einmal kurz und scharf ihren Namen, bevor er sich auf das Trittbrett auf der Mitfahrerseite hinaufzog. Erschrocken fuhr sie hoch und sah ihn durch das Fenster an. Sie hatte vornübergebeugt gesessen, den Kopf auf dem Lenkrad. Ihr Gesicht war tränenüberströmt.

Er riß die Tür auf und hievte sich zum Sitz hinauf. Die Tür fiel hinter ihm zu. Er zog sie an sich und küßte sie. Sie rang nach Atem. Sie hob die Hände zu seinem Gesicht.

»Ich habe gehabt solche Angst. Ich dich nicht kann finden«, sagte sie.

Er sagte immer wieder ihren Namen. Die Deutschen oder die Belgier würden ihn erschießen müssen – er würde sie niemals verlassen. Ihre Umarmung war unbeholfen wie die zweier Halbwüchsiger. Er drückte ihren Kopf an seine Brust und hielt sie festumschlossen. Ihr Haar fiel glatt zu beiden Seiten ihres Gesichts herab, wie damals, als er sie das erstemal gesehen hatte. Mit einer Hand hob er ihr Kinn und zeichnete mit der Fingerspitze die Konturen ihres Mundes nach. Ihre Oberlippe war naß. Er wischte ihr die Tränen unter den Augen ab, und seine schmutzigen Finger hinterließen dunkle Ringe auf ihren Wangenknochen.

»Ist mit dem Jungen alles in Ordnung?« fragte er.

Sie nickte.

»Wir nehmen jetzt den Laster«, sagte er. »Nach Frankreich.«

Sie senkte den Blick und küßte ihn. »Nein«, flüsterte sie.

»Du kennst den Weg. Wir halten kurz vor der Grenze und gehen zu Fuß weiter.«

»Nein«, flüsterte sie wieder.

»In Frankreich gibt es bestimmt Leute, die uns verstecken werden. Wir schlagen uns nach Spanien durch. Bis nach Gibraltar. Hunderte vor uns haben das geschafft.«

Sie sagte nichts mehr, aber sie schüttelte den Kopf. Er küßte sie auf den Scheitel. Ihr Haar war warm unter seinem Mund. Mit geschlossenen Augen lehnte er sich zurück und überließ sich dem köstlichen Wohlgefühl, sie in den Armen zu halten. Er konnte sich jetzt ein Leben ohne sie nicht mehr vorstellen.

»Claire, hör mir zu.«

Sie rückte ein wenig von ihm ab und drehte den Kopf, als wollte sie ihm etwas sagen, als der Ausdruck ihres Gesichts sich schlagartig veränderte. Er spürte den zitternden Schauder, der ihren Körper hinaufkroch. Sie hielt sich ganz still, er konnte sie nicht einmal atmen hören.

Mit seinem Blick suchte er ihr Gesicht, dann drehte er sich herum und sah durch das Rückfenster, was sie gesehen hatte.

An der Stelle, wo der alte Holzfällerpfad einen Knick machte, keine dreißig Meter hinter ihnen, stand ein Mann. Sein Gesicht war unkenntlich vor Schmutz, das Haar hing ihm lang und zottelig über die Ohren. Mit den Händen in den Taschen stand er da und starrte den Lastwagen an.

»Henri«, sagte Claire.

MONSIEUR GILLIAN, DER Besitzer des Cafés, hatte nicht lockergelassen, bis er das Fahrrad in dem kleinen Lieferwagen verstaut hatte. Seine Proteste hatten nichts genutzt. Ihm sei doch nichts passiert, sagte Jean, er könne das Fahrrad mit Leichtigkeit nach Hause schieben. Aber er brauchte sich natürlich das verbogene Vorderrad nur anzusehen, um zu wissen, daß er dazu Stunden brauchen würde und erst lange nach Einbruch der Dunkelheit, vielleicht sogar erst kurz vor Mitternacht zu Hause ankommen würde. Widerstrebend hatte er sich schließlich in den Wagen gesetzt, stumm vor Verwirrung und unfähig, auf Monsieur Gillians Versuche, ihn zu einem Schwatz zu animieren, einzugehen.

Offenbar wußte jedermann davon, daß er von der Gestapo ausgepeitscht worden war. Die Erwachsenen waren in ihrer Neugier nicht besser als seine Freunde. Obwohl sie wissen mußten, daß er sich schämte und es ihn quälte, darüber zu sprechen, wollten sie unbedingt jede Einzelheit hören: Wie er entdeckt worden sei? Ob er wirklich ohnmächtig geworden sei? Ob er versucht habe zu fliehen? Wie viele Peitschenschläge man ihm gegeben habe? Ob er noch Narben habe?

O ja, er hatte die Narben noch. Manchmal, wenn er morgens aus seinem Bett unter dem Dach aufstand, waren dünne Blutstreifen auf dem Laken. Bei ihrem Anblick spürte er wieder den fürchterlichen Schmerz und fragte sich, wann die Wunden verheilen würden. Und dann wendete er das Laken oder versuchte, die Flecken herauszuwaschen, damit seine Mutter sie nicht sehen würde.

Madame Daussois hatte ihre Hand unter seinen Kopf geschoben, als er auf der Straße gelegen hatte. Er hatte sie nur verschwommen gesehen, denn in seinen Augen war Blut gewesen. Sie hielt seinen Kopf behutsam mit beiden Händen, und während sie um Hilfe rief, barg sie sein Gesicht an ihrer Brust. Es hinterließ einen Blutfleck auf ihrem Mantel.

Ihm war schwindlig und flau. Einmal, kurz bevor Monsieur Gillian ihn ins Café trug, wollte er ihr sagen, daß er den Piloten nicht verraten würde. Aber sie schüttelte hastig den Kopf, um ihn zum Schweigen zu bringen.

Es war alles so schnell gegangen. Er wollte gerade über den Platz zur Schule zurückfahren, als das Gesicht sich ihm zuwandte. Er hatte es sofort erkannt. Man konnte diese Augen nicht vergessen – das Grün mit dem Licht darin. Wären nicht die Augen gewesen, so wäre ihm der Mann vielleicht gar nicht aufgefallen. Eine Mütze, die ihm zu groß war, hing ihm über die Ohren. Der Mantel war der eines Bauern. Als er den Piloten das letztemal gesehen hatte, war dieser in Uniform gewesen, und eine Uniform hatte immer etwas Beeindruckendes, auch wenn sie schmutzig und zerrissen war.

Monsieur Gillian fragte, was er in Rance zu tun gehabt habe.

»Ich hab ein Paket hergebracht. Für meine Tante.«

Monsieur Gillian nickte. In Wahrheit kam Jean jetzt jeden Tag zur Mittagspause hierher, weil er es in Delahaut nicht aushielt. Er konnte die Balkone der Reihenhäuser auf dem Dorfplatz nicht ansehen, ohne sich an die Gesichter und zuckenden Körper der Gehängten zu erinnern. Sie verfolgten ihn bis in seine Träume. Und er konnte den Dorfplatz nicht betreten, ohne daß die Balkone wie magisch seinen Blick auf sich zogen. Es war ein Zwang, gegen den er sich nicht wehren konnte.

Deshalb radelte er in der Mittagspause oft nach Rance und kam dann manchmal zum Nachmittagsunterricht zu spät zurück. Wenn nicht nach Rance, dann fuhr er auf seinem Fahrrad entweder in den Wald oder sogar nach St. Laurent, obwohl das gefährlich war, da die Deutschen noch dort waren.

»Bitte setzen Sie mich hier ab, Monsieur. Das letzte Stück kann ich zu Fuß gehen.«

Sie befanden sich auf der Straße, die zum Benoît-Hof führte. Jean wollte unbedingt vermeiden, daß sein Vater ihn aus dem Lieferwagen steigen sah.

»Aber du bist doch verletzt. Ich werde dich bis vor die Tür bringen.«

»Nein, bitte, ich möchte lieber hier aussteigen. Bitte!« Jean hörte selbst den bettelnden Unterton in seiner Stimme. Aber es war besser, sich jetzt zu demütigen, als seinen Vater mehr als unbedingt nötig in Rage zu bringen.

Monsieur Gillian hielt an. Rasch sprang Jean aus dem Wagen, und Monsieur Gillian folgte ihm kopfschüttelnd nach hinten, wo er die Hecktür des Lieferwagens öffnete.

»Soll ich dich nicht begleiten und mit deiner Mutter sprechen?« fragte er, als er das Fahrrad herausgehoben hatte.

»Nein, das ist wirklich nicht nötig. Vielen Dank, daß Sie mich gefahren haben.«

Monsieur Gillian zögerte sichtlich verwundert.

»Alles in Ordnung?« fragte er.

Jean nickte und zwang sich zu lächeln.

»Ich meine, ist bei dir zu Hause alles in Ordnung«, fügte Monsieur Gillian hinzu.

Jean fragte sich flüchtig, ob der Mann ahnte, was er von seinem Vater zu erwarten hatte. Dann nickte er hastig und mit Nachdruck. Er hatte es jetzt eilig, wegzukommen.

»Na schön, dann fahre ich jetzt. Aber gefallen tut mir das nicht.«

Monsieur Gillian kletterte wieder in seinen Wagen, schlug die Tür zu und wendete. Jean wartete, bis der Lieferwagen auf dem Rückweg nach Rance war, dann winkte er. Ein Arm wurde aus dem Fenster gestreckt, eine Hand erwiderte sein Winken.

Mit einer langsamen Drehung wandte er sich seinem Elternhaus zu. Es würde hinter der nächsten Straßenbiegung sichtbar werden. Das Fahrrad mit dem völlig verbogenen Vorderrad ließ sich nicht schieben. Jean mußte es vorn anheben, um es nach Hause zu bugsieren. Er war jetzt froh, daß er Monsieur Gillians Angebot, ihn nach Hause zu fahren, angenommen hatte.

Sie hatte ihm das Pflaster auf die Stirn geklebt. Monsieur Gillian hatte ihr Jod gegeben, um die Wunde zu säubern. Danach hatte sie ihm Milch und ein Brötchen bestellt.

»Ich muß jetzt gehen«, hatte sie ihm zugeflüstert, als Monsieur Gillian davongegangen war, um die Milch zu holen. »Du verstehst?«

Er verstand, daß sie von dem Piloten sprach. Sie mußte zu ihm. Dabei hatte er so viele Fragen an sie: Wie es dem Amerikaner ging. Ob sein Bein wieder in Ordnung sei.

Ob der Amerikaner sich an die Nacht im Wald und im Stall erinnerte. Wann er wieder fortgehen würde. Wie man ihn außer Landes bringen wollte. Aber er fragte nichts.

Was sie dann tat, überraschte und beglückte ihn. Sie neigte sich zu ihm und gab ihm einen Kuß. Der Kuß landete irgendwo zwischen seinem linken Auge und seiner Wange. Er wurde rot. Danke, flüsterte sie mehrmals hastig – dabei hätte doch er ihr danken müssen, dachte er.

Jetzt hob er die Hand und berührte die Stelle, wo sie ihn geküßt hatte.

Er stellte das Fahrrad in den Stall, wo es nicht gleich auffallen würde. Sein Vater würde sich maßlos aufregen über seine Achtlosigkeit, wenn er es sähe. Zaghaft stieß er die Küchentür auf. Seine Mutter stand mit dem Rücken zu ihm am Spülstein.

Sie drehte sich herum und riß die Augen auf, als sie ihn sah. Ihre eben noch gelangweilte Miene veränderte sich mit einem Schlag, zeigte erst Überraschung, dann Erschrecken beim Anblick des Pflasters und unmittelbar darauf unverhüllte Furcht, während ihr Blick zur Tür des Wohnzimmers flog. Ihre Angst verriet ihm, daß sein Vater zu Hause war. Es würde zornige Fragen geben – verwirrende Fragen, die er nicht beantworten könnte. Erklärungen würden verlangt werden, die er nicht geben konnte.

Er trat einen Schritt weiter in die Küche, und sie sah ihn immer noch an. Er wußte, was sie dachte. Wenn man nur irgendwie das Pflaster verbergen könnte.

Zigarettenrauch zog durch die Luft. Er sah seinen Vater an der Tür.

»Ich bin hingefallen«, sagte Jean sofort. »Es war ein Unfall.«

Sein Vater war unrasiert. Er rasierte sich höchstens zweimal die Woche. Das fleckige blaue Arbeitshemd klaffte über dem Bauch.

»Was heißt Unfall?«

»Mit meinem Fahrrad. Ich bin mit dem Fahrrad hingefallen.«

Sein Vater beugte sich vor, um zum Fenster hinauszuschauen. »Und wo ist das Rad jetzt?«

»Im Stall.«

»Und wieso bist du nicht in der Schule? Ich weiß, daß sie noch nicht aus ist.«

»Sie haben gesagt, ich soll lieber heimgehen«, log er.

Sein Vater kniff die Augen zusammen. Er schien die Lüge zu wittern. Immer war das so. Jeans Mutter wischte sich die Hände am Geschirrtuch ab. Sie ging auf Jean zu.

»Ich seh mir die Verletzung lieber mal an.«

»Laß ihn.«

Seine Mutter blieb stehen.

»Wer hat dir das Pflaster drauf gemacht?«

Jean zögerte. Es war klüger, die Schule da herauszulassen. Das war zu unsicherer Boden. »Es ist auf dem Dorfplatz passiert. Der Unfall mein ich. Und Madame Daussois hat es mir draufgeklebt.«

»Madame Daussois?«

Jean verfluchte sich im stillen.

»Was hast du mit Madame Daussois zu schaffen?«

»Gar nichts. Sie ist nur gleich zu mir gelaufen, wie ich hingefallen bin. Und dann hat sie mir das Pflaster drauf gemacht.«

»Madame Daussois war auf dem Platz?«

Jean senkte den Blick. In seinem Kopf ging alles durcheinander. Wohin führten diese Fragen? Wo würde er sich verplappern? Wie hatte er nur so dumm sein können, Madame Daussois zu erwähnen?

Sein Vater trat näher an ihn heran. Jean konnte wieder den schalen Alkoholdunst in seinem Atem riechen.

»Madame Daussois war auf dem Platz?« wiederholte sein Vater lauter.

»Ja – ja«, stammelte Jean.

»Auf dem Dorfplatz von Delahaut?« Jetzt brüllte sein Vater beinahe.

Jean war in Panik. Er durfte nichts von Rance sagen. Niemals würde sein Vater verstehen, warum er nach Rance gefahren war. O Gott, warum hatte er überhaupt von Madame Daussois gesprochen?

Später versuchte Jean immer wieder, die Auseinandersetzung zu rekonstruieren und den Auslöser zu finden. Was genau hatte seinen Vater so wütend gemacht? Er kam nie zu einem Ergebnis.

Der Schlag traf seine Wange früher als erwartet. Er hörte seine Mutter aufschreien. Mit abwehrend erhobenen Armen taumelte er nach rückwärts, fiel gegen die Wand und verlor das Gleichgewicht. Er stürzte zu Boden, und über ihm stand drohend sein Vater.

»Glaubst du vielleicht, das ist ein Spiel? Denkst du, ich weiß nicht, was du von dieser Daussois willst? Du möchtest wohl zum Maquis, was? Zu den Partisanen?«

Jean zog seine Knie hoch und schützte seinen Kopf mit seinen Händen. Es war immer das gleiche.

Sein Vater drohte ihm mit dem Finger. »Du möchtest wohl gegen die Deutschen kämpfen, was? Den Helden spielen? Zum Widerstand gehen?«

Jean schwieg. Er schüttelte nicht einmal den Kopf. Er wußte, das würde seinen Vater nur noch mehr reizen.

»Na schön, dann will ich dir mal was sagen, du dreckiger kleiner Rotzlümmel: Umbringen werden sie dich. Ja, glaub's mir nur. Wenn ich dich noch einmal in der Nähe von der Daussois erwische, kriegst du von mir eine Tracht Prügel, die sich gewaschen hat, das versprech ich dir.«

Jean hätte beinahe gelacht. Wenn die anderen dich nicht vorher umbringen, bring ich dich um. Sein Vater gab ihm einen Fußtritt. Die Wutanfälle seines Vaters endeten häufig mit einem Fußtritt. Aber die Stiefelspitze traf nur die hölzerne Sohle von Jeans Schuh, und er spürte den Tritt nicht. Einen Moment lang fürchtete er, der Vater würde auf den Fehlschlag hin ein zweites Mal nach ihm treten.

Doch er ging zu Jeans Erleichterung zur Küchentür hinaus und schlug sie krachend hinter sich zu.

Jean berührte seine Wange. Es war dieselbe, die sie geküßt hatte. Er strich mit den Fingern leicht über die Haut.

CLAIRE DRÜCKTE DIE Hand auf den Mund. Ted wußte nicht, ob sie es tat, weil sie zusammen gesehen worden waren oder weil sie über Henris Zustand entsetzt war.

Er mußte an die Bettler und Landstreicher denken, die während der großen Wirtschaftskrise manchmal an die Hintertür des Hauses in Mount Gilead gekommen waren. Frances hatte Käsebrote gemacht und in Wachspapier eingewickelt, um sie den Männern zu geben, die zu allen Tages- und Nachtzeiten anzuklopfen pflegten. Es geschah selten, daß einer zweimal kam, aber es schien sich herumgesprochen zu haben: Da, in dem Haus, bekommt man ein Brot und eine Tasse heißen Kaffee. Ted, kaum halbwüchsig damals, hatte es fasziniert beobachtet und versucht, sich so ein Leben vorzustellen. Irgendwo an den Gleisen zu nächtigen und auf den nächsten Zug aufzuspringen, der vorüberkam, erschien ihm als die Höhe des Abenteuers.

Henri trug jetzt einen Bart. Das Haar hing ihm in fettigen Strähnen in die Stirn. Seine Augen lagen tief in den Höhlen, die beinahe schwarz wirkten, entweder von Schmutz oder vor Erschöpfung. Seine Hose war an den Säumen aufgerissen, und sein Mantel hatte keine Knöpfe mehr. Ted fragte sich, was dem Mann zugestoßen war. Er fragte sich, wie er es schaffte, noch einen Fuß vor den anderen zu setzen.

Claire stieg aus dem Wagen. Ihr Kopftuch löste sich und flatterte zu Boden. Sie lief zu ihrem Mann, legte eine Hand auf seinen Arm und sprach mit ihm. Für Ted war die Berührung wie ein Schlag in den Magen. Ohne sich zu überlegen, was er tat, riß er die Wagentür auf und sprang stolpernd zu Boden. Er ging auf die andere Seite des Lastwagens hinüber und hob Claires Kopftuch auf. Er hielt es lose in der Hand und starrte auf das Muster, als hätte er einen bedeutenden Fund gemacht und wüßte nicht, was er nun damit anfangen sollte. Dann faltete er das Tuch und steckte es ein.

Als er aufblickte, kamen ihm Claire und Henri entgegen. Sie gingen nebeneinander, ohne sich zu berühren. Henri musterte Ted und sagte dann höflich »Bonjour«. Er zog eine zerdrückte Packung Zigaretten aus seiner Manteltasche und bot sie Ted an. Um die Spannung zu zerreißen, nahm Ted die Zigarette und neigte den Kopf, als Henri ein Streichholz anriß. Der Mann stank, als hätte er seit Wochen kein Bad mehr genommen. Und wahrscheinlich, dachte Ted, hatte er das auch nicht getan. Die Hände um das Flämmchen des Streichholzes geschlossen, sah Ted zu Henri hinauf. Der Blick der eingesunkenen Augen war ruhig, nicht feindselig, nicht verletzt, aber aus ihm sprach eine tiefe seelische Erschöpfung, in der alle normalen menschlichen Regungen erstorben waren.

Henri sah Ted ins Gesicht, dann ließ er seinen Blick an seinem Körper abwärts gleiten. Claire stand still da, die Hände in den Manteltaschen. Das Haar hing ihr lose auf die Schultern. Henri zündete sich selbst eine Zigarette an, aber seiner Frau bot er keine an. Dann steckte er die Packung wieder ein.

Ted zog tief an seiner Zigarette, drehte den Kopf zur Seite und blies den Rauch weg. Als er sich wieder umwandte, sah er Claire kurz an. Henri, der seine Zigarette zwischen Daumen und Zeigefinger hielt, zog einmal hastig und richtete seinen Blick wieder auf Ted.

Dann ging Ted. Er ging zum Lastwagen und zog sich hinten auf die Ladefläche. Dort lehnte er sich an die Metallwand, winkelte das eine Bein an und legte die Hand mit der Zigarette auf das Knie. Er rauchte ruhig, doch in den Ohren war ein schreckliches Summen. Was hinderte ihn daran, Claire zu packen, in den Lastwagen zu heben und mit ihr nach Frankreich zu fahren? Er wollte Henri die Wahrheit sagen, aber er konnte ja nicht einmal mit dem Mann sprechen, ohne daß Claire übersetzen mußte. Es wäre zum Lachen gewesen, wäre es nicht so todernst gewesen.

Aber Henri, der langsam um den Wagen herum zur Mitfahrerseite ging, wußte anscheinend schon alles. Er brauchte keine Übersetzung. Deshalb hatte er Ted die Zigarette angeboten, deshalb hatte er ihn so ruhig angesehen und so aufmerksam gemustert. Henri wußte alles, ohne daß irgend jemand es ihm gesagt hatte. Er wußte nicht nur die Fakten, sondern auch das, was hinter den Fakten stand. Es war eine Art der Erkenntnis, wie Ted sie manchmal auch in Claires Gesicht gesehen hatte.

Claire fuhr. Der Lastwagen sprang schaukelnd durch Furchen und Löcher. Ted klammerte sich an die Seitenwand, um nicht hilflos hin und her geworfen zu werden. Als sie auf dem Hof ankamen, ging Henri sofort ins Haus. Ted blieb neben dem Wagen stehen, unsicher, was er tun sollte.

Claire kam zu ihm. Sie sah ihn kurz an und sah gleich wieder weg.

»Ich hole Dussart«, sagte sie. »Henri sagt, daß du heute abend noch weggebracht wirst.«

Ted faßte sie am Ärmel ihres Mantels.

Sie schüttelte schnell den Kopf.

Er ließ sie los.

Ted ging nicht ins Haus. Henri war irgendwo drinnen, vielleicht in der Küche, um sich zu waschen, vielleicht im Schlafzimmer auf dem Bett. Die Vorstellung machte Ted beinahe krank. Aber vielleicht saß Henri auch nur am Küchentisch und aß etwas. Ted verspürte ein Flattern im Magen, das mit Hunger nichts zu tun hatte. Er hatte das Gefühl, daß ihm nur noch wenige Minuten blieben, daß gleich etwas geschehen würde, worüber er keinerlei Macht hatte. In der dichter werdenden Dunkelheit sah er zu seinen Händen hinunter. Sie waren rauh und rot von der Kälte, und sie zitterten. Er erinnerte sich an die dunklen Ringe auf ihren Wangenknochen.

Die Sonne ging hinter den Feldern unter. Mit einem leisen Pfeifen blies der Wind um das Haus. Einen Moment lang, ehe sie ganz verschwand, erleuchtete die Sonne das Land und übergoß alles, jeden Baum und jeden Strohhalm, den Stall und das graue Steinhaus, mit einem rosig goldenen Glanz, der der Welt um ihn herum eine überirdische Schönheit verlieh. Die schnurgeraden Ackerfurchen, eben noch kahle braune Gräben, wurden zu gleißenden Pfeilen, die nach Westen wiesen. Ein großer Vogel unter dem Himmel zeigte sich als schwarze Silhouette mit goldener Schwinge. Selbst seine rotgefrorenen Hände schienen in rosigem Licht zu glühen. Er fühlte sich wie befreit von diesem Licht. Es war ein Gefühl, das er schon früher manchmal erfahren hatte – in einer Tiger Moth 2000 Fuß über East Anglia, bei Morgengrauen 15 000 Fuß über dem Ärmelkanal. In solchen Momenten war es unmöglich, an das Verderben des Krieges zu glauben oder an eine Welt, die nicht die Möglichkeit der Freude in sich barg. Er stellte sich vor, wie er nach dem Krieg nach Claire suchen und sie wiederfinden würde. Er sah diese Vorstellung als Gewißheit und machte fest die Augen zu, um sich das Bild zu bewahren und es in sich zu verschließen.

Als er die Augen wieder öffnete, war die Sonne verschwunden und mit ihr das rosige Licht. Wie eine rasch dahinfliegende Wolke überzog Dunkelheit das Land, und alle Farbe verblaßte.

Ein merkwürdig aussehender Mann, fast noch ein Junge, und Claire kamen ihm auf Fahrrädern entgegen. Ted sah, daß dem jungen Mann ein Ohr fehlte. Sein Name sei Dussart, sagte Claire. Er und Henri würden Ted noch heute abend zu einem Treffpunkt mit zwei anderen Fliegern bringen – keine Leute aus seiner Besatzung, fügte sie hastig hinzu. Von dort aus würden die drei Flüchtlinge zur nächsten Verbindungsstelle gebracht werden. Sie würden etwa in einer Stunde aufbrechen, sobald es ganz dunkel war. Jetzt, sagte sie, würde sie ihnen allen noch etwas zu essen machen. Sie stieg die Treppe hinauf, auf der Ted saß. Dussart folgte ihr. Oben blieb sie stehen. Sie forderte Ted auf, ins Haus zu kommen und mit ihnen zu essen. Ted schüttelte den Kopf.

Eine Zeitlang hörte er gedämpfte Geräusche durch das geschlossene Küchenfenster. Männerstimmen. Das Klappern von Geschirr. Während er draußen auf der Treppe saß und vor Kälte zitterte, fragte er sich ab und zu, ob er nicht doch hineingehen und etwas essen sollte. So bald würde er bestimmt nicht wieder eine Mahlzeit bekommen. Und warum sollte er nicht diese letzten Minuten vor einer langen Trennung nutzen, um sich noch einmal an Claire sattzusehen? Aber der Gedanke, den kleinen Raum mit Henri und dem Einohrigen teilen zu müssen, schreckte ihn ab.

Er hörte, wie die Tür geöffnet wurde. Sie hatte ihren Mantel an und setzte sich zu ihm auf die Vortreppe. Auf den freien Platz zwischen ihnen legte sie das Buch, aus dem oben Stellas Foto hervorsah. Sie hatte verschiedene Papiere in der Hand, die sie Ted übergab. Seine Ausweise, erklärte sie. Er konnte seinen neuen Namen in der Dunkelheit nicht lesen.

»Ich dir habe diese mitgebracht«, sagte sie.

Er warf einen schnellen Blick auf das Buch und sah weg. Er nahm es nicht zur Hand.

»Hat er etwas zu dir gesagt?«

»Nein.«

»Es tut mir leid.«

Sie nickte.

»Er weiß es, nicht wahr?«

Sie schwieg. Nickte wieder.

»Ich liebe dich«, sagte er.

Sie antwortete nicht, und im ersten Moment verletzte ihn ihr Schweigen. Dann sah er, daß sie sprechen wollte, aber nicht konnte. Wußte sie die richtigen Worte nicht, oder war es etwas, das sie nicht aussprechen konnte?

Er scharrte mit der Stiefelspitze im Kies. Sie drehte sich ein wenig, so daß sie ihm ins Gesicht sehen konnte. Er konnte sie in der Finsternis kaum erkennen. Sie legte eine Hand auf das Buch, und er legte die seine darüber. Ihre Hand war so warm, die seine mußte ihr eiskalt erscheinen. Sie saßen beide ganz still. Er schloß die Augen und konzentrierte sich auf ihre Hand. Er wollte sich für immer einprägen, wie sie sich glatt wie Seide anfühlte.

Sie hörten Stimmen gleich hinter der Tür.

»*Non!*« sagte sie hastig. Es klang wie ein erstickter Schrei. Sie drückte in ihrer Verzweiflung ihre Stirn an sein Gesicht. »Ich ...« begann sie und brach ab.

Die Tür wurde geräuschvoll geöffnet und gleich wieder zugeschlagen. Henri sah frisch gewaschen wie ein neuer Mensch aus. Claire entzog Ted ihre Hand und stand auf. Ted folgte ihr. Im Dunklen suchte er ihr Gesicht. Was hatte sie sagen wollen? Ich liebe dich? Ich habe Angst?'

Henri sprach mit ihr. Sie schob ihre Hände in die Manteltaschen und wandte sich Ted zu.

»Sie bringen dich jetzt weg. Mein Mann mir sagt, du mußt zwischen ihnen gehen. Wenn es ist Zeit, Henri wird dir sagen, *courage* ...« Sie drehte sich nach Henri um. *»Courage?«* fragte sie.

Er nickte.

Sie sah wieder Ted an. »Er wird sagen *courage*, das heißt ›Mut‹, und dann mußt du allein zu dem Auto gehen, das dort warten wird. Sie nicht gehen mit dir, weil sie nicht wollen sehen die Gesichter der Leute, die zur nächsten Zelle gehören.«

Dussart und Henri entfernten sich einige Schritte und blieben dann stehen, um auf Ted zu warten.

Er wollte sagen, »ich möchte dir danken«, was ja der Wahrheit entsprach und was er vor Henri und Dussart ruhig zu ihr sagen konnte, aber die Stimme versagte ihm. Er spürte ihre Hand auf seinem Arm. Sie küßte ihn kurz auf beide Wangen und sagte leise an seinem Ohr: »Ich dich nie vergessen werde.« Einen Moment noch ließ sie ihre Hand auf seinem Arm liegen. Dann war sie fort.

Ted sah, wie sich die Haustür hinter ihr schloß.

Nichts in seinem Leben, dachte er, war je so schwer für ihn gewesen. Nicht einmal die Notlandung auf der Weide, die ihn hierher gebracht hatte. Er sah zu Henri und Dussart hinüber. Henri wich seinem Blick aus. In diesem Moment wurde Ted klar, daß nicht nur Henri von ihm und Claire gewußt hatte, sondern das ganze Dorf. Die stillschweigende Duldung ihrer Liebesbeziehung war ein Geschenk an ihn und Claire gewesen. An ihn, weil er Amerikaner war. An Claire, weil sie zur Résistance gehörte.

Der Wind blies plötzlich stärker, und es trieb ihm die Tränen in die Augen. Er schob die Dokumente in seine Tasche und berührte dabei Claires Kopftuch. Er ließ das Buch und das Foto auf der Vortreppe liegen.

Sie marschierten Stunden, wie ihm schien, aber in Wirklichkeit, schätzte Ted, waren es sicher nicht mehr als vierzig Minuten. Es war das mühsame Fortkommen mit dem verletzten Bein, das die Zeit verzerrte – und der wachsende Abstand, den er mit jedem Schritt zwischen sich und Claire legte. »Ich dich nie vergessen werde«, hatte sie gesagt. Ihre tiefe, rauhe Stimme hatte irgendwo tief in seinem Inneren einen Platz gefunden. Er wußte, er würde sie immer hören können.

Aber vieles würde er niemals wissen. Würde sie in einem Jahr noch an ihn denken? Würde sie eines Tages ein Kind bekommen, oder zwei, und den Krieg und Ted weit hinter sich lassen? Hatte sie diesen Prozeß des Vergessens schon eingeleitet, um nicht verrückt zu werden? »Fou«, hatte sie gesagt. Er versuchte, sie sich als ältere Frau vorzustellen, als alte Frau. Ihre grauen Augen, da war er gewiß, würden sich niemals verändern. Er versuchte, sie sich mit Henri vorzustellen – konnte nicht, wollte nicht.

Sie marschierten in westlicher Richtung. Vielleicht auch in südwestlicher. Unmöglich, es mit Sicherheit zu sagen. Vielleicht würden sie schnurstracks bis Frankreich marschieren. Die Felder waren voller Löcher und Gräben, die in der Dunkelheit nicht zu erkennen waren. Ted stolperte immer wieder und fing sich mit Mühe. Gelegentlich waren nächtliche Geräusche zu hören, die leisen Rufe unbekannter Vögel, das Huschen und Scharren kleiner Tiere zu seinen Füßen. Während Henri ihn weiter und weiter von dem kleinen belgischen Bauernhaus wegführte, begann er sich einzubilden, im Gesicht von Claires Mann ein kleines Lächeln der Genugtuung zu sehen. Dabei, dachte er, mußte Henri doch beinahe bewußtlos sein vor Erschöpfung. Dussart, der mehrmals erfolglos versucht hatte, ein Gespräch mit Henri anzufangen, pfiff ab und zu irgendein Lied vor sich hin. Ted fragte sich, warum Henri nicht bereit war, sich mit Dussart zu unterhalten. Gab es in der Résistance so etwas wie eine Hierarchie, die persönlichen Kontakt nicht erlaubte? Oder hatten die beiden ganz einfach nichts gemeinsam außer diesem Auftrag?

Das erste Signal war so kurz, daß Ted es für eine optische Täuschung hielt, die sein Auge nach dem angestrengten Spähen in die Dunkelheit erzeugt hatte. Das zweite jedoch war unverkennbar. Ein flüchtiges Streiflicht aus einer Taschenlampe, die auf Hüfthöhe gehalten wurde. Ein einziger Baum durchschnitt den waagerecht wandernden Lichtstrahl jedesmal, wenn er sich zeigte. In den Momenten der Helligkeit konnte Ted endlich das Land rundherum ausmachen – die aufgeworfenen braunen Furchen, die strohhellen Stoppeln.

Dussart machte leise eine Bemerkung zu Henri, der ihm ebenso gedämpft antwortete. Dann hob Henri flüchtig seinen Arm vor Ted, zum Zeichen, daß sie langsamer werden sollten. Vorsichtig schoben sie sich der Taschenlampe entgegen. Etwa fünfzehn Meter von der Lichtquelle entfernt rief Henri einen Namen oder ein Wort – Ted war nicht sicher. Ein Mann antwortete kurz. Henri gab Ted ein Zeichen, anzuhalten. Der Strahl der Lampe wanderte jetzt von ihnen weg und beleuchtete kurz einen kleinen, farblosen Wagen mit hohem Dach. Dussart stellte Henri ängstlich flüsternd eine Frage. Henri antwortete kurz und abweisend. Dussart begann zu protestieren. Henri gebot ihm grob zu schweigen.

Wieder begann das schreckliche Summen in Teds Ohren. Henri, der neben ihm stand, zog etwas aus seiner Tasche. Es knisterte leise in der Stille. Ted meinte, es müßten Zigaretten sein, dachte, Henri würde ihm noch eine anbieten, ehe er ihn fortschickte. Aber dann griff Henri nach Teds Hand und legte hinein, was er aus seiner Tasche geholt hatte. Es war ein flaches, dünnes Täfelchen, in Papier verpackt.

»*Chocolat*«, flüsterte Henri.

Verwirrt hielt Ted die Schokolade in der Hand. Wozu das?

Dann sprach Henri klar und deutlich das vereinbarte Wort: »*Courage!*«

Der Lichtstrahl beschrieb jetzt kleine Kreise auf dem Boden, ein rundes Mal, dem Ted entgegengehen mußte.

Wo würde Claire jetzt sein? Saß sie am Tisch in der Küche? Oder lag sie oben in ihrem Bett und lauschte in die Nacht?

Noch einmal sagte Henri mit leiser Stimme das Wort: *»Courage«*.

Zögernd ging Ted einen Schritt vorwärts. Dann noch einen. Wo waren die anderen Flieger? Er tastete sich über den unebenen Boden. Hinter sich hörte er zu seiner Überraschung das Geräusch sich entfernender Schritte. Er wirbelte herum, wollte den davoneilenden Gestalten zurufen. Warum ließen sie ihn so schnell allein? Es gab so viele Fragen. In der Ferne konnte er einen Hund bellen hören. Er wandte sich wieder der Stelle zu, wo noch immer das farblose Auto stehen mußte. Dort wartete die Freiheit, oder nicht? Die Verheißung auf ein Leben, wie der Mensch es führen sollte. Die Verheißung auf Heimkehr. Er lachte einmal in der Dunkelheit. Er sah die stetige Bewegung eines körperlosen Arms – den sich kontinuierlich drehenden Lichtkreis auf der dunklen Erde. Es gab keinen anderen Weg.

5. April 1944

WENN SIE DIE Hand an den Stein drückte, war diese hinterher naß. Manchmal glaubte sie, das Wasser an den Mauern herabrinnen zu hören.

Ein kleines Rechteck, von der Größe eines Buchs, war hoch oben in der steinernen Mauer. Sie saß auf der Pritsche, die mit Scharnieren an der Wand befestigt war, und sah zu, wie der Morgen langsam ihre Zelle erhellte. Sie hatte den Eindruck, daß das Licht, das durch das Rechteck fiel, sich von Tag zu Tag veränderte, kräftiger, heller wurde, und sie meinte jetzt auch einen Hauch von Farbe sehen zu können: das diffuse Birnengelb junger Knospen. In der Ferne hörte sie wie immer die Verkehrsgeräusche von Antwerpen, wo die Menschen unglaublicherweise ihren täglichen Geschäften nachgingen, ohne zu ahnen oder ohne sich darum zu kümmern, was hinter diesen Mauern vorging.

Die Tür zum Korridor draußen wurde klirrend geöffnet und wieder zugeschlagen. Sie hörte das Knallen von Stiefelabsätzen, zwei Paar waren es, und Schleifgeräusche auf dem Steinboden. Sobald die harten Schritte im Korridor hörbar wurden, begannen die Frauen in den anderen Zellen zu schreien, wütend oder dem Wahnsinn nahe oder auch nur, um die Aufmerksamkeit der Wärter auf sich zu ziehen. Das metallische Klappern von Schlüsseln hallte durch den Trakt, und hinter der Tür hustete eine Frau. Grelles Licht fiel plötzlich in die Zelle. Sie brachten Odette zurück.

Claire kniete nieder und schob ihren Arm unter den Kopf der Frau. Odette schien immer noch bewußtlos zu sein. Sie hustete einmal, und Blut tropfte auf ihr schmutziges Anstaltskleid.

Schweine, flüsterte Claire.

So behutsam wie möglich, da sie noch nicht wußte, wie schwer die Verletzungen waren, rollte sie sie auf eine Wolldecke auf dem Steinboden. Lieber hätte sie sie auf die Pritsche gehoben, aber solange Odette bewußtlos war, war das unmöglich.

Im trüben Licht versuchte Claire, ihre Zellengenossin zu untersuchen. Der Mund hatte einen grausamen Schlag empfangen, Claire schob ihre Finger hinein und tastete nach ausgeschlagenen Zähnen. Die Frau, die bei den Razzien in Louvain gefaßt worden war, teilte seit vier Tagen ihre Zelle. Soweit Claire sagen konnte, hatte Odette Kurierdienste für die Partisanen geleistet. Sie war erst achtzehn Jahre alt.

Odette hustete wieder und versuchte keuchend, sich aufzurichten. Claire legte ihre flache Hand auf die Brust der jungen Frau und drückte sie sanft nieder. »Sie sind jetzt in Sicherheit. Ich bin bei Ihnen. Ruhen Sie sich aus.«

»Wieso sind es Belgier?« fragte Odette heiser flüsternd.

Die Tatsache, daß ihre Folterer und Inquisitoren lauter Belgier waren, hatte auch Claire verwirrt. Sie hatte einige Erfahrung aus Delahaut mitgebracht. Sie wußte von Männern, die bereitwillig kollaborierten, von Frauen, die sich mit deutschen Soldaten zusammentaten, aber so etwas wie die heimtückische Brutalität in diesem Gefängnis hatte sie noch nie erlebt. Vielleicht taten sie es für Nahrungsmittel und Geld, vielleicht aus Furcht, selbst mißhandelt zu werden. Viele der Wärter waren, wie sie entdeckt hatte, kleine Kriminelle, die man freigelassen hatte. Politische Gefangene wurden hier wie der letzte Dreck behandelt – sie galten noch weniger als Diebe und Mörder.

Claire sagte sich, sie könne sich wahrscheinlich glücklich preisen, daß sie glimpflicher davongekommen war als die junge Frau aus Louvain. Sie hatte mehrere Rippenbrüche erlitten und war jetzt auf einem Ohr fast taub, aber sie lebte und sie hatte kein Blut gespien.

Die runde Klappe in der Tür wurde aufgeschoben. Claire ließ Odettes Kopf auf die Decke hinunter und stand auf, um die zwei Tassen kalter Brühe und die zwei Scheiben trocken Brot von dem Tablett zu holen.

»Können Sie etwas essen?« fragte sie die junge Frau.

Die schüttelte den Kopf. »Aber nehmen Sie mein Essen«, sagte sie. »Lassen Sie es nicht verkommen.«

Vorsichtig zog Claire die junge Frau näher zur Wand und richtete sie ein wenig auf. Sie fürchtete, die Frau könnte an ihrem eigenen Blut ersticken, wenn sie länger auf dem Boden liegen blieb. Sie holte einen Waschlappen und wischte ihr Schweiß und Schmutz vom Gesicht.

»Was haben sie mit Ihnen gemacht?« fragte sie zornig.

Odette bewegte ihren Kopf vorsichtig von einer Seite zur anderen.

Claire hob die Blechschale zu ihrem Mund. Die Brühe roch widerlich. Wie immer war es eine Art Kohlsuppe, der manchmal zähes, undefinierbares Zeug beigemischt wurde. Sie zwang sich, die Flüssigkeit zu trinken. Sie wagte nicht, Odette etwas zu essen zu geben, solange diese Blut spie. Aber sie wußte auch, daß die Frau, wenn sie nicht aß, das letzte bißchen Kraft verlieren würde, das ihr noch geblieben war.

Als Claire Brot und Brühe hinuntergewürgt hatte, lehnte sie sich an die Wand und hielt Odettes Hand in der ihren. Ihr selbst tat der ganze Brustkorb weh, wo die gebrochenen Knochen langsam von selbst wieder zusammenwuchsen, ohne behandelt worden zu sein. Sie hatte keinen Arzt gesehen, seit man sie in das Gefängnis gebracht hatte. Ihre Oberschenkel unter dem dünnen Anstaltshemd waren nur noch schlaffe Haut und Knochen. Brüste und Bauch waren immer noch leicht gerundet, sonst aber schrumpfte ihr Körper von Tag zu Tag. Sie fragte sich ganz sachlich und ohne Emotion, ob eine werdende Mutter vor dem Fötus in ihrem Leib verhungern oder ob zuerst das Kind und dann die Mutter sterben würde.

Unter ihren Fingern spürte sie die steifen Stoppeln von Odettes Haar. Auch ihr hatte man den Kopf geschoren, und sie war froh darüber. Anfangs hatten sie sie so brutal an den Haaren gerissen, daß sie Angst gehabt hatte, sie würden ihr das Genick brechen. Jetzt stand ihr Haar ungleichmäßig geschnitten und zerrupft von ihrem Kopf ab. Es war schwierig, sich mit den winzigen Waschlappen und der kleinen Wasserration, die man ihnen zuteilte, gründlich zu waschen. Sie wußte, daß sie stank, genau wie die Frau neben ihr. Wie hielten die Wärter das aus? Tag und Nacht all diese stinkenden, hustenden Frauen, all diese schreienden und heulenden Frauen. Vielleicht war es so etwas wie eine Strafe für die Wärter. Sie hoffte es aus tiefstem Herzen.

Heute würde man sie nach Ravensbrück in Deutschland deportieren. Man weigerte sich, ihr zu sagen, warum. Die Verhöre und Mißhandlungen waren vor einigen Wochen eingestellt worden, auch dafür hatte es keine Erklärung gegeben. Seit sie hier in diesem Gefängnis in Antwerpen war, hatte sie über Ravensbrück die schlimmsten Geschichten gehört, aber es fiel ihr schwer, sich vorzustellen, daß ihr dort Schlimmeres bevorstehen könnte als das, was sie hier durchmachte. Auf jeden Fall, sagte sie sich, würden sie auf der Reise endlich Tageslicht zu sehen bekommen, entweder unterwegs oder bei der Ankunft. Sie sehnte sich nach Licht.

Odette warf sich plötzlich nach vorne. Sie schien fliehen zu wollen. Claire hielt sie zurück. »Es ist ja gut. Sie sind hier bei mir. Hier passiert Ihnen nichts.«

Claire wußte, daß die junge Frau vor den Mißhandlungen Todesangst hatte. Es gab keine Ruhe: Wenn man schlief, suchten sie einen in den Träumen heim. Die ersten Tage waren die schlimmsten.

»Haben sie Sie auch an einen Stuhl gefesselt?« fragte Odette. Ihre Stimme war kaum mehr als ein Flüstern.

»Ja.«

»Und dann geschlagen?«

»Ja.«

»Ganz gleich, wie Sie auf ihre Fragen geantwortet haben?«

»Ja.«

»Warum hören sie nicht auf? Ich habe ihnen doch alle Namen genannt.«

»Ich weiß es nicht.«

Sie hatten Claire kurz vor Morgengrauen geholt. SD-Offiziere mit schwarzen Mänteln und Schirmmützen. Draußen ein Wehrmachtslastwagen. Sie war am Küchentisch eingeschlafen, und als sie die Haustür eingetreten hatten, sie anbrüllten und an den Haaren durch die Küche schleiften, war an Flucht nicht zu denken gewesen. Sie hatte überhaupt nichts gedacht, so verwirrt war sie gewesen. Unaufhörlich bombardierten sie sie mit ihren brüllenden Stimmen mit Fragen, während sie Geschirr und Töpfe aus den Schränken fegten. Sie stießen sie mit Tritten zur Tür hinaus, so daß sie zu Boden stürzte. Sie trieben sie in einen Lastwagen. Ein Konvoi nach Antwerpen. Drinnen waren andere aus Delahaut und umliegenden Dörfern. Sie hielten sie Köpfe gesenkt, manche drückten Kinder an sich. Manche weinten. Niemand wagte, mit ihr zu sprechen.

An dem Abend, als Henri und Dussart Ted fortgebracht hatten, hatte sie sich an den Küchentisch gesetzt und endlich geweint. Das Undenkbare wird denkbar, hatte er gesagt. Sie hatte ihn fortgeschickt, weil sie es tun mußte. Sie hatte es mit ihrem Schweigen getan.

Sie erinnerte sich, wie sie wie in Trance aus dem Lastwagen gestiegen und Henri entgegengelaufen war. Noch bevor sie ihn erreichte, dachte sie: Ich werde es ihm jetzt sagen. Dann stand sie vor ihm, legte ihm die Hand auf den Arm und sah ihm in die Augen. Irgend etwas war anders geworden. Der Mann, der vor ihr stand, war Henri, aber es war nicht der Henri, den sie kannte. Sie bekam plötzlich Angst.

Es ist also aus, dachte sie.

Er versprach ihr, sie würden Ted sofort wegbringen. Es sei alles schon vorbereitet, sagte er. Er brauche nur Dussart. Sie dürften den Amerikaner nicht in ihrem Haus finden, sagte sie und meinte in Wirklichkeit: Sie dürfen den Amerikaner überhaupt nicht finden.

Ted.

Sie dachte an die Farbe seiner Augen, dieses schimmernde Grün. Sie erinnerte sich an sein Lächeln und konnte seine Stimme hören, aber sie erinnerte sich nicht mehr, wie es war, wenn sie sich liebten. Wenn das Fleisch von einem abfällt, dachte sie, fallen dann auch alle lustvollen Empfindungen des Fleisches von einem ab? Oder war diese Unfähigkeit, etwas zu fühlen, nur ein Schutz? Weil die Erinnerung unerträglich wäre.

In dieser Nacht hatte man sie in den Lastwagen nach Antwerpen gebracht. Die Mißhandlungen hatten sofort begonnen. Als sie aus dem Wagen ins Licht sprang, versetzte ihr einer der Wärter einen so harten Schlag aufs Ohr, daß sie stürzte. Man zerrte sie ins Gefängnis, wo die Neuankömmlinge sich in zwei Reihen aufstellen mußten – Männer auf der einen Seite, Frauen auf der anderen. Ein Offizier befahl ihnen, sich auszukleiden. Immer noch empfand sie die tiefe Scham dieses Moments, trotz allem, was seither geschehen war.

Die Tage, die folgten, waren ohne Zusammenhang. Fünfzig Tage, sechzig, selbst jetzt konnte sie es nicht mit Sicherheit sagen. Niemand wußte das genaue Datum. Manche meinten, es sei März, andere behaupteten, es sei schon April. In den Korridoren voller Schreie hörte Claire manchmal

Neuigkeiten: Die Partisanen in Charleroi waren fast alle festgenommen worden, die Amerikaner standen in Anzio.

Anfangs gab es keine Nacht und keinen Tag, es gab keine regelmäßigen Mahlzeiten, nichts, woran sie die Zeit hätte messen können. Sie wußte nur, daß sie in einen fremden Raum gebracht, an einen Stuhl gefesselt und immer wieder mit denselben Fragen gequält wurde. Mit Fragen nach denselben Namen, ohne Unterlaß. Claire wußte keine Namen außer denen von Antoine und Dussart. Doch im Verlauf der Tage, als die Mißhandlungen immer grausamer wurden, begannen die Namen miteinander zu verschmelzen, und manchmal sagte sie ja, wenn das gar nicht zutraf, und manchmal nein, sogar bei der Frage nach ihrem Mann. Sie wartete ständig darauf, daß sie ihr Teds Namen ins Gesicht schleudern würden, aber es geschah nicht. Sie wollte nicht darüber nachdenken, was das bedeuten könnte. War er gefaßt worden? War er schon tot? Seltsamerweise fragten sie sie nicht ein einziges Mal nach Leuten, die sie in ihrem Haus versteckt gehalten hatte. Sie behielt das Geheimnis der Dachkammer für sich.

Manchmal schlugen sie ihr mit der flachen Hand ins Gesicht, manchmal schlugen sie mit Fäusten auf ihre Arme, ihren Rücken und ihre Brust. Gelegentlich war nur einer da, der sie quälte, zu anderen Zeiten waren es drei. Der Inquisitor jedoch war immer derselbe: ein schlanker belgischer Offizier mit spitzem Kinn und unstetem Blick. Er war Flame und kam aus dem Norden. Er nannte sie »Liebchen«. Wenn er mit erhobenem Finger das Zeichen gab, begannen die Mißhandlungen.

Am letzten Tag der brutalen Verhöre ließ der Inquisitor sie wie gewohnt an den Stuhl fesseln, aber sie wurde nicht geschlagen. Von neuem begann er, sie zu verhören, jedoch mit einer Verdrossenheit, die sie zuvor nie an ihm gesehen hatte. Er schien sich für ihre Antworten gar nicht mehr zu interessieren.

Sie wagte eine Frage.

Sie fragte, wo Henri sei. Der Offizier antwortete ihr nicht. Sie fragte, ob sie ihren Mann sehen könnte. Er reagierte nicht. Sie fragte, ob es Henri gut gehe, ob er überhaupt noch am Leben sei. Er hüllte sich in Schweigen.

Sie wußte nicht, ob man Henri nach Antwerpen oder nach Brüssel gebracht hatte. Oder ob er erschossen worden war, als er bei seiner Festnahme Widerstand geleistet hatte. Oder ob er wunderbarerweise auf freiem Fuß war.

Odette wurde wach. Sie drückte ihr Gesicht an Claires Brust. »Sie haben einen Stuhl auf meinem Kopf zertrümmert«, sagte sie.

Claire strich ihr über das Haar. »Es wird bald aufhören.«

»Warum sind Sie hier?« fragte Odette.

»Es ist besser für Sie, wenn Sie das nicht wissen«, antwortete Claire.

Odette begann zu husten. Blut rann ihr über Kinn und Hals. Claire hielt sie.

»Muß ich sterben?« fragte die junge Frau.

»Nein«, sagte Claire. »Schlafen Sie, wenn Sie können. Schlaf heilt.«

Sie glaubte nicht, daß Odette sich erholen würde. Sie war überzeugt, daß sie noch an diesem Tag sterben würde. Oder wenn nicht heute, dann bald.

»Wenn der Krieg vorbei ist, heiraten Georges und ich«, sagte Odette. »Waren Sie sehr glücklich mit Ihrem Mann?«

»Ja«, log Claire.

»Georges war mit mir bei den Partisanen.«

»Schsch.«

»Aber ich habe seinen Namen sowieso schon gesagt. Ich *mußte* ihn sagen.«

Odette begann lautlos zu weinen.

»Wir tun es doch alle«, sagte Claire. »Niemand kann der Folter standhalten. Und Sie haben ihnen nichts gesagt, was sie nicht schon wußten. Wahrscheinlich ist Georges schon in Sicherheit. Sie waren gewiß nicht die erste, die seinen Namen genannt hat. Er macht sich vermutlich mehr Sorgen um Sie als um sich selbst.«

»Ich war mit ihm verabredet«, sagte sie. »Wir wollten uns im Haus von Barbier treffen. Und dann haben sie mich abgeholt. Sie haben uns alle mitgenommen, meine Mutter, meinen Vater und meine Großmutter. Meine Großmutter haben sie an ihrem Kleid aus dem Haus gezerrt . . .«

»Schsch«, machte Claire wieder. »Versuchen Sie zu schlafen. Das ist das Beste.«

Manchmal, wenn sie in ihrer Zelle saß, dachte sie an die zwanzig gemeinsamen Tage. Oft hatte sie das Gefühl, daß sie alles nur erfunden hatte, daß eine solche Pause des Glücks zu gleicher Zeit mit den Ereignissen, die sich täglich in diesem Gefängnis abspielten, niemals möglich gewesen wäre, aber dann kam ihr irgendeine Einzelheit in den Sinn und noch eine, und sie wußte, daß ihre Erinnerung sie nicht trog. Es waren immer nur Kleinigkeiten, scheinbar ohne Bedeutung: ein paar Takte einer Melodie, die er hinter der Wand vor sich hin gepfiffen hatte, eine Drehung seines Kopfes, wenn er lachte, so daß sie sein Lächeln im Profil sah, seine lässige Art, auf einem Stuhl zu sitzen, die Hände in den Taschen, als wäre das Leben ein Spiel. Sie konnte die weiche Linie von seinen Wangenknochen zu seinem Kinn sehen. Sie konnte sich erinnern, wie er in jener ersten Nacht ausgesehen hatte, verwundet und nackt am Feuer. Sie konnte sich nicht an alles erinnern, und zu *fühlen* war sie fast gar nicht mehr fähig, aber sie wußte mit Gewißheit, daß es wirklich geschehen war. Dann versuchte sie sich vorzustellen, wie er in England zurück mit gesundetem Bein über einen grünen Rasen auf ein silbernes Flugzeug zuging, locker, die Hände in den Hosentaschen seiner Uniform. War es überhaupt möglich, daß er es allen Widerständen zum Trotz geschafft hatte, nach England zurückzugelangen?

Sie hörte plötzlich Geräusche, Geräusche, die ihr inzwischen längst vertraut waren: die Tür zum Zellentrakt, die knallenden Stiefelabsätze, das Klirren des schweren Schlüsselbunds. Jetzt kommen sie, dachte sie und hob ihre Hand, um ihre Augen gegen das Licht abzuschirmen. Eine Gestalt stand an der Tür.

In einem kleinen Raum traten sie von ihr weg und forderten sie auf, sich zu entkleiden. Sie ließ das Anstaltshemd zu Boden fallen. Instinktiv zog sie den Bauch ein, so gut es ging.

Das grelle elektrische Licht fiel auf die Blutergüsse an ihrem Körper. Sie sahen aus wie violette und gelbe Farbkleckse auf ihren Armen und Oberschenkeln. Ihre Beine waren so mager geworden, daß die Knie kantig hervorsprangen. Sie widerstand der Versuchung, sich schützend zu bedecken. Eine Krankenschwester reichte ihr ein kleines Stück Seife und einen Lappen und wies auf die Tür zu den Duschen.

»Wie man Ihnen bereits gesagt hat, werden Sie heute nach Ravensbrück gebracht«, sagte die Schwester. »Aber vorher werden Sie noch ärztlich untersucht.«

Claire nahm Seife und Lappen. Sie konnte sich nicht rühren. Eine ärztliche Untersuchung, dachte sie.

»Was ist los?« fragte die Schwester ungeduldig. »Ist etwas nicht in Ordnung?«

Das Wasser war nicht heiß, aber es war auch nicht kalt. In den Duschen waren außer ihr noch andere Frauen. Zum erstenmal, seit man sie zu Hause abgeholt hatte, konnte sie sich gründlich waschen. Sie fragte sich, ob das Duschen ein gutes Zeichen war. Vielleicht waren die hygienischen Verhältnisse in Ravensbrück besser, und die Belgier wollten sich nicht nachsagen lassen, daß sie völlig verdreckte Frauen in die deutschen Lager schickten. Sie ging vorsichtig mit der Seife um, denn sie wollte etwas übrigbehalten, um sich damit die Haar zu waschen.

Ihre Hände zitterten. Ein paarmal wäre ihr die Seife beinahe aus den Fingern gerutscht und zu Boden gefallen. Wie gründlich würde der Arzt sein? War es nicht vielleicht möglich, daß er die Anzeichen übersah? Oder würde er bei den Frauen, die er untersuchte, auf eben diese Anzeichen achten?

Sie hatte ja selbst anfangs die Symptome verkannt. Ein Monat, dann noch einer. Sie hatte geglaubt, es wären die Auswirkungen der körperlichen Entbehrungen und des Hungers. Andere Frauen, die schon lange hier waren, erzählten ihr, sie hätten seit Monaten nicht mehr menstruiert. Aber dann hatte sie diesen merkwürdigen metallischen Geschmack in ihrem Mund wahrgenommen und die Spannung in ihren Brüsten. Die plötzliche Gewißheit hatte sie wie ein leuchtender Blitzstrahl durchzuckt. In ihr wuchs ein Leben als ein Beweis der zwanzig Tage.

Sie trocknete sich mit einem kleinen Handtuch. So rauh es war, es war ein Genuß, ihre saubere Haut damit zu frottieren. Man befahl ihr, sich die Haare zu kämmen, und gab ihr einen frischen Kittel. Man untersuchte ihren Anus und ihre Vagina. Dann befahl man ihr, sich anzukleiden und sich der langen Reihe wartender Frauen im Korridor anzuschließen.

Sie lehnte sich an die gekachelte Wand und hörte Französisch, Wallonisch und Flämisch, viele Dialekte. Mit der frischen Sauberkeit hatten sich höfliche Umgänglichkeit und Gesprächsfreudigkeit eingestellt. Die Frauen unterhielten sich über die bevorstehende Verlegung wie Sekretärinnen über eine Dienstreise. Ob man mit dem Zug fahren würde, hörte sie eine Frau fragen. Nein, antwortete eine ältere, sie würden per Lastwagen befördert werden wie immer. Aber würde die Reise länger als einen Tag dauern? Ravensbrück, sagte die ältere Frau, sei weit im Osten Deutschlands. Claire wußte nicht, ob das zutraf. So schlimm kann es in Ravensbrück nicht sein, meinte eine andere Frau. Sonst hätten sie uns nicht duschen lassen.

Die Schlange rückte in flottem Tempo vorwärts, eine Frau nach der anderen. Eine Arzthelferin machte eine Tür auf und rief einen Namen, und schon war die nächste an der Reihe. Claire hatte kalte Füße. Der Kittel war ihr zu groß und rutschte ihr immer wieder über die Schultern.

Sie hatte seit beinahe zwei Monaten nicht mehr gebetet, seit man sie das erstemal geprügelt hatte. Als die gnadenlosen Mißhandlungen nicht aufhörten, vielmehr noch schlimmer wurden, hatte sie das Beten aufgegeben. Und als man sie endlich in Ruhe gelassen hatte, war sie nicht mehr fähig gewesen zu beten.

Aber jetzt, an die kalte Wand gelehnt, betete sie. Ganz gleich, was ihr geschähe, sagte sie lautlos zu Gott, ganz gleich, was man von ihr verlangen würde, sie würde dieses Kind behalten. Es war eine Willenserklärung, eine Herausforderung.

Die Frau vor ihr war klein und fast grau. Ihr Rücken war krumm. Claire sah die Blutergüsse auf ihren nackten Armen. Eine merkwürdige Gesellschaft sind wir, dachte sie. Jede von uns mit den gleichen grausamen Malen, und da schwatzen wir miteinander, als hätten wir nichts weiter vor als einen kleinen Ausflug.

Der Name der grauhaarigen Frau wurde aufgerufen. Claire sah ihr nach, bis sie hinter der Tür verschwunden war. Sie sah flüchtig einen mit Leder bezogenen gynäkologischen Untersuchungsstuhl. Irgendwie, dachte sie, mußte sie es vermeiden, auf diesem Stuhl zu landen.

Sie wartete darauf, aufgerufen zu werden. Was, fragte sie sich, befand sich auf der anderen Seite des Untersuchungsraums? Wohin wurden die Frauen gebracht? Verteilte man zusätzliche Kleidung für die Reise? Es war Ende März oder Anfang April. Vielleicht hatte der Arzt einen Kalender im Zimmer. Aber ganz gleich, welches Datum man schrieb, sie würden alle wärmere Kleidung brauchen. Sie konnten nicht in diesen Baumwollkitteln reisen. Da würden sie alle erfrieren, noch ehe sie Deutschland erreichten.

Sie dachte an Henri. Sie wollte gern glauben, daß er am Leben war. Aber wenn das zutraf, wie war er der Gestapo entkommen? Er hätte in ein anderes Dorf fliehen müssen, vielleicht sogar über die Grenze nach Frankreich. Sie hielt es für unwahrscheinlich, daß sie Henri je wiedersehen würde, selbst wenn er am Leben blieb. Sie wünschte aus tiefstem Herzen, daß man ihn, wenn er gefaßt werden sollte, erschießen und nicht hängen würde. Sie fühlte sich nicht schuldig für das, was sie Henri angetan hatte. Es schien ihr kein Verrat zu sein. Es waren nur zwanzig Tage von einem ganzen Leben. Sie konnte nicht glauben, daß es Unrecht war, Ted zu lieben. Bei diesem Gedanken fragte sie sich flüchtig, ob sie überhaupt ein Recht habe zu beten, wenn sie keine Schuld bei sich sah.

»Daussois!«

Die Arzthelferin hielt die Tür auf. Claire wollte sagen, ich bin auch Krankenschwester. War Krankenschwester. In einer Ecke sah sie einen großgewachsenen dunkelhaarigen Mann im weißen Kittel. Der Arzt. Er stand mit dem Rücken zu ihr.

Der Raum war ganz weiß mit blitzenden Glas- und Chromschränken und dem braunen Untersuchungsstuhl. Über den fahrbaren Instrumententischen hingen Schränke mit Glastüren. Sie erkannte manches, was hinter den Türen lag: die Instrumente, die verschiedenen Arten von Verbandszeug. Das Zimmer hatte zwei weitere Türen. Die eine war unbeschildert, auf der anderen stand »Isolierstation«.

Der Arzt war mit irgend etwas beschäftigt, was Claire nicht erkennen konnte. Er schien gereizt und rief seiner

Assistentin zu, sie solle ihm zur Hand gehen. Mit einem ungeduldigen Seufzer erklärte er der Frau, im Labor liege noch eine andere Spritze. Die Helferin eilte durch die Tür mit der Aufschrift »Isolierstation« hinaus und zog sie hinter sich zu.

Der Arzt schien Claires Anwesenheit völlig vergessen zu haben. Sie musterte die unbeschilderte Tür, fragte sich, wohin diese führte, wie weit sie bei einem Fluchtversuch kommen würde. Lautlos trat sie einen Schritt näher an die Tür. Sie sah, wie der Arzt eine Ampulle zu seinem Gesicht emporhob und zweimal mit dem Finger dagegen klopfte.

Die Tür zur Isolierstation flog plötzlich auf, und die Arzthelferin kam mit einer Spritze herein. Durch die offene Tür konnte Claire einen schmalen Gang sehen und Teile eines anderen Raums, dessen Tür ebenfalls offenstand. Sie sah einen Arzt mit einem Pince-nez und vor dem Arzt einen Mann, der mit dem Rücken zur Tür an einem Tisch saß. Der Oberkörper des Mannes war nackt. Seine Haut zeigte keine Verletzungen. Sie sah seinen Nacken, den Schwung seiner Schultern.

Ihr stockte der Atem. Sie trat noch einen Schritt näher. Wie hatten sie ihn gefaßt? Und wann? Wenn er in Antwerpen war, hieß das nicht, daß er nie aus Belgien hinausgekommen war?

Etwas an ihrer Haltung – vielleicht ein Zusammenzucken, vielleicht die auf den Bauch gedrückte Hand – veranlaßte den Arzt, der den Mann untersuchte, den Kopf zu heben und einen kurzen Blick auf Claire zu werfen. Er verstand ihr Starren falsch, lachte und sagte etwas zu seinem Patienten.

Ted drehte sich herum.

Er sah sie an, als würde er sie nicht kennen. Erkannte er sie denn nicht?

Sie ging noch einen Schritt näher und öffnete den Mund, wie um etwas zu sagen.

Der Arzt, der vor Ted stand, wandte sich ab und zog sich das Stethoskop vom Hals.

Sein Gesicht war magerer und blasser. Seine Augen wirkten größer – schimmernde Lichter in umschatteten Höhlen. Als sie ihn sah, erinnerte sie sich endlich wieder, wie es war, seine Haut unter ihrer Hand zu spüren.

Er wandte sich nicht ab, aber sein Gesicht blieb ausdruckslos.

Sie wünschte sich, seine Stimme zu hören, wünschte sich irgendein Zeichen, daß er sie erkannt hatte. Sie wollte seinen Namen sprechen.

Er saß völlig reglos, den Körper halb gedreht, den nackten Arm auf der Stuhllehne.

Sie drückte eine Hand auf ihre Brust. Seit die Tür sich geöffnet hatte, hatte sie nicht einmal Atem geholt.

Ganz kurz legte sie einen Finger auf ihre Lippen und zog ihn wieder weg.

Beiläufig griff die Arzthelferin, die Claire den Rücken zugewandt hatte, hinter sich und stieß die Tür zu.

Claire schloß die Augen. Sie schwankte und mußte sich an dem Untersuchungsstuhl festhalten, um nicht zu fallen.

Er war fort, und sie wußte nicht, ob er sie wirklich gesehen hatte.

»DAS IST EIN Trick vom lieben Gott, damit nicht alles gleichzeitig passiert«, pflegte Frances zu erklären, wenn er sie mit endlosen, quengelnden Fragen nach der Zeit quälte. Wie lange ist es noch bis zu meinem Geburtstag? Wie viele Tage noch bis Weihnachten? Wann sind wir da? Ist das lang oder kurz? Lang oder kurz. Zwanzig Tage oder tausend Tage. Ein ganzes Leben konnte sich innerhalb einer Sekunde ändern. Durch das Versagen eines Motors, durch den Verrat eines Namens. Er hatte das Gefühl, die Zeit jetzt nicht einen Deut besser zu verstehen als früher, als er noch ein Kind gewesen war. Vor kurzem noch war der Gedanke, nur noch vier Tage, reine Qual gewesen. Jetzt war es reine Qual zu denken, noch vier Tage länger.

Von seinem Bett aus konnte er beobachten, wie langsam der Tag heraufzog, wie das Licht beinahe unmerklich heller wurde, bis er bald die Konturen der Gegenstände in der Zelle würde erkennen können. Ein Eimer zur Verrichtung der täglichen Bedürfnisse. Ein Stuhl. Ein Paar Stiefel an der Wand. Er fröstelte auf der Pritsche und zog die Decke höher. Ein Hustenanfall überkam ihn, und er atmete langsam, um ihn zu überwinden. Sie hatten ihn in Khakihemd und -hose gesteckt. Sie wollten ihn als amerikanischen Piloten haben. Er konnte sich nicht vorstellen, wie man in einem belgischen Gefängnis zu amerikanischen Uniformen gekommen war. Er wollte gar nicht darüber nachdenken.

Sie sprachen ihn mit Lieutenant an und fragten nach seiner Maschine und seiner Besatzung. Er gab stets die gleiche Antwort – indem er seinen Namen, seinen Rang und seine Dienstnummer nannte. Sie drohten, ihn zu schlagen, aber sie taten es nie. Sie schienen sich an einen Kodex zu halten, den Ted nicht verstand.

In Breendonk hatten sie ihn in Einzelhaft gehalten, hatten ihm teilweise die Mahlzeiten und alle ärztliche Versorgung verweigert und ihn zu beliebigen Zeiten aus dem Schlaf gerissen, um ihm die Orientierung zu rauben. Aber sie rührten ihn nie an. Ja, manchmal wirkten die belgischen Offiziere beinahe kameradschaftlich. Sie boten ihm Zigaretten an und gaben ihm Feuer und stellten ihm Fragen über die B-17 oder die P-38, nicht um ihn auszuhorchen, sondern aus persönlichem Interesse, eher wie man sich unter Männern bei einer Zigarette über die Vorzüge und Nachteile eines Autos austauschte.

Hätte er darauf geachtet, so wüßte er jetzt, welchen Tag man schrieb. Aber zu Beginn waren sein Zorn und seine

Verwirrung so überwältigend gewesen, daß das Verstreichen der Zeit ihm nichts bedeutet hatte. Jetzt war jede einzelne Stunde eine Tortur vorausberechneter und gezählter Minuten.

Er drehte sich auf die Seite. Er dachte, wie so oft seit er hier war, daß ein Übermaß an Zeit nicht die schlimmste Tortur war, die er sich vorstellen konnte. Die schlimmste war das Nichtwissen.

Hinter ihm entfernen sich Schritte, während er über das durchfurchte Feld vorwärtsging. Das Licht drehte sich unaufhörlich, winkte ihm. In der Hand hielt er die Schokolade. Die Dokumente und ihr Tuch waren in seiner Tasche. Würde man von ihm erwarten, daß er seinen falschen Namen kannte? Würden die anderen beiden Flieger schon da sein?

Als er noch etwa anderthalb Meter von dem Licht entfernt war, erlosch es. Augenblicklich waren zwei Männer an seiner Seite. Sie führten ihn höflich zu dem Auto, öffneten die Tür zum Fond, bedeuteten ihm, einzusteigen. Am Steuer saß ein dritter Mann. Ted sah flüchtig das Aufblitzen eines Rangabzeichens an einem Hemd unter einem nichtssagenden Regenmantel. Schlagartig fiel ihm der Junge ein, Dussart, der Ton, in dem er mit Henri gesprochen hatte. Und da wußte er Bescheid. Die Erkenntnis traf ihn wie eine Granate. Er beugte sich vor und stützte den Kopf in die Hände. Er glaubte, er würde sich übergeben.

Henri.

Und Claire? Sie auch?

Der Mann zu seiner Rechten nahm ihm die Tafel Schokolade aus der Hand. In perfektem Englisch, wenn auch mit starkem Akzent, sagte der Belgier: »Das werden Sie dort, wo wir Sie hinbringen, nicht brauchen.«

»Wohin bringen Sie mich?« fragte Ted.

Der Mann räusperte sich. Er sprach, als hätte er die Erklärung auswendig gelernt.

»Lieutenant Theodore Brice, ich bedaure, Ihnen mitteilen zu müssen, daß Sie nicht auf dem Weg nach Frankreich sind. Wir fahren nach Brüssel.«

Ted meinte ein dünnes Lächeln zu sehen, wie in Befriedigung über die Erfüllung einer wichtigen Aufgabe.

Sie fuhren durch die Nacht, zuerst auf holprigen, ungeteerten Straßen, dann auf einer größeren, besseren Überlandstraße. Der Mann neben ihm brach die Tafel Schokolade in Stücke, reichte eines dem Fahrer und eines dem Mann, der links von Ted saß. Hatte es irgendein verräterisches Zeichen, einen Hinweis gegeben? Er versuchte, sich an jede Einzelheit zu erinnern, die Bilder vor sich ablaufen zu lassen wie einen Film. Er sah Claires Gesicht im Lastwagen, tränennaß und tief erleichtert. Aber dann sah er ihre Hand auf Henris Arm, die Intimität dieser Geste.

Aber was hatte ihre Liebe dann bedeutet?

Und was hatte sie sagen wollen? »Ich – bin nicht die, für die du mich hältst«?

Seine Gedanken tobten. Er schaffte es nicht, sie in eine logische Folge zu zwingen. Noch einmal begann er, ließ den Film ablaufen. Er sah jede Stunde, erforschte jede Geste. Die beiden Männer neben ihm unterhielten sich angeregt auf Französisch. Manchmal lachten sie. Sie schienen locker und zufrieden. Ihm schwamm der Kopf. Sein Magen war wie ausgehöhlt, und ihm war übel – es war die gleiche Übelkeit, die er manchmal verspürt hatte, wenn er nach einem schlimmen Einsatz aus der Maschine gestiegen war. Es war die Nachwirkung des Schocks, eines Entsetzens, das man in der Luft nicht zulassen konnte. Aber es überfiel einen unweigerlich, sobald man gelandet war. Case zum Beispiel hatte immer diese mörderischen Kopfschmerzen bekommen, sobald er wieder auf festem Boden gestanden hatte. Wo war Case jetzt? Zu Hause? Freigestellt mit einem zerschossenen Arm?

War Henri bezahlt worden? Oder hatte er aus Überzeugung gehandelt? Hatte Henri mit Sicherheit gewußt, daß Ted und Claire ein Liebespaar waren? War es ihm recht gewesen? Hatte er sich an den Schuldgefühlen des Fliegers ergötzt?

Unterwegs hielt der Fahrer einmal an, um die Männer pinkeln zu lassen. Als die beiden Belgier, die Ted bewachten, ausstiegen, drehte sich der Fahrer herum und richtete einen Revolver auf Ted. Die Mündung war keine fünfzehn Zentimeter von Teds Gesicht entfernt.

Beinahe hätte er gesagt, tun Sie's doch.

Wochenlang kümmerte ihn weder seine Zelle noch die Zeit. Es war ähnlich, und doch ganz anders, wie damals, als er es zufrieden gewesen wäre, sich für immer in der Dachkammer zu verkriechen. Er hatte nur einen Gedanken, immer wieder den Film ablaufen zu lassen. Die Verhöre störten ihn, nicht weil er sie fürchtete, sondern weil sie ihn von seinem Vorhaben ablenkten. Er versuchte sich zu erinnern, wie seine Anweisungen lauteten. Wieviel sollte er dem Feind verraten? Was sollte er unternehmen, um eine Flucht zuwege zu bringen? Einmal kokettierte er voller Bitterkeit damit, Henris Namen zu nennen, sogar Claires, aber auf der Schwelle zur Rache riß er sich zurück. An manchen Tagen war er sicher, daß sie in den Plan eingeweiht gewesen war. Einzelheiten und Nuancen ließen sich so zusammenfügen, daß ein Komplott dabei herauskam. In solchen Augenblicken sah er ihre kluge Gewitztheit und ihren Überlebensinstinkt nicht als Produkte des Widerstands, sondern als Ausgeburten von Pragmatismus und Opportunismus. Dann aber erinnerte er sich, wie sie seine Hand ergriffen, ihren Mund auf seine Finger gedrückt, sich ihm hingegeben hatte. Nie wieder, das wußte er, würde er etwas sehen, etwas schmecken und darüber mit Entschiedenheit sagen können, das ist eindeutig so.

Nach einiger Zeit wurde er krank. Er hatte Fieberschübe und wälzte sich schweißgebadet auf seiner Pritsche. Dann kroch die klamme Kälte in der Zelle an ihm hoch und schüttelte ihn so heftig, daß er meinte, ihm würde nie wieder warm werden. Er begann zu husten, und seine Brust verkrampfte sich beim Atmen. Es war, als hätte sich in seiner Brust etwas festgesetzt, etwas Fremdes – wie Zorn oder Bitterkeit.

In Breendonk sagten sie, sie hätten keine Medikamente für ihn und ein Arzt sei nicht da, aber die Verhöre hörten auf, und man gab ihm ab und zu eine trockene Decke. Im Delirium sprach er mit Frances und dem Oberst, einem Mann, mit dem er auf dem Stützpunkt kaum ein Wort gewechselt hatte. Einmal wähnte er sich in Ohio, dann wieder in der Luft. Einmal träumte er, er hätte Claire in einen Fallschirm verwickelt über den Wolken gefunden. In einem anderen Traum saß Henri lächelnd und pfeifend neben ihm in dem alten Lastwagen.

Er dämmerte zwischen Wachen und Fieberträumen dahin, erholte sich ein wenig, bekam einen Rückfall. Er hatte den Eindruck, daß einmal ein Offizier der Royal Air Force namens Bernie bei ihm gewesen war, ein Mann, der noch seine Uniform trug und beim Sprechen die Vokale verschluckte. Irgend etwas an diesem Besuch war deutlich anders als in den Fieberträumen, darum hielt Ted es für wahrscheinlich, daß er tatsächlich stattgefunden hatte. Der britische Offizier war sehr fürsorglich gewesen und hatte Ted gefragt, was er brauche, dann hatte er bekannt, daß er Ted nicht groß helfen könne. Er war selbst Gefangener. Er und seine Besatzung hatten ausgerechnet über Brüssel aussteigen müssen und waren sofort gefangengenommen worden. Er schien die Geschichte von Teds Notlandung faszinierend zu finden und drängte Ted im Lauf des Gesprächs, ihm nähere Einzelheiten über die Schäden an der Maschine zu berichten, über die Nacht im Wald und seine Rettung durch die belgische Résistance. Nahe daran, von dem Jungen zu erzählen, der ihn gefunden hatte, gewahrte Ted plötzlich in den Bewegungen des Briten (die allzu beiläufige Art, wie er sich seine Zigarette anzündete, den Blick durch die Zelle schweifen ließ, und wieso hatte der Mann überhaupt keine Angst? Wieso war seine Uniform nicht schmutzig?) eine Begierigkeit, die ihn stutzig machte. Oder war es vielleicht so, daß er, Ted, an Verfolgungswahn zu leiden begann und überall nur noch Verrat sah? Er stellte sich schlafend, hörte den Briten verärgert seufzen und nach einem Wärter rufen. Er sah den Mann nie wieder.

Er schlief wieder, die Decke bis zu den Ohren hochgezogen. Er stieg aus den Tiefen des Schlafs an die Oberfläche empor, trieb in einem halbwachen Zustand dahin, versank wieder in eine Welt ohne Träume, wurde erneut nach oben getragen und tauchte auf wie aus Nebelschleiern. Er richtete sich auf und blieb einen Moment still sitzen, um die Orientierung zu finden. Es schien jetzt etwas heller zu sein in der Zelle – es muß so gegen acht sein, dachte er. Die runde Klappe in der Tür war geöffnet. Auf der Platte ein Blechbecher mit Tee, der kalt geworden war, und daneben zwei harte Brötchen. Er rutschte von der Pritsche, stellte versuchsweise seine Füße auf den Boden, belastete seine Beine vorsichtig und stand auf. Er holte sich das magere Frühstück und kehrte damit zu seiner Pritsche zurück.

Er hielt ein Brötchen in der einen Hand, den Becher in der anderen. Seine Hände wirkten übergroß an den mageren Handgelenken – Mickymaushände. Wieviel mochte er seit dem Absturz abgenommen haben – zehn, fünfzehn Kilo? Er biß in das altbackene Brötchen. Die Sonne zeichnete ein Rechteck auf den grauen Stein. An manchen Tagen sah er von seinem Bett aus zu, wie das Rechteck langsam die ganze Wand hinunterwanderte und schließlich auf dem Boden zusammenklappte.

Er hustete und drückte eine Faust auf seine Brust. Wenn man eine Frau liebte und entdeckte, daß sie in einer bestimmten Hinsicht – in einer wichtigen Hinsicht – nicht die war, für die man sie gehalten hatte, hörte man dann auf, diese Frau zu lieben? Diese Frage konnte er nie beantworten. Er versuchte, sich davon zu überzeugen, daß sie von Henris Plan gewußt hatte, und wenn er sich gründlich überzeugt meinte, fragte er sich, ob er sie immer noch liebte. Und sobald er an seine Liebe zu ihr dachte, fiel das ganze Konstrukt in sich zusammen, und er konnte nicht an ihre Schuld glauben. Konnte ein Gesicht selbst in den intimsten Momenten so routiniert lügen, daß es sich im Lauf von zwanzig Tagen nicht ein einziges Mal verriet?

Er stellte den leeren Becher und den Teller zurück auf die Platte in der Tür und griff zu seinen Stiefeln. Sie waren belgischer Herkunft, aus irgendeinem undefinierbaren Material gemacht und etwas zu klein für ihn. Aber lieber Zehenkneifen als in Strümpfen auf dem feuchten Boden herumlaufen zu müssen. Seine Fluchtkleidung hatte man ihm am ersten Tag im Gefängnis abgenommen, und er trug jetzt seit fast zwei Monaten Tag für Tag dasselbe Hemd, dieselbe Hose, dieselben Socken. Was hätte er für ein frisches Paar Socken gegeben.

Er schob die Hände in die Hosentaschen und machte sich auf, ein paar Runden durch die Zelle zu drehen. Immer noch hinkend, da er das verletzte Bein nicht voll belasten konnte, marschierte er los. Einige Tage nach seiner Ankunft in Breendonk hatte ein belgischer Offizier die Entfernung des Verbands angeordnet. Ein Arbeiter war mit einer Schere und einer kleinen Handsäge angerückt: Ted war sicher gewesen, der Mann würde sein Bein durchtrennen.

Nach zehn Runden machte er vor dem Bett halt, legte

sich nieder und starrte zur Decke hinauf. Er folterte sich mit Bildern intimer Szenen zwischen Claire und Henri. Vielleicht redeten die beiden sogar über ihn. Henri mußte es gewußt, mußte es gemerkt haben, als er Ted und Claire zusammen im Lastwagen gesehen hatte. Hatte er ihr verziehen? Oder schlimmer noch, waren die zwanzig Tage nicht mehr gewesen als ein Teil von Henris Plan? Er bedeckte seine Augen mit seinem Arm.

Ein Klirren an der Tür veranlaßte ihn, den Kopf zu drehen. Er wartete darauf, daß die Klappe mit dem Blechbecher und dem Teller sich drehen und das Geschirr auf der anderen Seite der Tür verschwinden würde. Statt dessen wurde die Tür geöffnet. Ein Mann winkte ihm.

Er setzte sich auf. Er wußte, daß er keine Wahl hatte, er mußte gehorchen. Hinkend folgte er dem Wärter durch mehrere Korridore in einen Raum, den er nicht kannte. Hellgrüne Wände, ein dreibeiniger Hocker. An der Tür standen zwei hünenhafte Wachposten. Auf dem Holzboden waren Blutflecken. Ein Offizier saß hinter einem sauber aufgeräumten Metallschreibtisch. Er bedeutete Ted, sich zu setzen.

Der Offizier nahm seine Mütze ab und legte sie auf den Schreibtisch. Er zog ein Taschentuch aus einer Hosentasche und wischte sich die Stirn.

»Sie kommen aus Breendonk.«

»Ja.«

»Sie waren krank.«

»Ja.«

»Es geht Ihnen jetzt wieder besser.«

»Etwas, ja.«

»Sie haben Ihre Brötchen gegessen.«

»Ja.«

»Sie wissen, daß Sie heute nach Deutschland transportiert werden. In ein dortiges Lager.«

»Nein.«

»Haben Sie etwas dagegen, wenn ich Ihnen einige Fragen stelle?«

»Ja.«

»Lieutenant Brice, Ihr Widerstand und Ihr Schweigen in Breendonk waren sinnlos. Ihre Gesundheit ist angeschlagen, ich bedaure das.«

»Ja, klar.«

»Ich könnte Ihnen die Dinge erleichtern. Ich könnte dafür sorgen, daß Sie freigelassen werden.«

»Das bezweifle ich.«

Der Hocker war niedrig, Ted saß unbequem, die Knie waren höher als seine Taille. Es war unmöglich, eine würdevolle Haltung einzunehmen. Er überlegte, wie lange die Wachen brauchen würden, um ihn zu schnappen, wenn er sich plötzlich auf den Offizier stürzte und versuchte, ihm das Genick zu brechen.

»Lieutenant Brice, kennen Sie einen ...« Der Offizier beugte sich vor, um ein Schriftstück zu konsultieren, »Henri Daussois?«

Er machte keine Bewegung und wußte, daß er sich eben dadurch und durch sein Schweigen verriet. Er spürte, wie ihm die Hitze den Nacken hinaufkroch, und legte seine Hände flach auf die Knie, um sich zu beruhigen. Er bemühte sich um einen gleichgültigen Ton.

»Mein Name ist Lieutenant Theodore Brice. Meine Erkennungsnummer lautet AO 677292.«

»Ja, ja.« Der Offizier wedelte mit der Hand, als hätte er diese Antwort erwartet, sei aber trotzdem enttäuscht.

Wußten sie denn nicht, daß Henri ihn verraten hatte? Oder kannten sie ihn nur als den Kurier und nicht als den Doppelagenten? Hatten sie Henri in Gewahrsam, oder suchten sie nach ihm?

Das Blut schoß Ted in den Kopf und rauschte laut in seinen Ohren. Er könnte Henri mit einem Satz erledigen – ein Kinderspiel. Er dachte daran, wie Henri ihm in der Dunkelheit die Schokolade gegeben hatte, das Erkennungszeichen. Süße Rache. Henri würde beinahe mit Sicherheit erschossen oder gehängt werden.

»Ich frage Sie noch einmal, Lieutenant Brice. Bedenken Sie, daß ich möglicherweise Ihre Entlassung erreichen kann. Bedenken Sie auch, daß die Lager in Deutschland, auch wenn Sie gehört haben mögen, daß dort etwas bessere Verhältnisse herrschen, kein angenehmer Aufenthaltsort sind – schon gar nicht für jemanden wie Sie, dessen Gesundheit angeschlagen ist.«

Ted schloß die Augen. Ihm war schwindlig, wie manchmal, wenn er zuviel getrunken hatte. Er machte die Augen wieder auf, um den Schwindel loszuwerden, und sah, daß die eine Hand auf seinem Knie sich zur Faust geballt hatte. Er streckte die Finger und versuchte, die Hand zu entspannen, aber der Offizier sah es.

»Lieutenant Brice, ich verlange eine Antwort.«

Seine Brust schmerzte. Er hustete, drückte mit der Faust auf sein Brustbein. Er sah den Offizier an. Ja, er könnte Henri mit einem Satz erledigen, aber einmal entzündet, würde das Feuer an der Zündschnur nicht mehr aufzuhalten sein.

»Mein Name ist Lieutenant Theodore Brice«, sagte er. »Meine . . .«

»Bitte!« Der Offizier hob die Hand. Er rieb sich die Augen, drückte mit zwei Fingern seinen Nasenrücken.

»Es gibt da eine Frau«, sagte er müde, »eine gewisse Claire Daussois. Sind Sie ihr zufällig begegnet?«

Er weiß es, dachte Ted. Er brauchte gar keine Antwort, weil er die Antwort schon wußte. Er wollte lediglich Teds Reaktion beobachten. Und im selben Moment schoß Ted ein anderer Gedanke in den Kopf, ein Gedanke, bei dem er am liebsten laut aufgeschrien hätte.

Sie hatten sie gefaßt.

»Claire Daussois«, wiederholte der Offizier. »Haben Sie sie gekannt?«

Ted traute seiner Stimme nicht. Wie konnte dieser Mensch es wagen, ihren Namen auszusprechen. Er wollte ihn anbrüllen, ihm sagen, er solle sein dreckiges Maul halten. Statt dessen lehnte er sich betont lässig zurück und schlug die Beine übereinander. Er schob seine zitternden Hände in die Hosentaschen, sah zum Fenster hinaus und begann zu pfeifen. Glenn Miller. *In the Mood*.

»Lassen Sie mich die Frage anders formulieren, Lieutenant Brice. Ich denke, Sie kannten sowohl Monsieur als auch Madame Daussois recht gut.«

Zum erstenmal, seit er festgenommen worden war, ja, zum erstenmal in diesem Krieg, spürte Ted, wie die Wut ihn überkam. Röte schoß ihm heiß ins Gesicht. Es war ihm jetzt egal, was Claire getan oder nicht getan hatte. Er jedenfalls würde sie nicht mit der Résistance in Verbindung bringen oder eine solche Verbindung bestätigen.

Aber die Wut wich rasch einem beinahe lähmenden Schmerz. Er zwang sich, eine andere Melodie zu pfeifen. *Hot Chocolate*. Duke Ellington. Nervös wippte er im Takt mit dem Fuß. Gefangen in seiner künstlichen Nonchalance saß er da und sehnte sich nach Nachricht über Claire, aber er konnte nicht fragen. Es war möglich, daß er niemals erfahren würde, was aus ihr geworden war. Ihm fiel plötzlich die Geschichte ein, die Claire ihm über Léon Balle erzählt hatte – wie dieser die Übungssätze der ABC-Schützen von den Wänden abgelesen hatte.

»For skies of couple-colour as a brindled cow«, begann er. *»For rose-moles all in stipple upon trout that swim . . .«*

Er konnte nicht fortfahren. Er verschränkte die Arme auf seiner Brust, preßte die Lippen zusammen.

Der Offizier wirkte einen Moment lang verwirrt. Dann ärgerlich. Er stand auf.

»Bringen Sie ihn zum Arzt«, sagte er ruhig zu einer der Wachen.

In der Toilette, der ersten Toilette, die er seit Wochen gesehen hatte, übergab er sich. Er hatte nichts im Magen, sein Körper rebellierte einfach. Er wischte sich den Mund mit dem Hemdsärmel. Draußen klopfte sein Bewacher ungeduldig an die Kabinentür und schimpfte auf Französisch.

Ted stand auf und öffnete die Tür. Sie befanden sich in einem anderen Teil des Gefängnisses, auf der Krankenstation, vermutete er. Jenseits der Toiletten konnte er Wasserrauschen hören. Duschen. Einer der Wärter reichte ihm ein Handtuch und ein kleines Stück Seife und wies ihn in Richtung des Wasserrauschens.

Automatisch zog er sich aus und ließ die Kleider auf dem Boden liegen. Im Duschraum waren andere Männer, die sich ganz dem ungewohnten Genuß einer warmen Dusche hingaben und keine Notiz von ihm nahmen. Er drehte das Wasser auf, wartete, bis es lauwarm war, und stellte sich unter den Strahl. Wie automatisch seifte er seinen Körper ein und wusch sich das Haar. Sein rechtes Bein, stellte er wie aus weiter Ferne fest, war dünn und ohne Muskeln. Mit geöffnetem Mund und geschlossenen Augen ließ er das Wasser über sich herabfallen und seine Kehle hinunterrinnen. Bewegungslos stand er so, bis ein anderer Nackter ihn zur Seite schob und zum Ausgang zeigte.

Er trocknete sich ab und zog die Kleider über, die sauber gefaltet auf einem Tisch lagen. Wieder Khaki. Zu klein. Flüchtig fragte er sich, was aus dem Eigentümer geworden war. Erschossen? Abgeschossen? Nach England geflohen?

Die feuchte Luft aus dem Duschraum machte vorübergehend seine Bronchien und seine Lunge frei. Zum erstenmal seit Wochen konnte er tief durchatmen. Er wurde in einen Korridor geführt, wo vielleicht dreißig, vierzig Männer nebeneinander auf einer schmalen Bank saßen. Am Ende der Bank war eine Tür, hinter der die Männer einer nach dem anderen verschwanden.

Einige der Männer unterhielten sich miteinander, Geplätscher, hätte Frances gesagt. Er verstand nichts, hörte auch nicht hin.

Wie viele Tote jetzt? Er versuchte, sie zu zählen. Zwei im Flugzeug. Drei Wachposten. Zehn Gehängte. Und wie viele noch? Neunzehn? Fünfunddreißig? Fünfundfünfzig? Am Ende lief es doch immer auf Zahlen hinaus. So rechneten sie auf dem Stützpunkt: Vier Maschinen vermißt. Siebenundzwanzig Tote. Vierundzwanzig Einsätze geflogen, noch einer vor uns. Er rückte mit den anderen Männern auf der Bank nach.

Heute würde man ihn nach Deutschland bringen. Steigt bloß nicht über Deutschland aus, sagten sie einem bei den Einsatzbesprechungen, da kommt ihr nie wieder raus. Na schön, das war nicht zu ändern. Er hoffte nur, es würde nicht irgendeinem Arschloch von Staffelkommandeur einfallen, sie einen Fluchttunnel nach Frankreich graben zu lassen. Er wollte nichts weiter, als irgendwo von den Deutschen abgesetzt und in Ruhe gelassen zu werden. Er brauchte ein Kartenspiel. Er brauchte was zu trinken. Ob die Gefangenen im Lager die Möglichkeit hatten, sich ihren eigenen Alkohol zu brauen? Wohl kaum. Er hatte die Geschichten gehört: Nach einer Weile hörte man auf, von Frauen zu träumen, und träumte vom Essen.

Die Schlange rückte weiter und er mit ihr. Ein Fließband nach Deutschland. Er musterte die anderen Männer. Er war der einzige in Uniform. Wer waren die anderen Männer? Was hatten sie verbrochen? Einen Flieger der Alliierten versteckt? Ein paar Flugblätter verteilt? Eine Brücke gesprengt?

Er hörte seinen Namen wie aus weiter Ferne. Der Akzent war der ihre, und einen Moment regte sich schmerzliche Erinnerung.

Er trat in das Zimmer. Auf einer Seite stand eine Trage, in der Mitte ein Schreibtisch mit einem Stuhl davor. Instrumentenschränke hingen an den Wänden. Rechts vom Schreibtisch war eine offene Tür, dahinter ein Korridor.

Ein Mann im weißen Kittel und mit einem Stethoskop um den Hals saß auf der Schreibtischkante. Er machte sich irgendwelche Aufzeichnungen auf einem Schreibbrett. Als Ted eintrat, sah er auf und lächelte überraschenderweise.

»Lieutenant«, sagte er in gutem Englisch mit leichtem Akzent. Er hatte einen Kneifer auf der Nase. Mit einer Handbewegung wies er Ted zu einem Stuhl, der seitlich neben dem Schreibtisch stand.

»Reine Routine«, sagte er liebenswürdig. »Eine gründliche Untersuchung vor Ihrer Abreise. Ich sehe, Sie sind auf dem Weg in ein Kriegsgefangenenlager in Deutschland. Es wird Ihnen dort besser gefallen. Es ist mehr wie in der Kaserne. Und man wird in Ruhe gelassen. So ziemlich jedenfalls. Keine Verhöre mehr. Sie sind Amerikaner, nicht wahr?«

Ted nickte.

»Hier, schieben Sie es sich unter die Zunge. Ich höre inzwischen mal Ihre Brust ab.«

Ted schloß seinen Mund um das Thermometer. Der Arzt neigte sich zu seinem Brustkorb hinunter und drückte das Stethoskop auf das Hemd. Er lauschte mit konzentrierter Miene, setzte das Stethoskop an einer anderen Stelle an, lauschte wieder, und so ging es eine Weile fort.

Schließlich richtete er sich auf und nahm Ted das Thermometer aus dem Mund.

»Ziehen Sie doch bitte mal das Hemd aus.« Er musterte Teds Gesicht und Augen mit scharfem Blick, während dieser das Hemd auszog und auf den Schreibtisch legte.

»Husten Sie viel?« fragte er, während er Teds Hals abtastete.

Ted nickte.

»Stauungen im Brustbereich?«

»Ja.«

Der Arzt senkte wieder den Kopf, um Ted nochmals abzuhören. Er schob das Stethoskop langsam über Teds Oberkörper. Er klopfte Ted auf den Rücken, worauf der einen Hustenanfall bekam. Schließlich richtete er sich wieder auf, verschränkte die Arme und sah seinen Patienten mit strengem Blick an. »Sie hätten viel früher einen Arzt aufsuchen sollen.«

»Ich hab's versucht.«

»Mir sieht das sehr nach einer Lungenentzündung aus. Ich werde Ihnen jetzt eine Spritze geben. Normalerweise würde ich Ihnen Bettruhe verordnen, aber Sie müssen so schnell wie möglich weg von hier. Wenn Sie hier bleiben, ist es aus mit Ihnen«, stellte er sachlich fest. »Ich kann nicht versprechen, daß die Zustände im Lager wesentlich besser sein werden, aber schlimmer können sie wohl kaum sein. – Donnerwetter, eine hübsche Frau. Sogar ohne Haare.«

Ted sah auf. Sein Blick folgte dem des Arztes durch die offene Tür in einen Raum auf der anderen Seite des Korridors.

Das kurzgeschorene Haar lag fransig um ihr Gesicht. Ihr Mund war leicht geöffnet, eine Hand ruhte flach auf ihrem Bauch. Durch den dünnen Stoff des Kittels, den sie anhatte, zeichnete sich die Rundung ihrer Brüste ab. Er sah die violetten und gelblichen Flecken auf ihren Armen und Beinen.

Ein Hitzeschwall ergoß sich aus der Mitte seines Körpers nach außen, unter seine Haut.

Stumm schrie er ihren Namen.

Ihr Gesicht war weiß und so mager, daß er die Knochen unter der Haut erkennen konnte. Sie öffnete den Mund, und er glaubte, sie würde etwas zu ihm sagen. Er wünschte inbrünstig, sie würde sprechen, und betete im nächsten Moment darum, daß sie still bleiben würde. Er hakte einen Arm über die Stuhllehne, um nicht aufzuspringen und über den Korridor zu stürzen.

Nur zwei oder drei Sekunden waren vergangen.

Aber in diesen Sekunden begriff er, daß er sie verleugnen mußte. Der kleinste Hinweis darauf, daß sie mit ihm bekannt war, wäre ihr Todesurteil. Und sie wäre nicht hier auf der Krankenstation, sagte er sich, wenn sie schon zum Tode verurteilt wäre.

Es war ein qualvoller Entschluß. Er sah ihr an, daß sie nicht verstand.

Er wollte weinen. Selbst nach alledem, was sie ihr angetan hatten, war sie schöner als jede andere Frau, die er je gesehen hatte.

Sie trat einen Schritt vor und legte einen Finger auf ihre Lippen.

Sein Leben lang würde er die Geste nicht vergessen.

Die Tür auf der anderen Seite des Korridors wurde krachend zugeschlagen.

EIN FRISCHER WIND blies durch die jungen Blätter. Der grüne Boden der Weide, aus dem das neue Gras mit hohen Halmen hervortrieb, war holprig. Der Junge legte sein Fahrrad nieder. Das funkelnde Licht auf den Stellen des Flugzeugs, wo das Metall blankgerieben war, blendete ihn. Die Hände in den Taschen, ging er auf die Maschine zu. Sie erschien ihm wie ein krankes Tier, ein altersschwacher Hund, der sich zur Ruhe gelegt hatte. Am Heck flatterte knallend die Außenhaut im Wind.

Es hieß, daß morgen die Deutschen kommen würden, um das Flugzeug zu zerlegen. Er überlegte, mit was für Werkzeugen sie dem Wrack zuleibe rücken würden. Alles, was an der Maschine nicht niet- und nagelfest saß, war ohnehin schon entfernt worden. Nur das Gerippe, verbeult und durchlöchert, war übrig. Sie wollten aus der Weide ein Flugfeld machen, wurde behauptet. Für deutsche Transportmaschinen. Jean dachte, der amerikanische Pilot würde wahrscheinlich erstaunt den Kopf schütteln, wenn er hörte, daß er sie mit seiner Notlandung auf diese Idee gebracht hatte.

Der Pilot war fort. Jean wußte nicht, was aus ihm geworden war. Er hatte ihn auf dem Dorfplatz in Rance gesehen, und am nächsten Tag hatte er gehört, daß Madame Daussois festgenommen worden war. Es war nichts darüber zu erfahren gewesen, ob der Amerikaner mit ihr zusammen abgeholt worden oder ob er entkommen war. Jean hoffte aus tiefstem Herzen, daß der Flieger in seinem schäbigen Mantel und mit der Mütze, die ihm über die Ohren hing, sicher und wohlbehalten nach Spanien und von dort aus nach England gelangt war. Manchmal, wenn er das tiefe Brummen eines Bombers hörte, blickte er zum Himmel hinauf. Ganz sicher würde der Flieger irgendein Zeichen geben, wenn er über Delahaut flöge.

Als Jean das Flugzeug erreichte, legte er die Hand auf die Tragfläche. So vieles war geschehen seit dem Absturz vor etwas mehr als drei Monaten. Er erinnerte sich an die Schneise, die das Flugzeug an jenem Tag durch die Wiese gezogen hatte. Jetzt war da nur noch eine breite, von Gras überwachsene Furche. Er erinnerte sich seiner Suche im Wald, seines Erschreckens, als er die Stiefel des Piloten gesehen hatte. Es war ein Glück gewesen, sagte er sich, daß Winter gewesen war. Jetzt, wo alles frisch belaubt war, hätte er den Mann wahrscheinlich nicht gefunden.

Er ging um die Nase der Maschine herum und zog dabei seine Finger über das Metall. Er hatte Angst um Madame Daussois. Wohin war sie gebracht worden? Und wann würde sie zurückkommen? Fast jeden Tag machte er einen Abstecher zu ihrem Haus. Das Gras begann schon, an der Sockelmauer hinaufzuwachsen, und ihr Fahrrad lehnte an dem grauen Stein. Die Vorhänge waren zugezogen und ließen das Haus düster wirken. Der Lastwagen, den sie hinter dem Stall stehen gehabt hatte, war von den Deutschen beschlagnahmt worden. Es wunderte Jean, daß sie nicht auch ihr Fahrrad genommenen hatten.

Wenn der Krieg vorbei war, hatte er sich überlegt, würde er Madame Daussois fragen, ob er bei ihr wohnen könnte. Sie hatte keine Kinder, und er könnte ihr auf dem Hof helfen und sich damit Essen und Unterkunft verdienen. Er war ein tüchtiger Arbeiter, und er wußte, daß sie ihm vertraute. Ohne eigene Kinder fühlte sie sich sicher einsam.

Aber ganz gleich, was geschah, ganz gleich, wie der Krieg ausging, wenn alles vorüber war, würde er von zu Hause fortgehen, das stand fest. Wenn die Alliierten besiegt werden würden, wäre das Zusammenleben mit seinem Vater unerträglich, wenn sie siegten, würde man seinen Vater als Kollaborateur vor Gericht stellen und wahrscheinlich erschießen. Jean hoffte nicht direkt, daß sein Vater erschossen werden würde, er hielt es nur für sehr wahrscheinlich. Wie auch immer, er würde nicht länger zu Hause leben können. Seiner Mutter zuliebe wollte er bis zum Kriegsende warten, aber das war auch alles. Mehr konnte sie nicht von ihm verlangen.

Wenn ich das nächstemal an Madame Daussois' Haus vorbeikomme, dachte er plötzlich, schau ich nach, ob im Stall eine Sense steht, und dann mäh ich ihr das Gras. Ja, das war eine gute Idee. Er würde den Hof instandhalten. Ganz allein. Dann würde sie sehen, wie gut er zupacken konnte. Er würde vielleicht gleich heute anfangen, nach der Schule.

Er schlug gegen das Metall, während er um das Flugzeug herumging. Er wünschte, die Deutschen würden es nicht zerhacken. Es war ein wunderbares Ding. Er bildete mit seinen beiden Händen die Form eines Bombers, indem er die Daumen ineinander hakte und die restlichen Finger fest aneinandergelegt seitlich abspreizte, und ließ sein Phantasieflugzeug über Belgien fliegen, taumeln, tief herabstürzen und eine Bauchlandung ausführen. Er zog seine Hände auseinander, schob sie in die Taschen und umrundete das Heck. Er sollte jetzt zurückfahren, wenn er nicht zum Nachmittagsunterricht zu spät kommen wollte.

Aber auf dem Rückweg zu seinem Fahrrad blieb er stehen. Er drehte sich herum, um einen letzten Blick auf das Flugzeug zu werfen. Er musterte das Cockpit mit der zerschmetterten Windschutzscheibe. Er dachte an die offenen Luken im Mittelteil, wo man der Kälte und den Geschossen der Deutschen schutzlos ausgesetzt war. Er versuchte, sich vorzustellen, er wäre einer der Bordschützen an diesen Luken oder der Pilot im Cockpit. Spontan, ohne selbst zu wissen, warum, rannte er zu der Maschine zurück und zog sich auf die Tragfläche hinauf, die ihm am nächsten war. Er drehte sich und blickte über die Weide hinweg zum Wald. Es war ein klarer Tag, aber windig, und die neubelaubten Bäume bogen sich in den Böen.

Vorsichtig suchte sich Jean seinen Weg zum äußersten Ende der Tragfläche. Er knöpfte seine Jacke auf und schloß die Augen. Die Jacke füllte sich mit Wind und blähte sich hinter ihm.

Er wölbte seinen Körper und breitete seine Flügel aus. Dann sprang er, so weit er konnte.

30. Dezember 1993

DER LEBENDIGE KLANG ihrer Stimme begleitete ihn bis tief in den Abend, und als sie schwieg, war es, als wäre eine Kerze gelöscht worden, und er glaubte zu verstehen, wie es gewesen sein mußte.

Auf dem Tisch zwischen ihnen standen eine leere Rotweinflasche, die Reste einer einfachen Mahlzeit und ein überquellender Aschenbecher. Sie hatte während ihres Berichts beinahe unablässig geraucht, und die Luft in ihrer Küche hatte einen bläulichen Schimmer bekommen. Ein- oder zweimal hatte sie ihre Geschichte unterbrochen, um hinauszugehen, Tom wußte nicht, wohin. Und einmal hatte sie eine Pause eingelegt, um zum Abendessen zu decken: Brot, Käse, Wurst, eine Schale mit Obst. Über dem Tisch lag eine beige Spitzendecke.

Sie hatte eine angenehme Stimme, tief und ruhig und ohne Dramatik. Die meiste Zeit saß sie aufgestützt, das Kinn auf dem Ballen der geöffneten Hand, die Finger mit der Zigarette von ihrem Gesicht weggestreckt. Sie hatte ihre Ärmel bis zu den Ellbogen hochgeschoben, als sie sich gesetzt hatten. Ihre Handgelenke und ihre Unterarme waren gleichzeitig mager und kräftig.

Doch den stärksten Eindruck machten ihm an diesem Abend ihre Augen, groß und von einem hellen Grau, in dem er Gelassenheit und Ruhe sah. Ihre Haut war hell wie Elfenbein, und er meinte, sie müßte sich pudrig anfühlen. Sie hatte viele Falten, aber das Gesicht war immer noch klar konturiert, und es war – wie das bei manchen alten Menschen der Fall ist – nicht schwer, die junge Frau zu sehen, die sie einmal gewesen war. Das weiße Haar war hinter die Ohren zurückgekämmt. Sie trug eine Leinenbluse und eine graue Strickjacke, hell wie ihre Augen. Der Rock reichte ihr bis knapp unter die Knie. Sie trug keinerlei Schmuck. Sie hielt sich sehr gerade und wirkte dadurch jünger, als sie war.

Als er sie unmittelbar vor Beginn der Feier angesprochen hatte, war ihm aufgefallen, daß sie nicht übermäßig überrascht war, ihn zu sehen – auch wenn sie beim ersten Blick in sein Gesicht beinahe ein wenig erschrocken gewirkt hatte. Die Feier, fand er, war beeindruckend und ergreifend gewesen, besonders der Vorbeiflug einer belgischen Fliegergruppe und der Moment, als der Priester vor dem in Stein gemeißelten Namen seines Vaters das Kreuz geschlagen hatte. Nach der Feier lud sie ihn zu einer Tasse Kaffee in ihr Haus ein. Und dort, in ihrer Küche, im Licht der winterlichen Sonne, das schräg durch die Fenster fiel, begann sie zu erzählen – mit ihrer ruhigen Stimme und ihrem Akzent.

Als sie nach Stunden schließlich schwieg, brauchte er ein paar Minuten, um sich aus dem Bann ihrer Geschichte zu befreien.

»Warum hat Henri die deutschen Wachposten getötet?« fragte er endlich leise.

Sie drehte sich seitlich auf ihrem Stuhl und schlug die Beine übereinander. Sie saß immer noch mit aufgestütztem Ellbogen, in der freien Hand hielt sie ein Glas.

»Ich habe das nicht gewußt, bevor der Krieg vorüber war. Der Krieg war schrecklich für Henri. Er hatte Angst, wie ich Ihnen habe gesagt. Ich denke, daß er wollte zeigen sich selbst, er war ein mutiger Mann.«

Sie trank einen Schluck von ihrem Wein.

»Nach dem Krieg«, fuhr sie fort, »habe ich alles erfahren. Als Antoine floh aus der Schule, Henri wurde aufgehalten und festgenommen. Sie ihn haben gefoltert, oder ich glaube, sie ihm haben gedroht mit der Folter, und als er freigelassen, und er ist zurückgekehrt zu Antoine, er war – umgedreht, ja?«

»Er war zum Spion geworden«, sagte Tom. »Ein Spitzel.«

»Ja. Er hat den Tausch gemacht: Sein Leben und mein Leben für die Informationen.«

»Sie sagten aber doch, Abmachungen hätten damals keine Geltung gehabt«, bemerkte er.

»Ja, und ich habe recht. Die Deutschen, sie haben erschossen Henri noch vor dem Ende des Krieges, nachdem daß er ihnen geliefert hatte den Piloten und geholfen hatte aufzubauen das neue Fluchtnetz. Und er abgelehnt hat, ihnen zu sagen, wo der Pilot die ganze Zeit versteckt war.«

»Sie hat er also nicht verraten.«

»Nein.«

»Aber Sie wurden festgenommen.«

»Ja. Zum Verhör. Aber keine Exekution.«

»Sie kamen nach Ravensbrück.«

Sie war auf dem linken Ohr schwerhörig, und wenn Tom sprach, pflegte sie den Kopf zu drehen, um ihm ihr gesundes Ohr zuzuwenden.

»Nein, an dem Tag, von dem ich erzählt habe, man hat mich in eine Lastwagen gesteckt. Es war der letzte in dem Konvoi, und er nicht hat funktioniert. Er ist nicht gestartet. Wir mußten wieder aussteigen und kamen wieder ins Gefängnis. Ich war sehr enttäuscht an diesem Tag, aber später ich habe erkannt, daß ich habe großes Glück gehabt. Ich bin geblieben noch drei Monate im Gefängnis in Antwerpen, und dann man hat mich gebracht zum Bahnhof von Antwerpen zur Deportation. Aber dort, auf dem Bahnhof, man uns hat alle freigelassen. Mich und die anderen Frauen. Ich weiß bis heute nicht, warum.«

Tom sah sich in der Küche um. Der gußeiserne Herd war zweifellos derselbe wie damals, aber die Schränke und Geräte waren alle weiß und modern und typisch europäisch, alles paßte haargenau zusammen. Auch der Steinboden, vermutete er, war der, über den damals sein Vater gegangen war, und hinter den weißen Küchenschränken war eine Tapete mit verblaßtem Streublumenmuster. War sie schon dagewesen, als sein Vater in dieser Küche gesessen hatte? Auf der Marmorkonsole standen ein Kruzifix und zwei silberne Kerzenhalter.

Er musterte den Tisch und konnte seine Neugier nicht bezähmen. Er hob die Spitzendecke hoch und legte seine Finger auf das Holz. Er schob die Decke weiter zurück. Eichenholz voller Schrammen und Kerben.

Claire Daussois stellte ihr Glas nieder und hob die gefalteten Hände zu ihrem Mund. Nachdenklich sah sie ihn an, ohne etwas zu sagen.

Nach einer Weile stand sie auf.

»Möchten Sie meine Tochter kennenlernen?« fragte sie.

Er spürte, daß es eigentlich keine Frage war. Sie wartete, bis er aufgestanden war, und bedeutete ihm, ihr zu folgen. Der schmale Gang, in den sie ihn führte, war dunkel, dennoch konnte er die Tapete erkennen und ein Kruzifix an der Wand, ein schmales Bücherregal mit gerahmten Fotografien. Vor einer Tür blieb sie stehen, rief leise einen Namen, sprach ein paar Worte. Er hörte ein Fernsehgerät im Hintergrund. Sachte stieß Claire die Tür auf und blieb an sie gelehnt stehen, um ihm den Vortritt zu lassen. Er trat neben sie und blickte in das Zimmer hinein.

Die Frau in dem Sessel hatte das Gesicht und die Augen seines Vaters. Die Ähnlichkeit war so stark, daß es ihm einen heftigen Stich gab, gerade so, als wäre er unversehens in ein Zimmer gestolpert und hätte dort seinen Vater noch am Leben vorgefunden. Er drückte eine Faust auf seinen Mund.

Ihr Haar war kurz geschnitten, ein dunkles Blond, das zu ergrauen begann. Sie saß mit im Schoß gefalteten Händen in einem Schaukelstuhl, und als sie ihn ansah, schmolzen ihre Züge zu einem rührenden, mädchenhaften Lächeln –

dem Lächeln eines Kindes. Ihre Augen hatten dieselbe ungewöhnliche Farbe, die Tom bisher nur bei seinem Vater gesehen hatte, und ihr lächelnder Blick schien ihm Ausdruck einer heiteren Seele. Obwohl sie Pullover und lange Hose trug, wirkte sie auf ihn wie in einen Kokon eingehüllt, und vielleicht lag es an diesem Eindruck innerer Geborgenheit, daß er an eine Nonne denken mußte.

»Das ist meine Tochter Charmaine. Charmaine ...« Claire sprach lauter, als sie das Wort an ihre Tochter richtete. »Das ist Tom Brice.«

Er ging auf die Frau zu. Die Fernsehbilder spiegelten sich zuckend im Fenster neben ihr. Sie bot ihm die Hand, und er ergriff sie. Obwohl sie saß, konnte er sehen, daß sie beinahe so groß war wie er selbst. Ihr Gesicht war blaß und glatt, unberührt von den Jahren.

»Bonjour«, sagte er.

Die Frau schien ein wenig verwirrt.

»Sie spricht nicht sehr viel«, bemerkte Claire, die an der Tür stehengeblieben war.

Er hielt ihre Hand länger als notwendig umfaßt. Er war einen Moment außer Fassung bei der Erkenntnis, daß all die Jahre, die er gelebt, auch sie gelebt hatte. Hier. In diesem Haus. Sie war neunundvierzig, rechnete er rasch. Drei Jahre älter als er. Seine Schwester. Seine Halbschwester. Er neigte sich zu ihr hinunter und küßte sie auf die Wange.

Sie wurde rot und entzog ihm scheu ihre Hand. Wie vielleicht ein Kind das tun würde, legte sie ihre flache Hand auf die Stelle, wo er sie geküßt hatte. Sie murmelte etwas, das er nicht verstand, und sah zu ihrer Mutter hinüber.

»Ich habe gehungert im Gefängnis«, sagte Claire. »Als ich war schwanger.«

Hinter Tom stand ein Stuhl. Er ging zu ihm und setzte sich. Claire kam ins Zimmer und blieb neben ihm stehen. Charmaine wandte sich wieder dem Fernsehschirm zu, über den lautlose Bilder huschten.

»Ich bin ...« Er konnte nicht weitersprechen.

»Ja«, sagte Claire. »Ich weiß.«

»Er wußte nicht, daß er eine Tochter hatte«, sagte er langsam.

»Als der Krieg vorbei war, wir alle wollten diese Jahre vergessen.«

»Als mein Vater aus dem Gefangenenlager befreit wurde«, sagte Tom, »trugen sie ihn auf einer Trage hinaus und transportierten ihn direkt nach Hause.«

Es war beinahe mehr, als Tom ertragen konnte. Und er wußte, wenn er darüber nachdächte, wie unendlich traurig es war, daß sein Vater nie von der Existenz dieser Tochter erfahren hatte, würde er nicht einen Moment länger in diesem Zimmer bleiben können.

»Und Sie sind all die Jahre allein geblieben?« fragte er Claire.

»O nein«, antwortete sie rasch. Sie stand an die Wand gelehnt. Das Zimmer war klein. Es gab ein Bettsofa, den Fernsehapparat, eine Lampe, einen dunklen Eichenschrank, einen Tisch. Und noch ein Kruzifix. »Ich habe großgezogen den Jungen, Jean, zusammen mit meiner Charmaine.«

»Als ich ihn heute bei der Feier kennenlernte, hat er kein Wort darüber gesagt, daß er damals meinen Vater im Wald gefunden hat.«

»Nein. Natürlich nicht. Das ist nicht seine Art. Er war ein wunderbares Kind und ist aufgewachsen so gut. Sein Vater, er wurde erschossen nach dem Krieg, und seine Mutter ist fortgegangen aus dem Dorf. Dann ich habe begegnet einem Mann, ein Lehrer aus Charleroi, und wir haben uns geheiratet. Wir waren in Urlaub in Spanien diesen Monat, und zuerst ich nicht wollte kommen zu der Feier. Zu viele böse Erinnerungen, und es gibt Leute in Delahaut, die sich erinnern an Henri als Verräter. Obwohl ich hier gut angesehen bin für das, was ich getan habe im Krieg, ich dachte, es ist besser, wenn ich nicht komme zu der Feier. Aber dann ich mir habe anders überlegt. Ich so gern wollte sehen das Denkmal. Und ich wollte treffen Sie, Tom. Mein Mann ist noch in Spanien.«

Sie sah Tom an und senkte dann den Blick. Sie legte ihre Arme um ihren Oberkörper.

»Ich habe etwas«, sagte sie.

Sie ging aus dem Zimmer und kehrte mit einer Fotografie in einem silbernen Rahmen zurück, die sie ihm überreichte.

Es war ein Bild seines Vaters in weißem Hemd mit nachlässig geknoteter Krawatte. Sein Fluchtfoto, vermutete Tom.

»Ich es habe behalten«, sagte sie. »Manchmal ich es habe Charmaine gezeigt und ihr gesagt, daß der Mann ist ihr Vater. Ich habe nie die Wahrheit verschwiegen, nicht vor ihr und nicht vor anderen.«

Sie nahm ihm das Bild wieder aus der Hand und drehte es herum, um die Fotografie aus dem Rahmen zu nehmen. Dahinter war ein zweites Foto. Auch das gab sie ihm.

»Das ist meine Mutter«, sagte er überrascht.

Claire lächelte beinahe und nickte. »Dann er sie hat geheiratet. Ich es mir habe gedacht.«

Er betrachtete die junge Frau auf dem Bild – seine Mutter vor einem halben Jahrhundert. Hatte sein Vater ihr von Claire Daussois erzählt? Oder hatte sie es vielleicht irgendwie erraten?

»Sie sich haben geliebt?« fragte Claire.

»Ja«, antwortete er, »ich bin ganz sicher.« Er gab ihr die Fotografie zurück. »Im Gefangenenlager haben sie ihm den Arm gebrochen«, sagte er. »Als er wieder zu Hause war, hat er eine Zeitlang Transportflugzeuge geflogen. Später hat er als Fluglehrer gearbeitet, an einem kleinen Flughafen in der Nähe der Stadt, in der ich aufgewachsen bin. Aber er war viel krank. Seit dem Gefangenenlager hatte er Probleme mit der Lunge. 1960 ist er an einer Lungenentzündung gestorben.«

Sie hielt die Fotografien mit beiden Händen an ihre Brust. »Ich nie habe gewußt«, sagte sie, »ob Ihr Vater hat die ganze Zeit geglaubt, daß ich ihn habe verraten. Und ich es habe immer bedauert.«

»Ich bin überzeugt, daß er das nicht glaubte«, sagte Tom rasch.

Sie wies mit einer kurzen Geste zur Tür. Es war spät, beinahe Mitternacht. Aber er wollte das Zimmer nicht verlassen.

»Ich wußte immer, daß der Krieg meinen Vater verändert hatte«, sagte er, »aber ich war noch ein Junge, als er starb, und hatte keine Vorstellung davon, was ihm geschehen war. Meine Mutter ist 1979 gestorben. Zum Glück hat die Einladung ihren Weg irgendwie zu mir gefunden.«

»Ja, ich bin froh darüber.«

»Darf ich wiederkommen?« fragte er. »Um Charmaine zu besuchen?« Er sah hinüber zu der Frau im Schaukelstuhl, die, während er und Claire miteinander gesprochen hatten, unverwandt die Bilder auf dem Fernsehschirm verfolgt hatte.

»Aber ja, natürlich«, sagte Claire. »Sie sind willkommen jederzeit.«

Tom stand auf und ging zu seiner Halbschwester. Er berührte ihre Schulter und sagte Auf Wiedersehen. Sie blickte zu ihm hinauf und lächelte wieder, aber sie sprach nichts. Er hätte sie gern noch einmal geküßt, aber er tat es nicht.

Draußen im Flur gingen Claire und Tom zögernd zur Haustür.

»Sie haben Kinder?« fragte sie.

»Ja, zwei Söhne. Aber ich bin geschieden.«

»Was arbeiten Sie?«

»Ich unterrichte Englisch an einer Highschool – in der Stadt, in der mein Vater aufgewachsen ist.«

»Sie nicht fliegen?«

»Nein.«

»Wenn Sie kommen das nächstemal, Sie müssen bringen Ihre Söhne. Charmaine ist ihre Tante, richtig?«

Er nickte.

»Oh«, sagte sie unvermittelt, »ich habe vergessen. Auf dem Flugzeug Ihres Vaters gab es eine Zeichnung unter dem Namen *Woman's Home Companion.* Ich habe gehört von diese Zeichnung, als das Flugzeug war abgestürzt, und Ihr Vater mir hat gesagt, er mir wird später erklären, was für eine Zeichnung. Aber dann sie haben ihn fortgebracht ...«

»Woman's Home Companion«, sagte Tom. »So hieß damals eine populäre Zeitschrift.«

»Ja. Und diese Zeichnung?«

Wie sollte er ihr die Zeichnung beschreiben. Sein Vater hatte ihm davon erzählt, als er zwölf Jahre alt gewesen war, und er wäre damals vor Verlegenheit am liebsten im Boden versunken.

»Sie wissen, daß damals die Kriegsflugzeuge alle mit solchen Zeichnungen verziert waren?« fragte er.

»Ja. Ich diese Zeichnungen kenne. Sie sind wie Karikaturen, ja? Und die Frau nie haben viele Kleider an.«

»Hm. Ja, richtig. Aber diese Zeichnung ...« Er hielt inne, um zu überlegen, wie er es am besten formulieren könnte. »Sie zeigte einen bestimmten männlichen Körperteil ...«

Er wartete.

»Oh«, sagte sie, als sie begriff.

»Sehr groß ...«

»Ah, ja«, sagte sie nickend. Sie sah ein wenig schockiert aus. *»Woman's Home Companion«*, wiederholte sie nachdenklich. »Freund der Hausfrau.« Sie legte die Hand an den Mund und sah ihn an. Dann begann sie zu lachen. Es war ein wunderbares Lachen – amüsiert und schockiert zugleich. Das Lachen erleuchtete ihr Gesicht, und er sah, wie schön sie war.

Er lachte mit ihr und dachte an all die Dinge, die unsere Väter uns nicht erzählen konnten.

Anita Shreve

Die Frau des Piloten

Roman. Aus dem Amerikanischen von Christine Frick-Gerke. 277 Seiten. SP 3049

Für Kathryn war klar, daß sie zu niemandem auf der Welt ein so inniges, so vertrautes Verhältnis hatte wie zu ihrem Ehemann Jack. Bis zu seinem plötzlichen Unfalltod: denn nun tut sich für sie ein Abgrund an schrecklichen Vermutungen und Gewißheiten auf.
Eigentlich war ihre Ehe glücklich, ja sogar leidenschaftlich gewesen. Ihre Geschichte hatte begonnen in jenem Haus am Meer, mit seinen hohen Fenstern, durch die man den blaugrünen Atlantik sehen kann. Eines Tages hatte Jack ihr dieses Haus tatsächlich geschenkt – als Besiegelung ihrer großen Liebe.
Unfaßbar ist für Kathryn daher die Nachricht seines plötzlichen Todes – Jack, Pilot bei einer großen amerikanischen Fluggesellschaft, ist mit einer vollbesetzten Passagiermaschine vor der irischen Küste abgestürzt. Die Medien munkeln von Selbstmord – aber Kathryn will es einfach nicht glauben. Was könnte ihr Mann vor ihr verborgen haben? Eine rätselhafte Londoner Telefonnummer, die sie in einem seiner Kleidungsstücke findet, weckt einen furchtbaren Verdacht in ihr …

Verschlossenes Paradies

Roman. Aus dem Amerikanischen von Heinz Nagel. 348 Seiten. SP 2897

Die Nachbarskinder Andrew und das Adoptivkind Eden verband zuerst eine tiefe Freundschaft und dann innige, fast mystische Liebe. Doch ein entsetzliches Verbrechen, das Eden für immer zeichnete, setzte ihrer unbeschwerten Jugendzeit ein jähes Ende. Siebzehn Jahre später, die beiden haben sich inzwischen aus den Augen verloren, kehrt Andrew an den Ort des Geschehens zurück, eine ländliche Kleinstadt unweit von New York. Und erst jetzt beginnt er, diese unheilvolle, seltsam magische Liebesbeziehung zu entschlüsseln. Als die gespenstische Wahrheit über Edens Vergangenheit zur Gewißheit wird, erkennt Andrew die Gründe seiner Beziehung zu diesem Mädchen aus verlorener Zeit. Ein meisterhaft komponierter, poetischer Roman voll tiefgründiger Spannung.

Anita Shreve

Das Gewicht des Wassers

Roman. Aus dem Amerikanischen von Mechtild Sandberg. 292 Seiten. SP 2840

»Anita Shreve ist eine clevere Mischung aus schaurigem Kriminalfall und psychologisch ausgefeiltem Beziehungsdrama gelungen.«

Der Spiegel

Gefesselt in Seide

Roman. Aus dem Amerikanischen von Mechtild Sandberg. 344 Seiten. SP 2855

Maureen, die junge Journalistin, lebt mit ihrem Mann Harrold und ihrem kleinen Töchterchen Caroline in einer trügerischen Idylle. Denn niemand ahnt, wieviel Gewalt und Mißhandlung Maureen von ihrem Mann ertragen muß. Und sie schweigt, vertraut sich niemandem an, entschuldigt seine Handlungen vor sich selbst. Erst nach Jahren flieht sie vor ihm. Für eine kurze Zeit findet sie in einem kleinen Fischerdorf Unterstützung, Zuneigung und Liebe. Aber Harrold spürt sie auf, und die Tragödie nimmt ihren Lauf.

Eine gefangene Liebe

Roman. Aus dem Amerikanischen von Mechtild Sandberg. 253 Seiten. SP 2854

Durch Zufall stößt Charles Callahan in der Zeitung auf das Foto einer Frau, die ihm seltsam bekannt vorkommt. Es ist Siân Richards, die er vor einunddreißig Jahren als Vierzehnjähriger bei einem Sommercamp kennengelernt hatte und die seine große Sehnsucht blieb. Überwältigt von den Erinnerungen schreibt er ihr und bittet um ein Treffen. Auch für Siân war die Geschichte mit Charles nie beendet, sehr zart sind die Bilder der Vergangenheit, sehr heftig das Verlangen. Und aus der unerfüllten Liebe von einst wird eine leidenschaftliche Affäre. Aber beide sind inzwischen verheiratet, haben Kinder und leben in verschiedenen Welten. Sie geraten in einen Strudel von Ereignissen, die unaufhaltsam auf einen dramatischen Höhepunkt zusteuern.

PIPER ORIGINAL

Béa Gonzalez

Der bittere Geschmack der Zeit

Roman. Aus dem Englischen von Christine Frick-Gerke.
297 Seiten. Klappenbroschur

In der galicischen Kleinstadt Canteira, im entlegensten Teil Spaniens, saßen an langen Winterabenden die Encarna-Frauen um den Kamin und lauschten den Geschichten der Durchreisenden, die kaum jemals länger als eine Nacht in der Pension blieben. So kam die Welt zu ihnen: der Dichter Don Miguel, der Matilde zwanzig Jahre zu spät seine Liebe gestand, der Heiratsschwindler Alberto, der Gloria immerhin einen Sohn schenkte, die Schmuggler, mit denen María ihre undurchsichtigen Geschäfte machte – all diese Männer brachten Freud oder Leid in den Haushalt der Frauen und verschwanden dann wieder aus ihrem Leben.
Béa Gonzalez schildert das Schicksal von vier Frauengenerationen, Aufstieg und Fall der Familie Encarna, durch deren ungewöhnliches Hotel die Welt in den entlegensten Winkel Spaniens kam.

Andrea Camilleri

Die sizilianische Oper

Roman. Aus dem Italienischen von Monika Lustig.
271 Seiten. Klappenbroschur

Ein Roman, so stimmungsreich, deftig und schwungvoll wie eine italienische Oper zu Zeiten, als Italien noch ein Königreich war: Im sizilianischen Städtchen Vigàta wird eine umstrittene Opernaufführung zum Zankapfel zwischen der Präfektur und den gewitzten Vigatesern. Nach dem gründlichen Mißlingen des feierlichen Abends steht dann auch noch das Theater in Flammen. Verdächtige gibt es jede Menge, doch wer von ihnen würde tatsächlich so weit gehen? Köstliche Charaktere, pralle Erotik, viel Lokalkolorit und ein rasantes Erzähltempo – all das macht »Die sizilianische Oper« zu einem der besten Romane Camilleris.